Les
Pillards

Robin Hobb

Les Pillards

Les Cités des Anciens

******

roman

Traduit de l'anglais par A. Mousnier-Lompré

ÉDITIONS FRANCE LOISIRS

Titre original : THE RAIN WILDS CHRONICLES CITY OF DRAGONS, volume 3 *(deuxième partie)*

Édition du Club France Loisirs,
avec l'autorisation des Éditions Pygmalion

Éditions France Loisirs,
123, boulevard de Grenelle, Paris
www.franceloisirs.com

ISBN : 978-2-298-07222-8

Personnages

Gardiens et dragons

Alum : Teint clair, yeux gris argent ; très petites oreilles ; nez presque plat. Son dragon est Arbuc, mâle vert argenté.

Argent : A une blessure à la queue et pas de gardien.

Boxteur : Cousin de Kase ; yeux cuivrés, petit et râblé ; son dragon est le mâle orange Skrim.

Cuivre : Dragon brun chétif, sans gardien attitré.

Graffe : Aîné des gardiens, et le plus marqué par le désert des Pluies. Son dragon est Kalo, le plus grand mâle, bleu-noir.

Gresok : Grand dragon rouge, le premier à quitter le terrain d'encoconnage.

Harrikine : Long et mince comme un lézard, il est à vingt ans plus âgé que la plupart des gardiens. Lecter est son frère adoptif ; son dragon est Ranculos, mâle rouge aux yeux argentés.

Houarkenn : Grand gardien dégingandé. Dévoué à son dragon Baliper, mâle rouge vif.

JERD : Gardienne blonde, fortement marquée par le désert des Pluies. Sa dragonne est VERAS, reine vert foncé à grenure dorée.

KANAI : Gardien affecté de stigmates prononcés. Sa dragonne est la petite reine rouge GRINGALETTE.

KASE : Cousin de BOXTEUR ; les yeux cuivrés, il est trapu et musclé. Son dragon est le mâle orange DORTEAN.

LECTER : Orphelin à l'âge de sept ans, élevé par les parents d'HARRIKINE. Son dragon est SESTICAN, grand mâle bleu ponctué d'orange, doté de petites piques sur le cou.

NORTEL : Gardien compétent et ambitieux. Son dragon est le mâle lavande TINDER.

SYLVE : Douze ans, cadette des gardiens. Son dragon est MERCOR, doré.

TATOU : Le seul gardien né esclave. Il porte sur le visage un petit cheval et une toile d'araignée tatoués. Son dragon est la plus petite reine, DENTE.

THYMARA : Seize ans ; a des griffes noires à la place des ongles et se déplace aisément dans les arbres. Sa dragonne est une reine bleue, SINTARA, aussi connue sous le nom de GUEULE-DE-CIEL.

TINTAGLIA : Reine dragon adulte, elle a aidé les serpents à remonter le fleuve pour s'encoconner. On ne l'a plus vue depuis plusieurs années dans le désert des Pluies.

LES TERRILVILLIENS

ALISE KINCARRON FINBOK : Issue d'une famille désargentée mais respectable de Marchands de Terrilville.

Spécialiste des dragons. Mariée à HEST FINBOK. Yeux gris, nombreuses taches de rousseur.

HEST FINBOK : Marchand de Terrilville de belle prestance, bien établi et fortuné.

SÉDRIC MELDAR : Secrétaire de HEST FINBOK, et ami d'enfance d'ALISE.

L'ÉQUIPAGE DU *MATAF*

BELLINE : Matelot. Mariée à SOUARGE.

CARSON LUPSKIP : Chasseur de l'expédition, vieil ami de LEFTRIN.

DAVVIE : Chasseur, apprenti de Carson LUPSKIP ; environ quinze ans.

GRAND EIDER : Matelot.

GRIG : Chat du bord ; roux.

HENNESIE : Second.

JESS : Chasseur engagé pour l'expédition.

LEFTRIN : Capitaine. Robuste, yeux gris, cheveux châtains.

SKELLI : Matelot. Nièce de LEFTRIN.

SOUARGE : Homme de barre. Navigue sur le *Mataf* depuis plus de quinze ans.

MATAF : Gabare longue et basse. Plus ancienne vivenef existante. Port d'attache : Trehaug.

Autres personnages

Althéa Vestrit : Second du *Parangon* de Terrilville. Tante de Malta Khuprus.

Bégasti Cored : Marchand chalcédien ; chauve, riche ; partenaire commercial de Hest Finbok.

Brashen Trell : Capitaine du *Parangon* de Terrilville

Clef : Mousse du *Parangon*, ancien esclave.

Detozi : Gardienne des oiseaux messagers de Trehaug.

Duc de Chalcède : Dictateur de Chalcède, âgé et mal portant.

Erek : Gardien des oiseaux messagers de Terrilville.

Malta Khuprus : « Reine » des Anciens, réside à Trehaug. Mariée à Reyn Khuprus.

Parangon : Vivenef. A aidé les serpents à remonter le fleuve jusqu'à leur terrain d'encoconnage.

Selden Vestrit : Jeune Ancien ; frère de Malta et neveu d'Althéa.

Sinad Arich : Marchand chalcédien qui passe un marché avec Leftrin.

Vingt-cinquième jour de la Lune du Changement

Septième année de l'Alliance Indépendante des Marchands

De Detozi, Gardienne des Oiseaux, Trehaug, à Kim, Gardien des Oiseaux, Cassaric

Kim, vous êtes un imbécile. Tous les nichoirs et tous les pigeonniers, publics comme privés, passent à l'inspection, et nul ne vous a dénoncé ni montré du doigt ; comme vous l'avez souligné vous-même, cette épidémie mortelle de poux trouve probablement son origine dans les régions sauvages et nous affecte tous.

J'ai d'abord été tentée de montrer votre dernier message à la Guilde, car il renferme non seulement une insulte mais aussi une menace. Vous pouvez savoir gré à Erek de m'en avoir dissuadée en m'expliquant que la Guilde devait se consacrer à sauver les oiseaux survivants. Mais n'oubliez pas que je garderai vos correspondances et que, s'il arrive malheur à mes nichoirs, à mes soupentes ou à mes pigeons, je n'hésiterai pas à les soumettre à la Guilde.

Je vous conseille de vous occuper de la santé de vos oiseaux, y compris de celle de l'ailes-bleues que je vous renvoie ; je l'ai débarrassé de tous ses poux, mais j'ai noté dans mon journal professionnel qu'il était très mal nourri, et que son bec croisé était signe de consanguinité ; vous ne tenez donc pas de registre d'accouplements ? Assurez-vous donc que les pois et les grains fournis par la Guilde pour vos oiseaux finissent bien dans leurs mangeoires et non dans votre assiette.

1

Retour à Cassaric

La nouvelle de leur arrivée les avait précédés. Comme la gabare s'approchait des quais, Leftrin vit le coursier qui l'attendait écarter ses mèches mouillées de ses yeux et hocher la tête avant de détaler sous les arbres. Le capitaine n'en fut pas surpris ; Mataf avait croisé de petits bateaux de pêche avant de parvenir à Cassaric, et deux d'entre eux étaient aussitôt redescendus à toute allure vers la cité des arbres pour annoncer la nouvelle : la vivenef *Mataf* revenait de son expédition en amont du fleuve. L'information principale était que nul dragon ne l'accompagnait.

Leftrin n'avait donné aucun détail aux pêcheurs sur l'expédition ; aux questions qu'ils lui criaient, il avait seulement répondu qu'il mouillerait bientôt à Cassaric et ferait alors un compte rendu détaillé devant le Conseil des Marchands. La connaissance, c'était le pouvoir, et il n'avait pas l'intention de partager ce pouvoir avant d'en avoir usé autant que possible. Qu'ils rongent donc un peu leur frein en se demandant où étaient passés les dragons mal formés et leurs gardiens ! Le suspens est un excellent outil pour déstabiliser les puissants ; il fournit un solide levier pour marchander, levier dont Leftrin se doutait qu'il aurait bien besoin.

Une pluie d'hiver bruissait sur le fleuve ; les millions de gouttes d'eau couraient sur les ponts et retombaient dans les eaux grises. De part et d'autre du courant se dressait une forêt haute et dense ; la pluie tombait sur une infinité de feuilles, traçait ses chemins depuis la voûte des arbres, traversait les épaisseurs de vie et de végétation et passait les strates des maisons et des demeures construites sur les puissantes branches avant de toucher le sol toujours détrempé. Leftrin éprouvait un sentiment à la fois de grande familiarité et de soudaine étrangeté à retrouver les arbres immenses qui bordaient le fleuve ; Kelsingra lui avait montré un territoire très loin de son expérience, mais, même s'il appréciait la terre ferme et les collines ondoyantes, la forêt du désert des Pluies resterait toujours son pays de prédilection.

Il plissa les yeux sous la pluie tandis qu'ils approchaient des quais. Il y avait un curieux bateau amarré là, et Leftrin fronça les sourcils en le voyant ; il était étroit et long, avec peu de tirant d'eau, et équipé pour naviguer à la voile autant qu'à la rame ; le bleu vif et le liseré d'or du rouf brillaient malgré la brume de l'averse. Un concurrent de Mataf ? Les propriétaires le croyaient peut-être, mais lui-même avait des doutes ; aucun bateau n'avait jamais réussi mieux que le sien à sillonner les eaux peu profondes du fleuve du désert des Pluies. *Indestructible*, lut-il sur la proue. On verrait avec le temps. Depuis des années qu'il travaillait sur le fleuve, il avait vu toutes sortes de navires réputés insensibles à l'acidité de l'eau, et ils avaient tous fini par le fond. Le seul matériau qui résistait était le bois-sorcier.

La pluie battante ne facilitait pas le travail de Souarge à la barre ni du reste de l'équipage, qui s'efforçait de faire semblant d'utiliser les gaffes pour conduire la gabare vers le quai. Enfin, ils passèrent près de l'*Indestructible* et trouvèrent une place où s'amarrer. Leftrin, les mains crispées sur le bastingage d'avant, plissait les yeux pour tâcher d'y voir à travers la pluie ; par le bois-sorcier sous ses paumes, il percevait les émotions de son bateau : Mataf était reconnaissant aux hommes de leur comédie. Les pluies avaient gonflé le fleuve à la limite de la crue, et la vivenef avait peine à accrocher le fond ; secret de sa capacité à manœuvrer rapidement dans des zones où les autres bateaux s'échouaient, ses pattes dissimulées griffaient la vase, perdaient le contact puis trouvaient de nouveau prise dans la boue. Avec une embardée, Mataf se plaça le long du quai ; aussitôt, Skelli bondit par-dessus bord, l'épais bout d'amarrage entre les mains, et courut vers un gros taquet. Elle y fixa l'aussière puis se précipita vers l'arrière pour attraper le second bout que Hennessie lui lançait. En un clin d'œil, ils furent attachés au quai ; Mataf et son capitaine se détendirent tandis que l'équipage s'occupait d'ajuster les amarres.

Leftrin avait espéré que la pluie battante retiendrait les membres du Conseil dans leur salle de réunion, et il n'était pas déçu ; mais, alors que les hommes d'équipage guidaient Mataf vers le quai flottant de Cassaric, le jeune coursier était parti au galop sous la pluie vers l'escalier le plus proche et avait gravi les marches comme un singe escaladant un arbre. Leftrin avait souri en le suivant du regard. « Ma foi, ils sauront bientôt qu'on est arrivés ; on verra alors comment jouer au mieux les cartes que j'ai dans mon jeu. Skelli ! »

Répondant à l'appel, sa nièce sauta avec agilité du quai sur le pont et courut rejoindre son oncle. « Cap'taine ?

— Tu resteras à bord ; je sais que ta famille voudra te voir, et on a de grandes nouvelles à lui apprendre. J'aimerais qu'on soit ensemble quand on lui révélera que notre fortune a changé. Ça te va ? »

Elle battit des cils pour les débarrasser des gouttes de pluie qui les alourdissaient et eut un sourire malicieux. Ses parents pensaient qu'elle deviendrait l'héritière de Leftrin, et, dans cette optique, ils avaient négocié de profitables fiançailles pour elle, qu'elle était désormais pressée de rompre maintenant qu'elle connaissait Alum et était tombée amoureuse du gardien taciturne. Leftrin ignorait s'il aurait un jour un enfant d'Alise pour prendre à sa suite le commandement de Mataf, mais la seule possibilité qu'un héritier décalât le rang de Skelli modifiait complètement sa fortune, et il espérait que les parents du fiancé accepteraient la rupture maintenant que l'avenir de la jeune fille était incertain ; son père et sa mère ne seraient pas aussi ravis qu'elle à l'idée de perdre un si bon parti, et il ne voulait pas la laisser seule face à eux pour leur annoncer la nouvelle. Elle était manifestement heureuse qu'il tînt à parler pour elle quand elle dit : « C'est mon oncle ou mon capitaine qui me propose ce service ?

— Pas d'insolence avec moi, matelot !

— Oui, cap'taine, et peu importe qui me le demande. » Elle lui adressa un sourire insouciant. « J'aimerais mieux qu'on y aille ensemble ; et puis mes parents s'attendront à ce que je reste à bord pendant que tu vas parler au Conseil. S'ils viennent me voir avant ton retour, je ne dirai rien, sauf qu'ils doivent attendre que tu leur racontes l'histoire.

— Bravo, petite ! Je ne veux personne d'autre à bord de Mataf pendant mon absence ; la famille, ça va. Dis-en le moins possible, et ordonne à tes parents de garder pour eux ce qu'ils entendent. Ils comprendront. Mais pas de marchands, pas de membres du Conseil, et, je le dirai à Hennessie, pas de putains. Il peut quitter le bateau pour ça si c'est nécessaire, mais qu'il ne ramène aucune invitée à bord, en tout cas pas tout de suite. » Leftrin se gratta la joue ; les écailles s'y étaient étendues et le démangeaient constamment. Fichus dragons ! C'était sans doute leur faute. « Je laisserai quartier libre à l'équipage, mais Souarge et Hennessie devront rester à bord à tour de rôle. Belline, je laisserai ta liste à l'accastillage et je ferai envoyer les fournitures à bord. Dès que j'aurai arraché nos salaires au Conseil, je paierai les marchands, et je ferai porter le reste de l'argent ici. Grand Eider ira voir sa mère, comme toujours, et toi, Skelli, tu resteras sur le *Mataf* en attendant que j'aie le temps d'aller voir tes parents.

— Bien, cap'taine. »

Les hommes, l'amarrage du bateau terminé, s'étaient approchés d'eux, fatigués, hâves, trempés et triomphants. Leftrin haussa la voix pour se faire entendre par-dessus le crépitement de la pluie sur le pont de Mataf. « Je compte sur vous tous pour me faire confiance pour conclure le meilleur accord possible ; tenez votre langue sur la région où on est arrivés et sur ce qu'on a vu tant que je n'ai pas fini de négocier. Vu ? »

Souarge passa sa grosse main dans ses cheveux pour écarter les mèches trempées de ses yeux. « C'est d'accord, cap ; tu nous l'as déjà dit et on n'a pas oublié. T'as pas à t'inquiéter. Bonne chance.

— Faites-les cracher, ces salauds », renchérit Hennessie, et un sourire rayonnant fendit le large visage de Grand Eider.

Les autres acquiesçaient de la tête ; Leftrin en fit autant, ressentant leur confiance autant comme une armure que comme un fardeau. Beaucoup de choses dépendaient de lui cette fois, et pas seulement l'obtention de la paie pour l'accomplissement d'un voyage. Les Conseils étaient notoirement radins, comme il s'en fit la réflexion en retournant à sa cabine, et son sourire se mit à ressembler à un rictus féroce : il avait toujours réussi à leur arracher l'argent de ses contrats, et il y parviendrait cette fois-ci aussi. Le document signé qui les avait envoyés, son bateau et lui, prendre part à l'expédition en amont du fleuve était déjà soigneusement roulé et protégé par un tube étanche. Il le soupesa, satisfait. Les membres du Conseil tiendraient leur part du marché ; cela ne leur plairait pas, mais Leftrin les obligerait à honorer leur signature, et ils débourseraient une somme qu'ils n'avaient jamais pensé payer.

Malta Khuprus, assise devant son miroir, passait son peigne dans les mèches d'or luisant de sa chevelure doucement bouclée ; elle tordit ensuite ses cheveux et en fit un chignon qu'elle fixa lentement avec des épingles. Tandis que ses mains travaillaient comme de leur propre volonté, elle regarda son reflet dans la glace. Quand les changements finiraient-ils ? Depuis son arrivée dans le désert des Pluies, elle n'avait cessé de se transformer ; désormais, l'or de ses cheveux était vraiment couleur de l'or, ses ongles rouges, la peau rosée de son visage couverte de fines écailles comme le ventre d'un petit lézard des arbres. La « couronne » écarlate sur son front brillait.

Ses écailles étaient bordées de rouge ; le teint crémeux de son enfance transparaissait encore à travers les écailles quasiment translucides de ses joues, mais ses sourcils étaient dessinés par plusieurs rangées d'écailles rubis. Elle tourna la tête pour voir la lumière se déplacer sur ses traits, puis elle soupira.

« Tu vas bien ? » En deux enjambées, Reyn traversa la petite chambre qu'ils avaient louée, posa les mains sur ses épaules et se pencha pour la regarder.

« Ça va ; un peu lasse, c'est tout. » Elle plaqua les mains sur ses reins et se redressa ; elle souffrait abominablement du dos depuis le matin. Elle ne parvenait plus à se soulager du poids de son ventre, ni en s'asseyant ni en se tenant debout ; la négociation de la veille avec les fouilleurs Tatoués avait été un long supplice, et elle était rentrée dans leur chambre en n'aspirant qu'à dormir.

Vain espoir : elle n'était jamais si mal qu'allongée. Elle avait laissé le lit à Reyn et avait passé la nuit adossée à des coussins. Elle poussa un petit gémissement en s'étirant le dos, et un pli inquiet se dessina sur le front de son mari. Malta se força à sourire et le regarda dans la glace. « Je vais bien », répéta-t-elle, puis elle examina un long moment le visage de son époux ; il subissait des changements aussi marqués que les siens ; ses yeux brillaient d'un chaud éclat cuivré, sous les reflets bronze de ses écailles sa peau était bleue, aussi bleue que la dragonne Tintaglia, et ses cheveux noirs et bouclés avaient pris des reflets bleu acier. Son mari ; l'homme qui avait tant risqué pour la retrouver et la prendre pour femme. « Que tu es beau ! » dit-elle sans avoir à se forcer.

Reyn cilla. « Que me vaut pareille louange ? » Il inclina la tête avec une expression soudain espiègle. « Quelle babiole ma dame désire-t-elle ? Un collier de saphir ? Ou bien s'agit-il d'une nouvelle envie de femme enceinte ? Souhaites-tu une assiette de langues de colibri étuvées ?

— Pouah ! » Malta se retourna en riant pour passer un bras autour des hanches étroites de son mari et l'attirer à elle, et Reyn se pencha pour baiser sa couronne rouge ; elle frissonna à ce contact et leva légèrement la tête pour le regarder. « Je ne puis donc rien te dire de gentil sans que tu me rappelles l'enfant gâtée que j'étais quand nous nous sommes connus ?

— Bien sûr que non. Je ne manquerai jamais l'occasion d'évoquer la sale gamine que tu étais – une gamine mal élevée mais d'une beauté sans égale, qui m'a complètement charmé par son égoïsme forcené ; j'avais l'impression de faire la cour à une chatte.

— Méchant ! » lança-t-elle avec affection, et elle se retourna vers son miroir ; elle posa la main sur son ventre rond. « Et maintenant que tu m'as rendue grosse comme une truie avec ton enfant, je suppose que je t'apparais moins d'une "beauté sans égale", désormais.

— Ah ! Voilà qu'elle part à la pêche aux compliments, maintenant ! Et elle en ramène un plein filet. Ma chérie, tu n'en es que plus jolie à mes yeux ; ta grossesse te rend lumineuse, brillante, scintillante ! »

Elle ne put s'empêcher de sourire. « Et tu m'accuses de te flatter ! Je me déplace en me dandinant comme un vieux canard trop gras, et tu prétends que tu me trouves jolie !

— Je ne suis pas le seul ; ma mère, mes sœurs, et même mes cousines te regardent avec envie.

— C'est l'envie qu'éprouve toute femme du désert des Pluies devant une femme enceinte ; ce n'est pas pour autant qu'elles me jugent jolie ! » Elle prit appui sur la coiffeuse pour se lever ; comme toujours, la vue de son ventre dans la glace la surprit. Elle posa ses mains fines aux doigts effilés sur sa rondeur et s'observa. Sa transformation en Ancienne avait allongé ses membres, ses mains, ses doigts, les os de ses bras et de ses jambes, et cette cloque ronde au milieu de son corps paraissait incongrue. « On dirait que j'ai avalé un melon », murmura-t-elle.

Reyn la regarda à son tour dans le miroir. « Non : on dirait que tu portes notre enfant. » Il fit glisser ses mains jusqu'en dessous de la courbe de son ventre comme pour le soutenir. Ses ongles bleu nuit contrastaient avec le blanc écru de la tunique qu'elle portait. Il déposa un baiser sur la joue de la jeune femme. « Par moments, j'ai peine à me convaincre de ma bonne fortune ; tout ce que nous avons vécu, toutes ces fois où nous avons failli nous perdre, et aujourd'hui, bientôt, nous allons avoir…

— Chut ! Ne le dis pas tout haut ; pas encore. Nous avons été déçus trop souvent.

— Mais je suis sûr que cette fois tout ira bien. Tu n'avais jamais réussi à garder un enfant aussi longtemps ; tu le sens bouger, et je le vois bouger ! Il est vivant, et bientôt nous pourrons le voir.

— Et si c'est une fille ?

— J'en serai tout aussi satisfait, je te le promets. »

Ils sentirent la branche qui supportait la petite maison danser sous le poids de quelqu'un qui approchait, puis on frappa à la porte. À contrecœur, ils se séparèrent, Malta se rasseyant devant la glace pendant que Reyn allait répondre. « Oui ?

— J'ai des nouvelles, monsieur ! fit la voix d'un jeune adolescent essoufflé.

— Des nouvelles de quoi ? » Reyn ouvrit la porte. Ce n'était pas un coursier : ses vêtements étaient en haillons, il était maigre, et des tatouages couvraient ses joues.

« Monsieur, j'ai entendu au marché du tronc que quelqu'un du nom de Malta l'Ancienne voulait des renseignements sur le bateau qui vient d'arriver et qu'elle était prête à les payer un sou.

— Quelles nouvelles ? Quel bateau ? »

Le garçon se tut, hésitant, jusqu'au moment où Reyn plongea la main dans la bourse accrochée à sa ceinture et en sortit une pièce.

« Le *Mataf*, monsieur ; le bateau qui est parti avec les dragons. Il est revenu. »

Malta se leva lourdement tandis que Reyn ouvrait grand la porte coulissante. La pluie qui tombait sur la voûte des arbres ne parvenait ici qu'en gouttelettes isolées, mais le garçon était quand même trempé. « Entre », lui dit Reyn, et l'autre, manifestement soulagé, pénétra dans la chambre pour s'approcher du brasero sur son foyer de terre cuite ; il se réchauffa les mains, ses vêtements dégoulinant sur le plancher en bois grossier.

« Et les dragons ? » demanda Malta d'une voix tendue.

Le garçon croisa son regard de ses yeux bleus. « Je n'ai pas vu de dragon quand je suis descendu voir. Je n'ai pas pris le temps de poser des questions, madame, avant de venir vous prévenir que la gabare s'était amarrée. Je n'ai pas été le premier à l'apprendre, mais j'ai tenu à être le premier à vous le dire, pour gagner un sou, à ce que j'ai compris. » Il avait l'air inquiet.

Mais Reyn lui tendit une poignée de pièces, et Malta acquiesça de la tête. « Tu as bien fait. Dis-moi seulement ce que tu as vu. Il n'y avait pas de dragon avec le bateau ? As-tu vu certains des gardiens ? La gabare avait-elle l'air abîmée ou en bon état ? »

Le garçon s'essuya la figure du dos de la main. « Il n'y avait pas de dragon ; je n'ai vu que la gabare et l'équipage qui la manœuvrait ; elle n'avait pas l'air abîmée, mais les hommes avaient l'air fatigué, maigre et plus dépenaillé que prévu.

— Tu as bien travaillé ; merci. Reyn, où est mon manteau ? »

Son mari raccompagna le garçon à la porte avant de se tourner vers elle. « Sur le dossier de ta chaise, là où tu l'as posé. Mais tu ne songes tout de même pas à sortir par cette pluie battante ?

— Il le faut, tu le sais bien, et tu dois venir avec moi. » Elle parcourut la chambre du regard mais ne vit rien d'autre dont elle eût besoin. « Quelle chance que nous soyons à Cassaric ! Je ne laisserai pas passer une telle occasion : je veux être présente quand le capitaine Leftrin fera son rapport. Tout ce qui intéresse les membres du Conseil, c'est d'avoir réussi à se débarrasser des dragons, mais, moi, je veux savoir comment les dragons se portent, combien ont survécu, où Leftrin les a laissés, s'il a découvert Kelsingra… Oh ! » Elle se tut soudain, le souffle coupé.

« Malta ? Ça va ?

— Oui ; il m'a juste donné un coup de pied un peu dur dans les poumons ; ça m'a coupé la respiration un instant. » Elle sourit d'un air malicieux. « Tu as raison, Reyn : c'est sûrement un garçon ; chaque fois que je m'enthousiasme pour quelque chose, il se met à danser la gigue dans mon ventre. Une petite fille bien élevée ne ferait jamais ça à sa mère. »

Son mari poussa un grognement de dérision. « Comme si ta fille pouvait être bien élevée ! Chérie, pourquoi ne restes-tu pas ici pendant que j'y vais à ta place ? Je te promets de revenir aussitôt et de te rapporter tout ce qui se sera dit.

— Non. Non, mon amour. » Malta enfilait son manteau. « Il faut que je sois présente ; si tu y allais à ma place, je te poserais cent questions auxquelles tu n'aurais pas pensé, et je serais frustrée parce que tu ne connaîtrais pas les réponses. Nous laisserons un mot à Tillamon pour qu'elle ne s'inquiète pas si jamais elle passe ce soir. »

Reyn acquiesça à contrecœur. « Très bien. » Il prit son manteau, encore mouillé de sa dernière sortie, le secoua et le jeta sur ses épaules. « J'aimerais que Selden soit là ; c'est lui qui devrait s'occuper de cette affaire.

— Moi, j'aimerais déjà savoir où il est. Il y a plusieurs mois que nous n'avons plus de nouvelles de lui ; sa dernière lettre ne lui ressemblait pas du tout, et j'ai eu l'impression que ce n'était pas son écriture. Je crains qu'il ne lui soit arrivé quelque chose. Pourtant, même s'il était là, il faudrait encore que j'y aille, Reyn.

— Je sais, ma chérie. On nous a élevés dans la tradition des Marchands, toi et moi, mais je me demande si nous n'avons pas foi en un dragon mort : nul n'a vu Tintaglia ni entendu la moindre rumeur sur elle depuis des années. Est-elle morte, et notre accord avec elle ? »

Malta secoua la tête d'un air entêté tout en rabattant prudemment sa capuche sur son chignon. « Les contrats sont rédigés sur du papier, non du vent, et signés avec de l'encre, non d'un souffle ; peu importe qu'elle soit morte ou non : quoi que les autres en pensent, nous restons tenus par notre signature. »

Reyn soupira. « En réalité, nous avons seulement dit que nous aiderions les serpents et protégerions leurs cocons jusqu'à l'éclosion des dragons ; de ce point de vue, nous avons tenu notre part du marché. » Avec une grimace, il tira à son tour le capuchon de son manteau sur sa tête.

« Mon éducation m'oblige à respecter l'esprit d'un accord et pas seulement la lettre », répliqua Malta d'un ton sec. Puis, se rendant compte que c'était son dos douloureux qui la poussait à se quereller avec lui sur un vieux sujet de discorde, elle dévia légèrement la conversation. « J'aimerais savoir si cette femme, cette Alise Finbok, est rentrée saine et sauve. Elle m'a donné tant de réconfort et de courage quand elle a annoncé qu'elle accompagnerait l'expédition ! Elle s'exprimait avec tant d'assurance et d'érudition sur Kelsingra ! »

Malta se retourna vers son époux ; les yeux de Reyn brillaient d'une lueur bleue à l'ombre de sa coule. Il dit à contrecœur : « J'ai entendu dire qu'elle s'était enfuie de chez son mari avec son serviteur ; on a même raconté que son époux l'avait répudiée, mais que son père et les parents du serviteur cherchaient des nouvelles d'eux et allaient jusqu'à offrir une récompense à qui leur en donnerait. »

Malta se sentit soudain désemparée, mais elle chassa ce sentiment de son esprit. « Ça ne m'intéresse en rien. Elle parlait comme quelqu'un qui possède de grandes connaissances sur les choses anciennes ; elle décrivait la cité comme si elle s'y était promenée. Elle s'est peut-être enfuie de chez son mari – ce ne serait pas la première – mais je crois qu'elle avait aussi un but au bout de son voyage. Sortons donc sous la pluie pour nous rendre à la Salle du Conseil ; nous n'en apprendrons pas davantage sur l'expédition en restant ici.

— Alors prends mon bras : les trottoirs risquent d'être glissants. Je sais inutile de tenter de te dissuader, mais je te supplie au moins d'être prudente.

— Je ne tomberai pas. » Elle prit néanmoins le bras de Reyn et s'en trouva bien quand il ouvrit la porte : une rafale l'accueillit, froide et humide. « Si ça souffle ainsi sous les arbres, comment est-ce sur le fleuve ? fit-elle.

— Pire, répondit succinctement son époux en refermant la porte légère derrière eux. Et tu ne tomberas pas, parce que je t'en empêcherai. Mais sois prudente dans d'autres domaines ; je t'en prie, ne laisse pas ta visite au Conseil t'agiter ni t'accabler.

— Si quelqu'un doit s'en agiter ou s'en accabler, je parie que ce seront les membres eux-mêmes », fit Malta avec optimisme.

C'était le début de l'après-midi, mais, en hiver, la pénombre régnait toute la journée si loin sous la voûte des grands arbres. Tenant fermement le bras de Malta, Reyn s'avança sur l'étroit trottoir qui reliait leur branche à la charpentière maîtresse ; quand ils parvinrent sur la voie principale, la jeune femme sentit son compagnon se détendre. Il était né dans le désert des Pluies et ses communautés arboricoles alors qu'elle n'y était venue que presque adulte, et pourtant elle pensait s'y être bien adaptée ; d'ordinaire, elle se déplaçait d'un pied sûr même sur les voies les plus étroites et quand elle franchissait les passerelles dansantes entre les différents quartiers des villes des arbres. Mais, au cours des derniers mois, l'enfant qui grandissait dans son ventre avait modifié l'équilibre de sa frêle charpente, et elle s'agrippait désormais au bras de Reyn, demandant sans honte son aide et sa protection ; ils avaient connu quatre fausses couches depuis leur mariage, et elle ne voulait pas risquer l'accident par orgueil mal placé.

La cité arboricole, typique de l'urbanisation du désert des Pluies, s'étendait autour d'elle dans toutes les directions. Dans les branches les plus hautes étaient suspendus les logements réduits et légers des pauvres ; dans les ombres en dessous d'elle, là où les branches étaient épaisses et solides, se trouvaient les riches demeures, les entrepôts et les murs et fenêtres résistants de la Salle des Marchands, éclairés de l'intérieur par des lampes à l'éclat doré.

La Salle des Marchands du désert des Pluies de Cassaric était la plus récente de la région, et certains habitants maugréaient encore contre son attitude indépendante envers Trehaug. Pendant des années, il n'y avait eu qu'une seule Salle, et elle se trouvait à Trehaug ; les Marchands du désert des Pluies et ceux de Terrilville étaient les deux moitiés d'un tout, unis par un passé commun d'épreuves et de privations. Avec l'ouverture de la nouvelle Salle à Cassaric, fils cadets et petites familles Marchandes avaient soudain acquis une influence qu'ils n'avaient jamais eue. La politique de la cité en était encore à se décider ; la cupidité et la nécessité de se montrer ferme rendaient le Conseil intransigeant, et Malta s'inquiétait que ses membres ne s'en tinssent pas aux vieux critères d'égalité des Marchands ni au respect absolu de la parole signée.

Elle constata qu'elle et Reyn n'étaient pas les seuls à se diriger vers la Salle, et elle en conclut que la nouvelle de l'arrivée du *Mataf* avait dû se répandre. D'autres personnes sortaient de chez elles et empruntaient les voies qui menaient à la Salle du Conseil ; des Marchands en robe descendaient rapidement les escaliers en colimaçon qui ceignaient les troncs immenses. Les nouvelles qui les attendaient affecteraient tout le monde ; néanmoins, Malta ne pressait pas le pas : elle était Malta Khuprus, non seulement une Ancienne mais aussi l'épouse de Reyn Khuprus, second fils d'une grande famille de Marchands du désert des Pluies ; son frère aîné Bendir tenait le vote de la famille, mais il se reposait sur les renseignements que Reyn lui fournissait pour décider de sa façon de voter. Ni Malta ni son mari ne pouvaient se prévaloir d'un siège à la table du Conseil, mais la jeune femme comptait bien se faire entendre ; elle y était résolue.

Le vent qui soufflait par rafales faisait battre son manteau et arrachait des feuilles aux arbres. Par bonheur, de solides garde-corps en lianes tressées bordaient le chemin qu'ils suivaient ; au-delà de ce rempart, Malta ne voyait que des branches épaisses, une végétation dense et de petites maisons qui dansaient dans les bourrasques, suspendues comme d'étranges fruits aux charpentières des arbres ; le sol marécageux était invisible, très loin en contrebas. Elle s'accrocha au bras de Reyn et se laissa conduire.

Leftrin avait pris son temps ; il avait d'abord été voir les gardiens des oiseaux, d'où il avait envoyé les messages qu'on lui avait confiés à Kelsingra, ce qui lui avait coûté plus cher que prévu : une maladie des pigeons avait fait monter les prix du service. Certains oiseaux n'auraient qu'un bref parcours à effectuer, car plusieurs gardiens avaient choisi de faire parvenir des messages à Trehaug pour rassurer leurs familles sur leur sécurité ; il y avait eu aussi deux annonces de décès à envoyer : les parents de Graffe et de Houarkenn devaient savoir ce qui était arrivé à leurs enfants. Graffe avait mis la patience du capitaine à l'épreuve, mais sa mort restait une tragédie, et sa famille avait le droit d'en être la première avertie. Enfin, il avait posté les lettres de Sédric et d'Alise pour leurs proches à Terrilville. Pendant tout le trajet de retour à Cassaric, il s'était demandé avec angoisse s'il était sage d'envoyer toutes ces missives ; il avait exhorté chacun à se montrer circonspect dans ce qu'il révélait sur Kelsingra et sur l'itinéraire pour y parvenir, mais il n'avait lu aucun des messages. À la fin de la journée, les habitants de Cassaric sauraient tout ce qu'il aurait bien voulu leur dire, et des pigeons voleraient à tire-d'aile dans toutes les directions ; mieux valait veiller à ce que les messages de ses amis eussent une chance de parvenir à leurs familles.

Quand il arriva au magasin d'accastillage, il avait acquis une suite : deux petits garçons qui annonçaient haut et fort à qui voulait l'entendre que c'était le capitaine Leftrin revenu de son expédition, ce qui entraînait des poignées de main et des questions auxquelles il refusait de répondre. Un jeune homme, qui aimait sans doute à colporter les rumeurs, l'avait accompagné un moment en le bombardant de questions, mais Leftrin l'avait laissé sur sa faim en affirmant catégoriquement qu'il rendrait compte d'abord au Conseil. Un autre, un homme vêtu d'un long manteau gris à capuche, l'avait suivi sans mot dire à distance discrète ; une fois que Leftrin l'eut remarqué, il s'efforça de ne pas le perdre de vue : il ne connaissait pas l'homme, et, lorsqu'il parvenait à l'observer, il constatait que l'inconnu ne se déplaçait pas avec l'aisance de celui qui est né dans les arbres. Il n'était pas originaire du désert des Pluies. Leftrin sentit la peur dérouler ses anneaux en lui tandis qu'il se demandait au service de qui était cet homme.

Au magasin, Leftrin commanda les vivres et les produits de base pour remplir le garde-manger du bateau : huile, farine, sucre, café, sel, biscuits… La liste de Belline n'en finissait pas. Il acheta aussi tout le papier et toutes les bouteilles d'encre que possédait la boutique, ainsi qu'une réserve de plumes ; il sourit en imaginant le plaisir d'Alise, puis il demanda qu'on transportât sur-le-champ ses achats à bord du *Mataf* ; il était client du magasin depuis des années, depuis son ouverture, et il n'eut guère de mal à persuader le patron d'accepter sa signature au lieu d'argent. « Une fois que le Conseil m'aura payé, je viendrai vous régler dans l'heure », lui promit-il, et l'accord fut conclu.

Lorsqu'il sortit de la boutique, il avait mal aux jambes. Arpenter le pont du *Mataf* et les prairies de Kelsingra ne préparait pas aux déplacements verticaux de la cité du désert des Pluies. Il prit un ascenseur pour descendre au niveau de la Salle du Conseil et donna au préposé sa dernière pièce de monnaie alors que son panier croisait celui de l'homme. En arrivant à la porte du Conseil, il se rappela que, la dernière fois qu'il y était venu, Alise Finbok l'accompagnait ; ils se connaissaient à peine, et la nouveauté de son amour pour elle lui faisait tourner la tête. Il revit ses bottines brillantes, ses jupes de dentelle, et eut un sourire teinté de tristesse : ses fanfreluches l'avaient ébloui autant que ses manières de grande dame. Ses dentelles n'étaient plus que haillons, ses bottines étaient usées, mais la dame gracieuse qui les portait demeurait, comme forgée dans l'acier. Elle lui manqua soudain avec une violence qui dépassait les affres de la faim ou de la peur. Il secoua la tête. N'était-il qu'un adolescent béat pour se pâmer ainsi d'amour pour elle ? Il sourit : peut-être, oui. Elle éveillait en lui des sensations plus douces et plus fortes que tout ce qu'il avait connu jusque-là. Une fois sa paie versée, il comptait acheter quelques babioles et froufrous à lui rapporter ; à cette perspective, son sourire s'élargit.

Quand il poussa la porte de la Salle des Marchands, il pénétra dans un lieu lumineux et chaud où des voix murmuraient ; des braseros qui brûlaient çà et là dans la salle distribuaient leur chaleur et l'odeur suave du bois de jala brûlé ; la lumière, elle, venait d'une autre source : des globes qui flottaient en l'air, retenus par des brides. Ces objets Anciens exhumés des ruines ensevelies au pied de Cassaric illuminaient désormais le lieu d'assemblée des humains en un déploiement ostentatoire de richesse. Un instant, Leftrin imagina l'avidité qu'il susciterait s'il évoquait une cité Ancienne intacte à laquelle nul n'avait touché. Ses yeux se portèrent vers la tapisserie de Kelsingra suspendue derrière l'estrade où siégeait le Conseil ; Alise s'en était servie pour prouver à ses membres que leur destination existait. Et s'il leur disait que les murs de la cité légendaire scintillaient toujours au soleil ? Son sourire s'effaça légèrement.

Des bancs en gradins entouraient l'estrade ; plusieurs dizaines de personnes y avaient déjà pris place. La salle n'était pas pleine, mais il y avait beaucoup de monde pour une assemblée non annoncée, et l'affluence continuait. Tous les sièges de la table du Conseil, sur la plate-forme, étaient occupés, sauf un : celui de Selden Vestrit, comme la dernière fois que Leftrin était venu.

En revanche, Malta l'Ancienne s'était assise à une extrémité de la première rangée de bancs, son mari, Reyn Khuprus, à côté d'elle. Les sièges autour d'eux restaient vides, et Leftrin se demanda si c'était par respect ou par répugnance. Reyn et Malta portaient des tenues simples, mais d'excellente coupe, et dans des teintes qui mettaient en valeur leurs écailles. Reyn avait choisi une longue veste bleu marine fermée par des boutons argentés par-dessus un pantalon gris et des bottes noires en cuir souple, Malta un ras-de-cou en pierres de feu à l'éclat jaune sur les écailles délicates de sa gorge ; sa tunique blanc écru lui descendait jusqu'aux genoux, et son pantalon brun doré était ample et large. Leftrin en déduisit qu'elle portait encore son enfant. Tant mieux ; la rumeur voulait qu'elle eût fait plusieurs fausses couches, et certains commençaient à douter que le couple pût jamais avoir de rejeton. En tout cas, elle ne devait pas être loin du terme : son mari avait une attitude protectrice. Il les regarda et prit conscience qu'ils lui montraient l'avenir de ses jeunes gardiens, c'est-à-dire des Anciens complètement formés.

Comme il s'avançait dans la salle, tous deux se tournèrent vers lui, et, résistant à l'envie de rajuster sa chemise dépenaillée, il se redressa et leur rendit leur regard. Le voyage avait été dur ; qu'ils voient donc ce que l'expédition lui avait coûté. Puis il leur adressa un hochement de tête, la mine grave, et ils répondirent de même. Il irait les voir plus tard ; le message d'Alise à l'intention de Malta était dans sa besace, et il le remettrait à l'Ancienne en privé.

Leftrin parcourut rapidement l'assemblée des yeux et constata que l'homme qui le suivait s'était glissé dans la Salle des Marchands derrière lui. Il ne le regarda pas directement ; ce n'était pas nécessaire, car il l'avait identifié : il s'agissait du « marchand » chalcédien, Sinad Arich ; il avait gardé son manteau mouillé avec sa capuche rabattue comme s'il faisait froid, mais Leftrin avait reconnu ses yeux. L'homme avait naguère menacé de le faire chanter à propos de sa vivenef pour l'obliger à l'embarquer à bord du *Mataf* et lui faire remonter le fleuve. Aujourd'hui, Leftrin regrettait amèrement d'avoir accepté ; il eût dû suivre sa première impulsion qui lui commandait de tuer l'individu et de jeter son corps par-dessus bord. Savoir le marchand chalcédien encore présent dans le désert des Pluies glaçait Leftrin de peur : cela signifiait qu'il n'avait pas renoncé à sa mission.

Que faisait-il dans la Salle des Marchands ce soir ? Leftrin avait la quasi-certitude qu'Arich avait participé à l'introduction du traître dans l'expédition, mais aussi qu'il n'avait pas pu agir seul. Le Conseil avait embauché Jess Torkef comme chasseur pour fournir à manger aux dragons ; Arich espérait peut-être que Jess était revenu avec le *Mataf* en rapportant des prélèvements de dragon. Un sourire sinistre joua sur les lèvres de Leftrin : le marchand allait avoir une mauvaise surprise – et, soudain aux abois, il risquait de trouver une autre solution. Il n'avait pas le choix : son souverain, le duc de Chalcède, tenait sa famille en otage ; si le marchand ne lui fournissait pas les produits censés le soigner, la vie de ces gens était finie. Arich avait trompé, menacé ou soudoyé quelqu'un dans le Conseil pour infiltrer un traître à bord du *Mataf* – un, ou peut-être plusieurs.

Leftrin descendit lentement les marches et s'arrêta devant la table du Conseil ; il s'éclaircit la gorge, mais il n'avait pas vraiment besoin d'attirer l'attention des membres : tous s'étaient redressés sur leurs sièges et le regardaient. Le silence se propagea derrière lui ; il entendit le bruit des gens qui se hâtaient de s'asseoir et s'exhortaient mutuellement à se taire. Il dit haut et fort : « Le capitaine Leftrin de la vivenef *Mataf* demande la permission de s'adresser au Conseil.

— Le Conseil se réjouit de vous voir revenu sain et sauf parmi nous, capitaine Leftrin ; nous vous laissons la parole. » C'était la Marchande Polsk qui avait fait cette réponse de sa voix rauque ; elle avait peigné sa tignasse grise en arrière, mais sa chevelure reprenait peu à peu son allure hirsute habituelle.

« Et je me réjouis de vous trouver en bonne santé, Marchande Polsk. Je suis revenu pour annoncer le succès de notre expédition. Les dragons sont établis, et je vous annonce avec plaisir qu'ils ont tous survécu au déplacement. En revanche, j'ai la tristesse de vous annoncer la mort de deux de nos gardiens ; un des chasseurs assignés à l'expédition est mort aussi. Le reste du groupe était en bonne condition au moment de mon départ. » Il se gratta l'épaule gauche de la main droite et s'arrangea pour se tourner vers la porte dans le même mouvement. Sous son manteau gris, Arich était en train de s'éclipser. Voilà qui était à la fois inattendu et intéressant. En avait-il déjà entendu assez ? Leftrin eût aimé filer le Chalcédien, mais c'était impossible. Il reporta son attention sur le Conseil ; tous les regards étaient braqués sur lui.

« Je porte les autorisations écrites des gardiens des dragons ainsi que des chasseurs Carson et Davvi me permettant de collecter la deuxième partie de leurs salaires, conformément à l'accord qui stipulait qu'elle serait versée à l'achèvement de leur mission. Je demande également le paiement en totalité et aujourd'hui même de la somme prévue par contrat pour la vivenef *Mataf* et son équipage. » Tout en parlant, il avait ouvert sa besace ; les autorisations se trouvaient sur une même feuille du précieux papier d'Alise, roulée et attachée par un cordon. Il dénoua le cordon, sortit les contrats des gardiens et s'avança pour les poser sur la table du Conseil.

Comme plusieurs autres membres, la Marchande Polsk hochait la tête ; elle parcourut des yeux les documents puis les fit passer à ses collègues. Comme les papiers circulaient, chaque membre du Conseil se mit à hocher la tête à son tour. Mais, quand les feuilles parvinrent au dernier, Leftrin garda le silence, et les acquiescements devinrent hésitants puis cessèrent. La Marchande Polsk jeta un coup d'œil en coin à ses confrères puis regarda Leftrin. « Et le reste de votre compte rendu, capitaine ?

— Mon compte rendu ? » Il haussa les sourcils. « Eh bien, naturellement. Qu'avez-vous découvert ? Où avez-vous laissé les gardiens et leurs dragons ? Avez-vous localisé Kelsingra ? À quelle distance est-ce, et quelles sont les conditions de navigation pour y parvenir ? Quelles sont les perspectives de récupération ? Nous avons quantité de questions auxquelles nous attendons des réponses. »

Leftrin prit un instant pour peaufiner sa formule ; mieux valait ne pas les contrarier trop tôt. L'approche directe était encore la meilleure.

« Je préférerais conclure le présent contrat avant de nous lancer dans une conversation à bâtons rompus. Nous pourrons peut-être discuter du partage des découvertes de l'expédition une fois que nous aurons reçu notre paiement, Marchande Polsk. » Ou peut-être que non, songea-t-il.

La femme se raidit. « Voilà qui me paraît très inhabituel, capitaine. »

Il secoua lentement la tête. « Pas du tout ; j'aime mieux en terminer avec un contrat avant d'en négocier un nouveau. »

La Marchande répliqua d'un ton acerbe : « Le Conseil sera d'accord avec moi, j'en suis sûre, pour dire que l'audition de votre compte rendu représente une part importante de votre contrat ; je ne sache pas que nous ayons évoqué la possibilité d'un autre contrat. »

Alise avait aidé Leftrin à se préparer à cet argument. Il ouvrit à nouveau sa besace et en tira une copie de son contrat original ; il la déroula et feignit de la parcourir, le front plissé, comme perplexe ; puis il regarda la Marchande Polsk et dit presque d'un ton d'excuse : « Il n'est spécifié nulle part qu'il fallait présenter un compte rendu au Conseil après notre retour. »

Et voilà. Comme s'il répondait à un signal, un homme en bout de table attira à lui une liasse de documents et se mit à les feuilleter ; Leftrin voulut lui épargner la peine de chercher. « Si vous lisez le contrat, Marchande Polsk, vous constaterez que mon équipage et moi, ainsi que les gardiens et les chasseurs que vous avez embauchés, avons tous rempli nos missions telles qu'exposées dans le document : nous avons déplacé les dragons, nous les avons nourris et soignés, nous avons trouvé un site adapté pour leur installation, et ils y sont installés. » Il s'éclaircit la gorge. « Nous avons rempli notre part du marché. C'est à vous maintenant ; le paiement nous est dû. » Il haussa les épaules. « C'est tout.

— Ce n'est absolument pas tout ! » Ce n'était pas la Marchande Polsk qui s'exclamait ainsi, mais un homme plus jeune qu'elle au bout de la table. Il tourna la tête, et la lumière des globes flottants dansa sur une fine ligne d'écailles orange sur ses sourcils. « Quel compte rendu est-ce là ? Comment pouvons-nous être sûrs que vous nous avez dit la vérité ? Où est le chasseur Jess Torkef qui devait accompagner votre expédition et représenter les intérêts du Conseil ? Il avait pour mission de prendre des notes et de tracer des cartes à mesure que l'expédition progressait. Pourquoi ne vous a-t-il pas accompagné aujourd'hui ? »

C'était précisément la question qu'attendait Leftrin. « Jess Torkef est mort. » Il annonça la nouvelle sans aucun regret, mais s'intéressa de près à l'expression qu'elle suscita chez les différents membres du Conseil. Comme Alise l'avait prédit, une Marchande en robe vert sombre eut l'air saisi ; elle voulut échanger un regard avec l'homme aux écailles orange, mais il fixait sur Leftrin des yeux emplis d'horreur ; il blêmit quand le capitaine ajouta : « Je ne peux pas être tenu pour responsable des accords passés par Torkef ; sa mort annule son contrat. » Il s'interrompit un instant avant de poursuivre : « Je tiens à vous révéler un fait inquiétant : Jess Torkef est mort en essayant de tuer un dragon ; il avait l'intention de le découper en morceaux pour les revendre aux Chalcédiens. »

Il entendit Malta réprimer un cri de stupéfaction, mais ne se tourna pas vers elle : il voulait observer la réaction des membres du Conseil. Comme tous se taisaient, il pointa du doigt ce qui était évident : « Soit Jess Torkef avait trahi le Conseil qui l'avait embauché, soit les "intérêts" du Conseil n'étaient pas ceux qu'on m'avait donné à croire et ne coïncidaient pas avec ceux des dragons ni de leurs gardiens. » Il regarda chacun des membres l'un après l'autre. La Marchande en vert avait les doigts crispés sur le bord de la table ; une colère mâtinée d'horreur tordait les traits de la Marchande Polsk. Leftrin reprit dans le silence pesant : « Tant que je ne saurai pas avec certitude quelle hypothèse est la bonne, je ne présenterai aucun compte rendu à ce Conseil ; et je lui rappelle que, si mon contrat stipulait que je devais rédiger le journal de notre voyage et noter toute découverte sortant de l'ordinaire, rien n'indiquait que je devais faire part au Conseil de ces renseignements à mon retour ; j'étais seulement tenu de les collecter. »

Alise lui avait fait remarquer ce détail lors de leur dernière soirée ensemble à Kelsingra, l'air navré du manque de soin avec lequel le document avait été rédigé. « Tu as raison, mon amour, avait-il dit alors : le Conseil des Marchands de Cassaric était si pressé de nous voir partir qu'il ne pensait qu'à se débarrasser des dragons et de leurs gardiens. Manifestement, certains membres rêvaient d'une nouvelle cité des Anciens à piller, mais ils n'ont pas osé l'écrire noir sur blanc de peur d'attirer l'attention d'autres personnes sur cette possibilité. Ils n'avaient pas envie de partager.

— Et certains imaginaient peut-être qu'on transformerait les dragons en denrées très rares bien avant qu'on leur trouve un lieu où s'installer. Rien ne stipule dans les contrats que nous devons partager avec eux nos découvertes, mais je parie qu'à ton retour, si tu parles de ce que nous avons trouvé, ils chercheront le moyen de nous le prendre. »

Ils étaient assis près du feu dans la petite cahute de berger qu'ils s'étaient appropriée ; dans le foyer, les flammes créaient des reflets roux dans les cheveux bouclés d'Alise. Ils avaient pris des couvertures et d'autres affaires dans la cabine du capitaine pour rendre leur nouveau logement aussi accueillant que possible, et, à la grande surprise de Leftrin, Mataf paraissait s'accommoder de son absence. Alise appréciait leur intimité nouvelle, même si la petite maison était beaucoup moins confortable que le bateau. Leftrin avait fabriqué un châlit avec un sommier en corde, ainsi qu'une table et un banc, mais leur retraite restait rustique et austère, tandis que, dehors, les jours d'hiver devenaient froids et humides. Assis par terre côte à côte près de l'âtre, ils étudiaient le contrat qu'ils avaient signé avec le Conseil des Marchands de Cassaric ; Alise l'avait parcouru avec soin, en prenant des notes sur les pierres de la cheminée à l'aide d'un morceau de bois brûlé. Leftrin, lui, se contentait de se régaler à la regarder ; il savait qu'il devrait bientôt la quitter, et, même si son absence ne serait sans doute pas longue, il n'en redoutait pas moins cette période où il serait loin d'elle.

Quand elle leva enfin les yeux des documents, elle avait le bout des doigts noir de suie et une traînée noire sur le nez. Leftrin sourit : elle avait l'air d'une petite chatte rousse tigrée. Elle fronça les sourcils puis indiqua le contrat de l'index, la mine grave. « Il n'y a rien à craindre dans ce que nous avons signé, et j'ai examiné plus tôt le contrat de gardien de Houarkenn ; ni lui ni les autres n'ont renoncé à rien par contrat. Les papiers disent seulement qu'ils doivent s'occuper des dragons, sans quoi ils ne toucheront pas leur paie ; nulle part il n'est mentionné qu'ils doivent partager ce qu'ils trouvent. Même dans le tien, il est seulement stipulé que tu dois tenir un journal ; les conditions ne disent pas que tes notes sur la navigation appartiendront au Conseil, et elles ne lui donnent aucun droit sur nos découvertes, y compris Kelsingra.

Il était si pressé de se débarrasser des dragons qu'il a oublié le reste ; il a prévu des pénalités pour toi si tu reviens avec les dragons et les gardiens, et combien il faudrait verser à chaque gardien "une fois son/sa/ses/dragon/ne/s installé/e/s et satisfait/e/s", mais il n'a pas prévu ce qu'il nous demanderait si nous parvenions à trouver Kelsingra. C'est curieux ; cette omission ne m'a pas paru aussi frappante quand j'ai lu et signé le contrat ; mais à présent ça saute aux yeux : les Conseillers ne s'attendaient pas à ce que les dragons ni les gardiens survivent, et ils ne pensaient pas que nous trouverions Kelsingra – du moins officiellement ; quelques-uns imaginaient sans doute que nous découvrions des trésors, et au moins deux membres se sont montrés désemparés quand j'ai annoncé que j'accompagnerais l'expédition et que je parlerais au nom des dragons.

— Ma foi, il y avait un capitaine de gabare qui était si heureux à cette perspective qu'il n'a pas remarqué si tu soulevais ou non des oppositions. »

À contrecœur, elle repoussa les doigts de Leftrin qui tortillaient ses boucles indisciplinées. « Mon amour, il faut terminer ce travail ce soir. Il ne me restait plus qu'une feuille de papier, et j'en ai utilisé la moitié pour écrire ce que je devais dire à Malta l'Ancienne ; ne laisse personne voir cette lettre. J'ai dû écrire tout petit : j'espère qu'elle a de bons yeux ! Je me suis servi de l'autre moitié de la feuille pour rédiger un document qui t'autorise à collecter la paie des gardiens ; ils ont tous signé. Et, sur ce parchemin, nous noterons tout ce que nous voulons obtenir et tout ce que nous sommes prêts à concéder en échange. » Sa voix trembla légèrement, et elle baissa les yeux.

Il lui releva le menton avec deux doigts. « N'aie pas peur, je ne vendrai pas Kelsingra. On n'a pas trouvé grand-chose de ce côté-ci du fleuve qui puisse intéresser les Marchands, mais je sais ce que tu crains : qu'une fois devant la cité, ils ne la dépouillent jusqu'à la dernière pierre. »

Elle hocha la tête d'un air sombre. « Comme ils l'ont fait pour les premières cités des Anciens qu'on a découvertes. Tant de mystères auraient sans doute été résolus si tout était resté sur place ; aujourd'hui, les objets de Cassaric et de Trehaug sont éparpillés dans le monde entier, aux mains de riches familles et de marchands astucieux. Mais Kelsingra, la vraie Kelsingra, de l'autre côté du fleuve, nous donne une nouvelle chance de savoir qui étaient les Anciens, de comprendre, voire de maîtriser la magie dont ils usaient si libéralement… »

Il l'interrompit doucement : « Je sais, ma chérie ; je sais l'importance que tu y attaches, même si certains des jeunes ne comprennent pas. Je la protégerai pour toi. »

Le bourdonnement des conversations dans la Salle du Conseil le ramena au présent. Loin de diminuer, le bruit croissait à mesure que les spectateurs haussaient la voix pour se faire entendre par-dessus le brouhaha. La Marchande Polsk se dressa et lança un appel au calme, mais nul n'y prêta attention. Tout à coup, la salle fut plongée dans l'obscurité ; les globes flottants s'éteignirent, et seule la lueur rouge des âtres dispensa quelque lumière. Tous se turent, abasourdis.

La voix de Malta Khuprus s'éleva dans la pénombre. « Il est temps de faire silence et d'écouter le capitaine Leftrin au lieu de nous poser des questions auxquelles nous n'avons pas de réponse. Comportons-nous en Marchands disciplinés et entendons ce qu'il a à dire. Cet homme nous parle d'un contrat rempli, d'une juste dette à payer, et d'un danger éventuel qui menacerait non seulement les dragons mais tous les habitants du désert des Pluies. Un complot chalcédien ourdi au cœur du désert des Pluies ? Écoutons-le.

— D'accord ! » cria la Marchande Polsk quand Malta se tut, et un chœur de voix approbatrices lui répondit. La magie inconnue que Malta pratiqua sur les globes flottants fut efficace : ils s'éclairèrent lentement d'une lumière chaude qui emplit la salle d'un agréable éclat rosé. Malta avait quitté son siège dans les gradins et se tenait à présent à l'extrémité de la table du Conseil. Sa grossesse se voyait bien désormais quand elle se mettait debout : son ventre arrondi cassait les lignes longues et fines de son corps, et Leftrin eut l'impression qu'elle attirait délibérément l'attention sur elle. Une femme enceinte ne représentait pas un spectacle rare dans le désert des Pluies, mais ce n'en est pas un courant non plus, et le capitaine savait que plus d'un regardait le symbole de sa fécondité avec envie. Malta les laissait faire.

« Capitaine Leftrin, dit la Marchande Polsk d'un ton impérieux, vous portez de graves accusations ; avez-vous des preuves pour les étayer ? »

Il prit son souffle. « Aucune qui puisse satisfaire le Conseil. Je peux vous répéter les paroles du gardien Graffe et vous dire ce que Jess Torkef a avoué à Sédric Meldar de Terrilville avant de mourir. Torkef ne s'est pas caché qu'il était venu dans l'intention de tuer des dragons afin d'en vendre les morceaux qu'il en prélèverait, et il a voulu persuader Sédric de participer à son projet. Le gardien Graffe nous a dit aussi clairement que Jess Torkef avait cherché à le recruter. À mon sens, celui ou celle qui a embauché cet homme pour le placer à bord de mon bateau savait que chasser pour nourrir les dragons n'était pas la priorité de Torkef. Avant même le départ de l'expédition, j'ai reçu une lettre de menaces, anonyme, pour me convaincre de tout faire pour l'aider.

— Avez-vous cette lettre sur vous ? demanda aussitôt Polsk.

— Non ; elle a été détruite.

— De quelles menaces exactement étiez-vous l'objet, capitaine ? » C'était le jeune Marchand aux écailles orange qui avait posé la question ; un petit sourire jouait sur ses lèvres.

« Excusez-moi, mais je ne me rappelle pas votre nom, Marchand, fit Leftrin.

— Marchand Candral. » Polsk prit les commandes de la discussion. « Veuillez ne pas compromettre l'ordre de notre Conseil en prenant la parole sans l'avoir sollicitée. Souhaitez-vous poser une question au capitaine Leftrin ? »

La rebuffade n'avait pas fait plaisir au Marchand Candral, à moins qu'il n'appréciât pas qu'on dévoilât son nom devant Leftrin. Quoi qu'il en fût, il se laissa aller contre son dossier et répondit d'un ton insolent : « J'avais une question, en effet, et je l'ai déjà posée. De quelles menaces notre capitaine a-t-il été l'objet ? Et, si ces menaces lui ont été faites avant son départ, pourquoi ne nous les a-t-il pas signalées ? »

La Marchande Polsk étrécit les yeux mais, d'un signe de la tête, autorisa Leftrin à répondre. Il la regarda en face. « C'était du chantage ; la lettre menaçait de rendre publics certains renseignements personnels, et je ne l'ai pas signalée parce que je me jugeais en état d'y faire face, et que le Conseil nous poussait déjà à un départ en urgence – immédiat, si je me souviens bien.

— Les dragons étaient dangereux ! Il fallait qu'ils s'en aillent ! » C'était un homme vêtu d'une veste et d'un pantalon en tissu épais qui s'était ainsi exclamé, en se dressant dans les gradins pour se faire entendre. « Mon gamin et moi, on a dû nous réfugier dans les excavations parce qu'un petit dragon vert nous courait après, et il faisait sauter les étais sur son passage. Il en avait après notre dîner, alors que ce n'était que du pain et du fromage dans une besace ; il a tout mangé, y compris le sac, et il aurait peut-être bouffé mon gamin par-dessus le marché si on n'avait pas profité de son repas pour nous enfuir ! Je suis ici pour dire que, si les dragons sont partis, bon débarras ! Et, si jamais il est question de les ramener ici, moi et les autres fouilleurs, on arrêtera le travail. » Il croisa les bras sur sa poitrine et parcourut l'assistance d'un regard noir.

« Je ne veux pas d'éclats dans cette salle ! » lança la Marchande Polsk d'un ton sévère ; l'homme s'assit avec un soupir d'exaspération, mais les gens autour de lui hochaient la tête d'un air approbateur.

« Ils auraient tué des gens si on ne les avait pas emmenés ailleurs ; on s'était fait avoir depuis le début », dit-il encore, moins fort, mais en s'attirant un nouveau regard menaçant de la Conseillère.

Leftrin profita de l'humeur rebelle de la salle. « Aujourd'hui, Conseillers et Marchands, je viens seulement toucher la paie qui nous revient. Les dragons ont un nouveau site de résidence ; je ne les ramènerai jamais. Alors donnez-nous notre paie, la mienne et celle de mon équipage, celle des gardiens et celle des chasseurs. J'ai les autorisations de tout le monde sur moi, toutes signées, avec la permission de récupérer l'argent de chacun ; certains veulent qu'on en envoie une partie à leur famille, un gardien veut que tout aille à ses parents, et les autres m'ont donné mission d'empocher tout leur salaire.

— Prouvez-le ! » lança le Marchand Candral, et son collègue en vert acquiesça vigoureusement de la tête.

Leftrin les regarda un moment sans répondre, puis il décrocha de nouveau sa besace de son épaule et l'ouvrit lentement. En sortant les documents roulés, il dit à mi-voix : « Certains pourraient se sentir insultés de la façon dont cette demande a été présentée ; d'autres pourraient exiger réparation d'un godelureau qui a insulté leur honneur. Mais... (il s'avança pour déposer les papiers sur la table et se tourna vers le Marchand Candral), je tiendrai compte de l'auteur de l'insulte. » Sans attendre la réaction de l'homme, comme s'il n'y attachait aucune importance, il poussa les documents vers la Marchande Polsk. « Les signatures de tous les chasseurs, gardiens et hommes d'équipage sont là, ainsi que celles d'Alise et Sédric ; il ne manque que celle de Houarkenn, qui a disparu dans le fleuve. J'ai rapporté son contrat : je pense que sa paie doit revenir à ses parents ; il en parlait toujours avec affection. Graffe ne disait pas grand-chose de sa famille, et je ne sais même pas s'il en avait une. Vous pouvez garder son argent, si ça vous paraît juste. Quant au salaire de Jess Torkef, faites-en ce qui vous chante ; c'est de l'argent sale, et je refuse d'y toucher. »

Candral s'était radossé. « Si tous ces gardiens ont survécu, pourquoi aucun d'entre eux ne vous a-t-il accompagné ? Comment pouvons-nous être sûrs qu'ils ne sont pas tous morts et que vous n'êtes pas là seulement pour empocher leur salaire ? »

L'ignoble accusation fit rougir Leftrin ; il prit une longue inspiration, mais la Marchande Polsk intervint sèchement : « Marchand Candral, vous parlez sans l'autorité du Conseil. Capitaine Leftrin, veuillez vous écarter de cette table ! Le Conseil étudiera ces documents. Nous n'avons jamais eu à nous plaindre de nos relations avec vous dans le passé ; et il nous faudra discuter de vos affirmations selon lesquelles l'embauche du chasseur Torkef aurait eu lieu dans des conditions anormales. » Elle adressa un regard songeur à Candral.

Leftrin ne bougea pas et détourna les yeux de Candral pour regarder la Marchande Polsk. « Je passerai sur l'insulte pour cette fois ; mais, quand le Conseil cherchera des anomalies, qu'il songe que les menteurs se méfient souvent des honnêtes gens. J'irai même jusqu'à répondre à la question : les gardiens ont décidé de rester avec leurs dragons ; deux d'entre eux sont morts, et, sans doute que si j'étais le genre d'homme à profiter des morts, je vous aurais dit que tout le monde était en parfaite santé, et j'aurais raflé leur salaire. Maintenant, je vais m'écarter, dès que j'aurai reçu ma paie et celle de mon bateau et de mon équipage, comme convenu et signé par le Conseil tout entier.

— Je pense qu'aucun d'entre nous n'y verra de problème », dit Polsk à l'adresse de Candral, qui ouvrit la bouche puis se ravisa. La Marchande Polsk fit signe à un page de lui apporter de l'encre et du papier ; mais la femme à sa gauche demanda brusquement : « Que devient la Marchande terrilvillienne, Alise Finbok ? Où est-elle ? Et l'homme qui l'accompagnait, Sédric Meldar ? Eux, assurément, n'ont pas décidé de rester avec les dragons !

— Marchande Sverdine, ces questions doivent être soumises au Conseil afin de les poser selon les règles ! » La remontrance était on ne peut plus claire ; la Marchande Polsk avait les joues rouges, et elle passa une main exaspérée dans ses cheveux qu'elle redressa en une brosse grise.

Leftrin regarda la Marchande Sverdine. « Alise Kincarron a décidé de rester avec les dragons ; elle m'a confié des lettres pour ses proches, et je les ai déjà envoyées. Quant à Sédric, étant donné qu'il n'a rien signé avec le Conseil, ce qu'il devient ne vous regarde pas ; mais il était bien vivant quand je l'ai quitté, et j'imagine que ça n'a pas changé depuis. »

La femme ne se laissa pas intimider ; elle s'adossa dans son siège et s'adressa à la Marchande Polsk, le menton haut. « Rien ne nous prouve qu'aucun des gardiens a survécu ; nous ignorons ce qui est arrivé aux dragons. Je pense que nous devrions retenir tout paiement sur notre contrat avec cet homme tant qu'il ne sera pas démontré qu'il en a tenu sa part.

— Cela paraît en effet l'option la plus judicieuse », acquiesça aussitôt le Marchand Candral.

Lentement, Leftrin regarda chaque membre du Conseil l'un après l'autre. Candral fit mine de s'intéresser à ses ongles tandis que la Marchande Sverdine piquait un fard et faisait rouler sous sa main un petit rouleau de parchemin sur la table. Polsk avait l'air gêné.

« Capitaine Leftrin, dit-elle, je ne doute pas des services que vous avez rendus ni de votre honnêteté ; mais, puisque deux membres du Conseil s'y montrent opposés, je ne puis dégager vos fonds tant que nous n'aurons pas la preuve que vous avez honoré votre contrat. »

Leftrin se tut et garda un visage impassible malgré sa colère : on négocie mieux l'esprit froid. Pouvait-il sans risque laisser les documents aux mains du Conseil ? Il croisa le regard de Polsk empreint de regret. « Je vous confie ces papiers à vous personnellement, Marchande Polsk ; ils doivent rester en votre possession. Examinez les signatures et la date des demandes que les gardiens ont ajoutées ; faites ce que vous voulez des salaires de Graffe et de Houarkenn ; en ce qui concerne Jess, vous ne lui devez pas un sou, à mon avis : il n'a pas tenu les termes de son contrat et il a cherché à tuer des dragons et des gardiens. Je vous suggère de mener une enquête sérieuse sur la personne qui l'a embauché. Quant à moi, si vous lisez mon contrat, vous constaterez que l'argent qui m'a été promis m'est dû. Vous savez où je suis amarré ; quand vous déciderez de me payer, envoyez la somme là ; et, si vous décidez de ne pas me payer, vous devrez attendre très longtemps avant d'apprendre où sont les dragons et ce qu'on a découvert. »

Il tourna le dos à la table et fit semblant de découvrir la présence de Malta Khuprus. Il s'inclina. « Dame Ancienne, j'ai une lettre pour vous d'Alise Kincarron, et un petit objet qui vient de la cité de Kelsingra.

— Vous l'avez trouvée ? Vous avez trouvé la cité Ancienne ? » C'était un membre du Conseil, joufflu avec des cheveux noirs et bouclés, et jusque-là muet, qui s'exclamait ainsi.

Leftrin lui accorda un coup d'œil puis embrassa du regard tout le Conseil. « Oui. Mais, avant que vous ne me demandiez des détails, vous et vos collègues devriez peut-être vous mettre d'accord pour savoir si vous pouvez croire ce que je dis ou non. Je n'ai pas envie de vous faire perdre votre temps ni de perdre le mien si vous êtes convaincus que je vous raconte des histoires. »

Il se retourna vers les Anciens. Malta s'était dressée ; Reyn, debout comme elle, ne la touchait pas mais la soutenait manifestement. La jeune femme rayonnait de joie, bien que sa bouche gardât un pli ferme. Le capitaine lui tendit un petit parchemin roulé et un sachet en tissu, et elle les prit de ses longues mains élégantes ; les écailles rouges lui faisaient comme des gants du cuir le plus fin. Elle ouvrit lentement le sachet et en tira le carreau de cheminée ; elle sourit en l'admirant puis le leva bien haut pour le montrer à tous pendant quelques instants avant de le replacer dans le petit sac.

Leftrin s'adressa à elle dans le soudain brouhaha qui suivit son geste. « Si vous avez des questions, j'y répondrai volontiers. Je suis amarré aux quais de Cassaric ; vous ne pouvez pas nous manquer. »

Malta inclina la tête sans répondre ; Reyn s'en chargea pour elle. « Le Conseil nous a couverts de honte ; vous savez, je l'espère, que nous sommes convaincus que vous avez atteint votre but, et nous viendrons vous voir dès que possible. Mais, pour le moment, mon épouse est lasse et doit rentrer se reposer.

— À votre convenance, dit Leftrin. Je pense qu'il vaut mieux que je ne m'attarde pas ici.

— Capitaine Leftrin ! Capitaine Leftrin, vous ne pouvez pas vous en aller comme cela ! lança le Marchand aux cheveux bouclés.

— Si », répliqua Leftrin, et, leur tournant le dos, il quitta la salle d'un pas ferme. Derrière lui, le brouhaha des conversations explosa.

Vingt-sixième jour de la Lune du Changement

Septième année de l'Alliance Indépendante des Marchands

Detozi, Gardienne des Oiseaux, Trehaug

Journal, Pigeonnier 4.

3 rapides femelles mortes ce matin ; œufs froids dans 2 nids ; récupéré 2 œufs d'un nid, placés sous une jeune femelle du pigeonnier 6. Noté dans journal d'élevage. Déplacé tous les oiseaux du pigeonnier 4 au 7, vidé et nettoyé. Pigeonnier 4 à démonter et brûler, car troisième infestation.

2

Enlèvement

« Ça ira, avait-elle répété. Rattrape Leftrin et apprends tout ce qui s'est passé. La lettre qu'il nous a remise ne fait qu'effleurer les aventures qu'ils ont vécues. Je suis si fatiguée que j'ai du mal à tenir debout, mais je ne pourrai me reposer que quand je saurai tout. »

Reyn l'avait regardée avec un sourire inquiet ; le vent humide soufflait sur eux. « Comment peux-tu dire que ça ira alors que tu tiens à peine sur tes jambes ? Chérie, je préférerais te ramener d'abord à la maison ; ensuite j'irai au *Mataf* et je parlerai au capitaine. Je le supplierai de venir chez nous avec moi et de tout te raconter.

— Je t'en prie, ne me prends pas pour une enfant ! Je ne suis pas une petite créature fragile ; je réussirai très bien à retourner à notre chambre toute seule. Mais, toi, vas-y avant que tout le monde se fasse la même réflexion que moi ; ce message d'Alise m'a aiguisé l'appétit, et il y a des dizaines de choses que je veux savoir. Je t'en prie ! » avait-elle ajouté en le voyant froncer les sourcils. Ils étaient dans l'encadrement des portes de la Salle de Marchands quand Malta s'était efforcée de déchiffrer les mots serrés qu'Alise lui avait écrits ; à la lueur vacillante de la lanterne agitée par le vent, c'est à peine si elle était parvenue à les lire. Incapable de supporter l'attente, elle avait imploré Reyn de l'emmener parler au capitaine aussitôt ; mais, à présent, sur la voie qui menait à l'ascenseur, elle se sentait trop lasse pour continuer. Aussi avait-elle projeté de retourner à la chambre qu'ils avaient louée pendant que son mari convaincrait le capitaine Leftrin de venir lui parler.

Reyn avait soupiré. « Très bien ; comme d'habitude, Malta, tu n'en fais qu'à ta tête ! Ne m'attends pas ; mets-toi au lit et repose-toi jusqu'à ce que je revienne avec Leftrin. Je te promets que je te réveillerai dès mon retour, et tu pourras le bombarder de questions autant que tu le voudras.

— Tu feras bien, l'avait-elle averti. Et ne t'avise pas de t'attarder le temps de prendre un verre ou deux ni de l'emmener ailleurs pour discuter avec lui sous prétexte que tu me crois endormie ! Je le saurai, Reyn, et alors malheur à toi !

— C'est promis », avait-il répondu en souriant de ses menaces, puis il avait tiré davantage le capuchon de Malta sur sa tête ; enfin, il l'avait quittée comme elle le lui avait ordonné.

« Pas une petite créature fragile », se répéta-t-elle ; une fois la contraction passée, elle resta immobile à reprendre son souffle. L'orage qui menaçait était arrivé, et l'obscurité semblait tomber avec les rideaux de pluie. Elle qui se croyait si sûre de retrouver le chemin de sa chambre ! Elle commençait à en douter ; des bouts de branches et de la mousse dégringolaient, délogés par l'averse, tandis que des feuilles mouillées volaient dans le vent. Au loin, Malta voyait les lumières des maisons de la voûte danser dans les bourrasques. À Terrilville, il lui eût suffi de repérer une maison éclairée et d'en suivre la direction, mais, dans une ville comme Cassaric, ce n'était pas aussi simple : les passerelles formaient une toile d'araignée entre les arbres, et il n'existait pas de voie rectiligne d'un point à un autre ; les lumières proches pouvaient la guider jusqu'à l'arrière d'une maison tournée vers une autre branche, avec le vide entre elles.

Elle se retourna pour voir le chemin qu'elle avait suivi en se demandant où elle s'était trompée de voie, et le vent lui arriva en plein visage ; elle plissa les yeux mais ne reconnut rien. Était-ce un homme qu'elle voyait à l'autre bout de la dernière passerelle qu'elle avait franchie ? Les rafales la mitraillaient de pluie, mais la silhouette ne bougeait pas. Non, il s'agissait sans doute d'un poteau à la forme bizarre. Malta se détourna et regarda les lumières qui dansaient, attirantes ; elle avait froid, ses vêtements étaient trempés, et la douleur habituelle qui lui taraudait le dos avait changé. Quand une nouvelle et violente contraction la parcourut, elle ne put plus nier ce qui se passait : l'enfant s'efforçait de naître – ici, sur une branche d'arbre, en plein orage. Naturellement.

Elle s'accrocha au garde-corps, les ongles enfoncés dans le bois dur et tordu, et tâcha de penser à tout sauf à la pression terrible qui lui écrasait le corps. Les yeux fixés sur ses mains crispées, elle serra les dents en silence en attendant que la douleur passât, puis elle se pencha par-dessus la balustrade en respirant à grandes goulées. Tant pis pour sa fierté ! Si l'enfant naissait ici, sur cette allée, sous la pluie, quelles chances de survie aurait-il ? Allait-elle laisser son bébé mourir parce qu'elle ne voulait pas demander de secours à des inconnus ? Elle prit une inspiration et cria : « À l'aide ! S'il vous plaît, aidez-moi ! »

Le vent et le bruissement incessant des feuillages emportèrent les mots. « Je vous en prie ! » lança-t-elle encore alors qu'une nouvelle contraction la parcourait. Elle serra une main sur le garde-corps et posa l'autre sur son ventre. Non, ce n'était pas un effet de son imagination : l'enfant était plus bas ; il descendait. Elle attendit un instant, reprit son souffle et appela de nouveau à l'aide ; mais l'orage montait au lieu de se calmer, et il n'y avait personne dehors. Un quasi-sourire révéla ses dents ; comment en vouloir aux promeneurs ?

Battant des cils pour les débarrasser des gouttes de pluie, elle leva la tête. Il brillait moins de lumières que tout à l'heure dans les arbres : les gens se couchaient tôt en hiver. Mais la voie sur laquelle elle se trouvait devait bien mener quelque part, à une maison, à un magasin ou à un escalier ; elle n'avait qu'à la suivre. Elle jeta un regard au chemin par lequel elle était venue dans l'espoir d'apercevoir quelqu'un. Elle s'était trompée de route, et elle devait faire demi-tour. Le vent soufflait en rafales, brindilles et feuilles lui fouettaient le visage, et elle leur tourna le dos. C'était sans importance : elle irait là où les bourrasques la poussaient et elle frapperait à la première porte venue jusqu'à ce qu'on lui ouvrît. Nul ne chasserait une femme en plein travail. Agrippée à la balustrade, elle se mit à avancer d'un pas obstiné. Tout irait bien. Il le fallait.

Reyn pressait le pas sur la voie pour rattraper le capitaine Leftrin ; il glissa, maugréa contre lui-même, reprit son équilibre et poursuivit sa route. Il avait passé trop de temps à discuter avec Malta ; il n'avait qu'une envie : rebrousser chemin et conduire sa femme dans sa chambre avant de descendre au *Mataf*. Elle n'avait pas insisté pour l'accompagner, indice inquiétant de son état de fatigue. Il jeta un regard par-dessus son épaule, mais, au milieu des débris et des gouttes arrachés aux arbres par le vent, c'est à peine s'il distingua la passerelle qu'il venait d'emprunter ; il ne put donc repérer Malta qui regagnait seule leur chambre. Il leva les mains pour essuyer son visage trempé puis repartit au pas de course ; plus vite il parlerait au capitaine, plus vite il pourrait retourner auprès de sa femme.

Les passerelles dansaient dans le vent qui forcissait ; Reyn se déplaçait vivement, avec l'aisance de celui qui est né dans le désert des Pluies, mais toujours inquiet pour Malta ; elle s'était bien adaptée à sa nouvelle vie dans les arbres, mais le poids de l'enfant la déséquilibrait et rendait son pas moins sûr depuis quelques semaines. Mais, alors qu'il approchait d'un tronc, il se répéta qu'elle irait bien ; un groupe de personnes attendait l'ascenseur ; impatient, il se rendit sur la plate-forme et entama une descente rapide dans l'escalier en colimaçon qui enserrait l'énorme fût de l'arbre.

Il était trempé et à bout de souffle bien avant de parvenir au chemin en plaques de cuir posées sur le sol au pied de l'arbre ; il ne vit personne : l'orage et la nuit qui approchait avaient fait rentrer les gens chez eux. Il espéra qu'ils avaient aussi découragé ceux qui couraient après le capitaine Leftrin lorsqu'il avait quitté la Salle du Conseil ; il n'avait pas envie de se battre pour accéder à lui. Il devait le persuader de l'accompagner pour une conversation privée où Malta aurait l'occasion de lui poser la longue liste de questions qu'elle avait notées pendant l'assemblée. Il connaissait assez bien le caractère de son épouse pour savoir qu'elle ne laisserait pas Leftrin s'en aller avant qu'il eût répondu à toutes !

Reyn hâtait le pas dans la pénombre, son chemin éclairé inégalement par des lanternes fixées le long de la voie. Le fleuve était en crue ; les quais flottants se soulevaient au bout de leurs solides amarres au point que les pieux qui les retenaient dépassaient à peine la taille de Reyn. Les bateaux se déplaçaient et se plaignaient du vent et du courant en raclant et en cognant contre les quais et tiraient sur leurs aussières. Le *Mataf* était long et large ; il devait être mouillé à l'amarrage extérieur. La plupart des lampes qui éclairaient les quais la nuit avaient rendu les armes devant la pluie et le vent, et Reyn dut ralentir le pas pour accéder aux passerelles de l'amarrage.

La chance était avec lui : il arriva à temps pour voir quelqu'un qui tenait haut une lanterne alors que le capitaine accédait au pont de son bateau. « Capitaine Leftrin ! Attendez, s'il vous plaît ! Vous me connaissez : je suis Reyn Khuprus ; je dois vous parler. » Le vent emporta ses paroles, mais Leftrin jeta un regard par-dessus son épaule puis lança : « Venez, alors, et bienvenue à bord ! Ne restons pas sous l'orage. »

Reyn s'empressa d'obéir. Il enjamba le bastingage et suivit le capitaine jusqu'à la coquerie, accueillante et chaude ; une grande table occupait une large partie de la pièce, avec un banc de part et d'autre. Au fond, un gros fourneau irradiait sa chaleur ; des chapelets d'oignons et de tubercules pendaient aux poutres du plafond et apportaient leurs arômes à une pièce déjà pleine des odeurs d'hommes confinés qui travaillent côte à côte. Des lanternes suspendues dispensaient une lumière jaune, et l'odeur d'un ragoût savoureux montait d'une grande casserole couverte qui mijotait sur le feu. La femme qui avait attendu Leftrin, une lampe à la main, prit le manteau de Reyn et le pendit à un crochet où il dégoutta près de celui du capitaine.

« Du thé chaud ! » s'exclama Leftrin, et, malgré la menace de Malta, Reyn acquiesça de la tête. Il constata avec plaisir que l'infusion était déjà prête dans une grosse théière brune sur la table ; on sortit rapidement une chope pour le capitaine, et une autre pour Reyn la rejoignit pendant que Leftrin s'apprêtait à verser le thé. Par une porte ouverte, Reyn aperçut l'intérieur du rouf aux parois bordées de couchettes ; sur l'une d'elles, un individu de haute taille et fortement charpenté se grattait la poitrine en bâillant ; un autre, plus petit, passa devant son compagnon et se glissa comme un chat par la porte pour s'installer d'un mouvement fluide sur un des bancs ; il adressa un regard empreint de curiosité à Reyn puis fixa son attention sur le capitaine et, sans préambule, attaqua son compte rendu.

« Le Conseil ne nous a pas envoyé d'argent, cap'taine ; mais le magasin a livré tout ce que tu avais commandé à crédit ; et on a eu de la même façon presque toutes les fournitures que tu nous avais demandées ; les marchands d'ici nous connaissent bien, et ils savent que, s'ils ne nous avancent pas ce qu'il nous faut, on ne retournera pas chez eux quand on aura des fonds.

— Bien joué, Hennessie, et assez pour le moment. On a un invité. »

Reyn comprit que Leftrin mettait ainsi le holà aux bavardages de l'équipage pour l'empêcher de divulguer des renseignements au nouveau venu tant qu'il ne l'avait pas évalué et n'avait pas appris ce qu'il désirait. Il décida de tenter une manœuvre d'ouverture ; il regarda Hennessie, manifestement le second du bateau, puis il revint à Leftrin et dit : « Le crédit des Khuprus est aussi bon ici, à Cassaric, qu'à Trehaug, cousin ; je suis sûr que notre famille se ferait un plaisir de déployer un peu d'influence, étant donné que le Conseil local vous traite injustement. »

Leftrin le regarda un long moment en silence. « Je suis surpris que vous vous souveniez qu'on est cousins. »

Reyn agrandit les yeux. « Voyons, nous n'étions pas si nombreux à embêter les hommes qui travaillaient le bois-sorcier, à l'époque ! Vous étiez doué pour la mise en forme ; on disait même que votre mère pourrait bien persuader votre père de vous laisser suivre cette carrière au lieu de reprendre le *Mataf*.

— Ça n'a jamais été plus loin : je n'avais d'yeux que pour le bateau, et j'avais même peur de me retrouver à travailler le bois-sorcier ! Et où est-ce que j'en serais aujourd'hui, dans ce cas ? Tandis que vous, si ma mémoire est bonne, vous étiez passionné par les billes intactes, toujours prêt à vous éclipser de chez vous pour partir en exploration.

— C'est vrai, et ça me valait quantité d'ennuis.

— On craignait que vous ne vous soyez trop attaché à la cité, que vous ne finissiez par vous y noyer... »

Reyn acheva la phrase à la place de Leftrin : « Comme mon père. »

Le silence dans la coquerie devint pesant. La femme avait pris la théière pour la remplir ; elle se figea, les yeux fixés sur l'Ancien. Il avait senti la brusque tension dans l'air, et il songea qu'il valait mieux chercher à en connaître l'origine tout de suite ; s'il s'exprimait sans détour, peut-être obtiendrait-il des explications claires en échange. Il hocha la tête. « Mais je ne me suis pas noyé, parce que, pour moi, ce qui importait, ce n'était pas la pierre ni les souvenirs qu'elle renfermait, mais la dragonne Tintaglia, prisonnière de son cocon de bois-sorcier et consciente. Elle m'a attiré, retenu, et j'ai fini par la servir, comme je continue à le faire de bien des façons. C'est elle qui m'amène ici ce soir ; il faut que je sache, capitaine : qu'est-il advenu des dragons et de leurs gardiens ? »

Leftrin s'était assis près du fourneau ; il porta sa chope à ses lèvres et but prudemment tout en contemplant Reyn d'un air songeur. Ce dernier se demanda comment il le voyait ; pour le capitaine de la vivenef, était-il un monstre, un homme trop marqué, trop changé par le désert des Pluies ? Ou bien voyait-il en lui un Ancien, une des créatures magiques et révérées qui avaient bâti les cités cachées du désert des Pluies ? Ou encore un cousin éloigné qu'il se rappelait vaguement d'une lointaine enfance ? Reyn, le dos droit, laissa Leftrin examiner ses traits écailleux et penser ce qu'il voulait.

Un chat roux élancé aux pattes blanches sauta soudain du pont et atterrit sur la table ; il la parcourut sur toute sa longueur sans se laisser intimider par Hennessie qui cherchait à le chasser de la main, et il planta son regard vert et brillant dans les yeux de Reyn. Il donna un petit coup de sa tête rayée contre les mains de Reyn posées sur la table, exigeant qu'on lui rendît hommage ; l'Ancien leva la main pour le caresser et s'étonna de la douceur de sa fourrure.

Comme si le bon accueil qu'il avait fait au chat l'avait décidé, Leftrin dit : « Où est Malta ? Alise voudrait qu'elle sache tout, j'en suis sûr ; c'est pour ça qu'elle lui a écrit une lettre et envoyé un morceau de carreau.

— Sa grossesse lui pèse, et je lui ai demandé de rentrer se reposer ; elle a accepté uniquement sur ma promesse d'aller vous voir pour vous supplier de m'accompagner chez nous. Elle ne me laissera pas en paix tant qu'elle n'aura pas de réponse à ses questions. » Reyn tira de sa poche le petit parchemin couvert de l'écriture, petite mais ronde, de son épouse, et il l'examina d'un air mi-figue mi-raisin. « À toutes ses questions, ajouta-t-il autant pour lui-même que pour le capitaine, et le soudain éclat de rire de ce dernier le laissa stupéfait.

— Les femmes et leurs gribouillis ! fit Leftrin. Elles n'en ont donc jamais assez de découvrir des choses et de les noter ? La lettre d'Alise ne lui suffisait pas ? »

Reyn sourit, brusquement détendu. Il prit sa chope de thé fumant à deux mains pour se réchauffer. « Malta est toujours pleine d'une curiosité infinie ; elle a essayé de lire le mot que vous lui avez remis, mais il était écrit très petit, et la lumière à l'extérieur de la Salle était mauvaise. Les questions qu'elle a notées sur le parchemin ici présent sont celles qui lui sont venues pendant que vous vous adressiez au Conseil ; quant à moi, je n'ai pas eu la moindre occasion de jeter un seul coup d'œil au message d'Alise avant que Malta m'envoie vous rattraper. »

Leftrin changea de position sur son siège puis regarda sa chope. « Demain, ça irait ? demanda-t-il avec réticence. Je suis debout depuis l'aube, et je suis trempé et glacé jusqu'aux os ; et il faut que j'entende le compte rendu de mes hommes sur les courses que je leur ai données à faire. »

Reyn resta immobile et s'efforça de déchiffrer son interlocuteur. Il devait le ramener à Malta ce soir même, sans quoi elle se mettrait aussitôt à chercher un moyen de descendre au plus tôt jusqu'au bateau et de parler au capitaine de vive voix. Depuis le départ de l'expédition pour emmener les dragons en amont du fleuve, elle se rongeait les sangs ; elle avait toujours eu le talent de faire le tri entre les rumeurs pour découvrir ce qui arrivait ou pouvait arriver : à Trehaug, elle était capable de dire à Reyn quels bateaux allaient mouiller au port et quelles cargaisons ils transportaient, plusieurs jours avant qu'ils ne parvinssent à la cité ; et elle avait été certaine qu'il y avait anguille sous roche quand le Conseil des Marchands de Cassaric avait pour ainsi dire chassé les dragons et leurs gardiens de la ville.

« Le but n'était pas de leur fournir un refuge, avait-elle dit à son époux à plus d'une reprise ; il ne s'agissait pas non plus d'une mesure d'exil, même si, à mon avis, elle n'était pas pour déplaire à plusieurs membres du Conseil : les dragons coûtaient cher, ils abîmaient le paysage et ils étaient dangereux, sans compter qu'ils entravaient l'accès aux fouilles. Mais il y avait autre chose, Reyn, quelque chose de plus sinistre, avec beaucoup d'argent à la clé, et peut-être la participation de nos chers amis les Chalcédiens.

— Qu'as-tu entendu qui te fasse penser ça ? avait-il demandé.

— Des bribes de conversations, une rumeur qui prétendait qu'un des chasseurs de l'expédition serait prêt à tout pour de l'argent, et aurait peut-être commis un assassinat il y a quelques années pour aider quelqu'un à obtenir un héritage ; et que quelqu'un qui se trouve aujourd'hui au Conseil l'aurait su et aurait tout fait pour que le chasseur ait une place à bord du *Mataf*, ou bien le chasseur se serait servi de ce qu'il savait sur le Conseiller pour obtenir le travail. Je n'ai fait que rabouter des on-dit, Reyn, et le malaise perceptible qu'ils causent à beaucoup de gens. Selden est parti depuis trop longtemps, et on n'a aucune vraie nouvelle de lui ; je sais, il y a sa dernière lettre, mais elle ne me convainc pas. Et pourquoi donc Tintaglia n'est-elle pas revenue pour voir ce que deviennent les autres dragons ? Peut-elle être à ce point insensible au sort de ses semblables ? Les a-t-elle abandonnés dès l'instant où elle a trouvé un compagnon et la possibilité d'enfanter elle-même ? Ou bien lui est-il arrivé un accident ? Le duc a-t-il envoyé des chasseurs les poursuivre, elle et son compagnon ?

— N'envisage pas tout de suite le pire, ma chérie. Selden est adulte aujourd'hui, et il est capable de se débrouiller seul ; autant qu'on le sache, il est peut-être avec Tintaglia à l'heure qu'il est. Quant à la raison pour laquelle elle n'est pas revenue, ma foi, elle s'est peut-être dit que les jeunes dragons n'auraient pas besoin d'elle ; elle pensait peut-être que nous tiendrions mieux notre promesse de nous occuper d'eux. »

Il se voulait réconfortant, mais, lorsqu'il se tut, il se rendit compte de la tristesse de ses paroles. Il ignorait pourquoi Malta se passionnait tant pour les dragons ; Tintaglia leur avait sauvé la vie à tous les deux et avait favorisé leur rapprochement, c'était vrai, mais seulement après les avoir mis en danger et tourmentés à plusieurs reprises. Étaient-ils vraiment redevables en quoi que ce fût à la reine bleue ? Parfois, Reyn songeait qu'il se fût parfaitement satisfait d'épouser simplement Malta, de laisser derrière eux l'exultation et l'exaltation d'être des Anciens pour n'être que deux jeunes mariés comme les autres qui attendaient leur premier enfant.

Leftrin s'éclaircit la gorge, et Reyn sursauta. Il vit la fatigue sur les traits du capitaine et se sentit grossier de lui demander un tel service ; mais c'était pour Malta, et il lui avait promis d'essayer. « S'il vous plaît », dit-il, et, l'espace d'un instant, ses mots flottèrent seuls dans le silence.

Quelqu'un se mit à tousser exprès, et Reyn, tournant la tête, découvrit une jeune fille qui regardait le capitaine ; d'après ses vêtements rudes, c'était un membre de l'équipage, mais, d'après ses traits, c'était une parente de Leftrin – et, par conséquent, une sorte de cousine de Reyn aussi. Elle ne broncha pas devant le regard que lui lança le capitaine. « Je pourrais y aller à ta place, si tu es trop fatigué, fit-elle. Je ne sais pas tout ce que tu sais, mais je parie que je pourrais répondre à suffisamment de questions de la dame Ancienne pour la satisfaire.

— Vraiment ? » demanda Reyn, soulagé d'une telle solution. Mais, avant que la jeune fille pût répondre, Leftrin poussa un gémissement las.

« Je vais venir ; laissez-moi le temps d'enfiler quelque chose de sec – même si je sais que je serai sans doute tout aussi trempé en arrivant.

— Je peux quand même venir ? » fit la jeune fille avec espoir.

Leftrin jeta un regard à Reyn. « Votre dame accepterait deux visiteurs si tard le soir ?

— Certainement », dit l'intéressé, sincère. Il fit un sourire à la jeune fille, qui le lui rendit d'un air espiègle.

« Je vais chercher mon ciré ! » annonça-t-elle joyeusement, et elle sortit en courant.

Malta avait parcouru le dernier quart du pont à quatre pattes : le vent le faisait osciller dangereusement, et les cordes qui servaient de garde-fou étaient glissantes. Une fois qu'elle eut atteint la plate-forme du tronc où s'amarrait le pont, elle se rendit, toujours à quatre pattes, au côté abrité de l'arbre et s'y pelotonna. Elle avait envie de hurler, de se laisser tomber sur le flanc pour pleurer, mais elle n'avait plus de souffle pour l'un ni de temps pour l'autre. « L'enfant va bientôt arriver », se dit-elle, comme si, en parlant tout haut, elle pouvait se sentir moins seule. Elle resserra son manteau sur elle et s'adossa au tronc, parcourue d'une nouvelle contraction. Elle tremblait de froid, non de peur ; il n'y avait rien à craindre : les femmes ont des enfants tout le temps, et beaucoup accouchent par leurs propres moyens. C'est une part absolument normale et naturelle de leur existence. Tout allait bien. « Je n'ai pas peur ; j'ai froid, c'est tout. »

Elle serra les dents pour retenir un sanglot qui essayait de forcer le passage. « J'y arriverai. Je dois le faire, donc j'y arriverai. »

Elle repoussa la pensée qui lui vint : ce qui était normal et naturel pour une autre ne l'était peut-être pas pour elle ; les transformations qu'avait subies son organisme avaient des conséquences qu'elle n'avait jamais prévues : par exemple, pleurer lui causait une inflammation des yeux. Elle avait entendu parler de certaines femmes si marquées par le désert des Pluies qu'elles étaient mortes en essayant d'expulser l'enfant. Mais ce n'était sûrement pas le sort qui l'attendait : elle avait été changée par la dragonne Tintaglia, non par le désert des Pluies ; son corps serait certainement à la hauteur de la tâche.

Elle leva les yeux et parcourut les alentours d'un regard désespéré. La nuit était tombée, et la plupart des habitants de la ville avaient éteint avant de se coucher ; quelques lumières brillaient encore, mais, dans les rafales de vent et l'obscurité, elle ne distinguait nulle voie qui lui permît de les rejoindre. Elle avait les mains glacées. Elle ajusta l'ample tunique blanche qu'elle portait sous son manteau, et elle eut du mal, avec ses doigts gourds, à desserrer son pantalon. « Aucune dignité », fit-elle d'un ton plaintif dans l'orage. Son pantalon lui tomba sur les chevilles, et elle parvint à s'en dépêtrer ; elle le roula en boule puis le fourra sous sa tunique pour le garder au sec. Si le bébé naissait à l'instant, c'est là-dedans qu'elle l'emmitouflerait.

Une nouvelle contraction la saisit, et cette fois elle eut la certitude de sentir l'enfant descendre sous la pression des muscles. Quand enfin son propre organisme cessa de l'écraser, elle prit une grande inspiration et fit un dernier effort. « À l'aide ! Par pitié, aidez-moi, quelqu'un ! »

Elle poussa un cri alors qu'une silhouette se détachait de l'ombre et s'approchait d'elle. À la maigre lueur d'une lanterne lointaine, elle vit qu'il s'agissait d'un homme vêtu d'un long manteau. Elle n'avait entendu aucun bruit ; depuis combien de temps était-il là à l'observer ? Mais c'était sans importance. « Je vous en prie, aidez-moi à trouver un abri ; je vais bientôt... Je suis en train d'accoucher. »

L'inconnu s'accroupit près d'elle ; elle ne voyait pas son visage, dissimulé sous un capuchon. « Vous êtes l'Ancienne, la femme dragon, oui ? »

Il avait un accent. Chalcédien ? Peut-être. Alors, c'était sans doute un des esclaves affranchis qui s'étaient réfugiés dans le désert des Pluies pendant la guerre ; la plupart venaient de Jamaillia, mais quelques-uns étaient chalcédiens. « Oui. Oui, je suis Malta, l'Ancienne. Si vous m'aidez, ma famille vous récompensera richement.

— Venez, alors ; venez. » Sans égard pour ses douleurs, l'homme lui prit le coude et la releva. Elle poussa un gémissement, faillit tomber puis réussit à se tenir droite.

« Attendez. Je ne peux...

— Vous venez, vous venez avec moi. Il y a un abri, pas très loin. Venez. »

Elle était horrifiée qu'il la crût capable de marcher, et plus encore qu'il la tirât derrière lui, mais il n'y avait personne d'autre pour la secourir ; qu'il fût stupide ou insensible n'avait pas d'importance : il l'aiderait à trouver un refuge, et, une fois en sécurité, elle pourrait peut-être lui demander d'aller chercher une femme pour l'assister. Elle voulut s'appuyer sur lui, mais il s'écarta sans cesser de lui tenir le coude et l'entraîner à sa suite. Le dégoûtait-elle, ou bien refusait-il de toucher une femme en travail ? Peu importait. Elle le suivit gauchement tandis qu'il empruntait le pont oscillant qu'elle venait de franchir, contournait un tronc puis traversait une passerelle encore plus étroite. « Où allons-nous ? demanda-t-elle, le souffle court.

— Dans une auberge. Venez, venez. » Il tira sur son bras avec insistance.

Elle se dégagea brusquement et tomba à genoux, victime d'une nouvelle contraction. L'homme resta immobile près d'elle et ne dit rien. Quand elle put enfin parler, elle fit d'une voix entrecoupée : « Il n'y a pas d'auberge à Cassaric. Pas de…

— Un bordel, une auberge. Un abri. J'ai une chambre, vous êtes en sécurité, vous faites le bébé là. C'est mieux que sous la pluie. »

Il avait raison. Mais, malgré sa situation tragique, elle appréciait l'homme de moins en moins. Un bordel ! Enfin, au moins il s'y trouverait des femmes, dont certaines sans doute qui auraient l'expérience de ce qu'elle vivait. Elle laissa l'inconnu lui reprendre le bras, et elle se releva, chancelante. « C'est loin ?

— Deux ponts », répondit-il, et elle acquiesça de la tête. Deux ponts… Deux ponts qu'elle n'avait pas la force de franchir.

Elle prit une inspiration et leva le menton. « Conduisez-moi. »

Reyn avait jugé que Leftrin n'était pas homme à agir rapidement, surtout quand il avait l'impression qu'on le contrariait, ou peut-être, simplement, quand il était épuisé. Il avait bu son thé puis avait disparu pour enfiler des vêtements secs. Quand il était ressorti de sa cabine, il avait l'air encore plus défait qu'en y entrant, et Reyn avait commencé à mesurer la dureté de l'expédition ; mais, malgré la compassion que cette découverte suscitait en lui pour le capitaine et son équipage, elle ne délivrait pas Leftrin de sa parole. Sa nièce, qui faisait aussi office de matelot, Skelli, avait déjà enfilé son manteau et ses bottes et était manifestement prête pour une aventure nocturne à terre. Mais Leftrin prit le temps d'avaler une nouvelle chope de thé et d'emprunter un bonnet et un imperméable à un de ses hommes avant d'annoncer qu'il était prêt à se mettre en route.

Reyn s'était alors hâté d'aller jusqu'à l'ascenseur, où il avait tiré le cordon d'appel une bonne dizaine de fois avant de recevoir un signe que le préposé descendait. L'homme garda une mine renfrognée, mécontent qu'on le sollicitât par une nuit d'orage, jusqu'au moment où Reyn lui tendit une poignée de pièces, pot-de-vin autant que paiement, et lui fit promettre que, lorsque Leftrin et Skelli voudraient rentrer, ils le trouveraient éveillé en frappant à sa porte.

Reyn n'avait jamais aimé les ascenseurs, et il préférait toujours prendre les escaliers qu'endurer les à-coups, les oscillations et les embardées imprévisibles du système mécanique. Il serra les dents en espérant que l'homme savait se servir de ses cordes. Leftrin et Skelli ne disaient mot ; le capitaine était emmitouflé dans son imperméable d'emprunt, tandis que la jeune fille, tout sourire, buvait la nuit du regard, comme passionnée par tous les détails qui l'entouraient. Reyn se sentit soudain soulagé de sa présence : Malta en apprendrait sans doute beaucoup plus d'elle qu'en interrogeant le capitaine taciturne.

Une fois l'ascenseur parvenu à destination, il débloqua rapidement le filet de sécurité. « Par ici, dit-il à ses compagnons quand ils quittèrent le panier monte-charge à sa suite. Je regrette qu'il fasse si sombre. Il n'y a pas beaucoup de chambres à louer à Cassaric ; la cité est trop récente pour offrir les auberges et les tavernes de Trehaug, et nous avons dû prendre ce que nous avons pu trouver pour cette visite. Attention aux mains courantes : elles sont plus basses que la normale. Après ce pont, on monte d'un tour ou deux le long du tronc, on franchit encore un pont et on y est. Je vous remercie de m'avoir accompagné, très sincèrement. »

Quand ils parvinrent enfin près de la maison qu'ils louaient et qu'il vit l'absence de lumière aux fenêtres, Reyn fronça les sourcils ; si Malta s'était sentie trop fatiguée pour l'entrevue et avait décidé de se coucher, il se trouverait dans une situation gênante devant le capitaine et la jeune fille qu'il avait fait venir de si loin sous l'orage ! Mais son expression dénotait surtout de l'inquiétude : si Malta avait renoncé à les recevoir pour dormir, cela signifiait qu'elle était beaucoup plus lasse qu'elle ne l'avait laissé entendre en quittant la Salle du Conseil.

Il ouvrit la porte légère et entra dans la pièce obscure. « Malta ? fit-il à mi-voix. Malta, je t'amène le capitaine Leftrin… »

Sa voix mourut alors qu'il percevait l'absence dans la chambre. Il n'eût pas pu l'expliquer : il savait simplement que Malta n'était pas là et n'était pas venue depuis qu'ils s'étaient séparés. Il s'approcha de la table et passa les doigts sur le bloc de jizdine posé au milieu ; le métal Ancien réagit au contact en s'allumant brusquement d'un éclat spectral bleuâtre mais pénétrant. Il le souleva pour éclairer la pièce ; Malta n'était pas là. Un grand froid s'insinua en lui, et il s'entendit parler d'une voix trompeusement calme.

« Ce n'est pas normal ; elle n'est pas ici, et, selon toutes apparences, elle n'est pas passée par ici. »

La cheminée se résumait à un plateau en terre cuite ; Reyn relança les braises encore vives et ralluma la lampe ; plus brillante, la lumière confirma ce qu'il savait déjà : Malta n'était pas revenue de la salle de réunion. Tout était exactement dans l'état où ils l'avaient laissé.

Leftrin et Skelli étaient à la porte. Reyn n'avait pas le temps de se répandre en courtoisies. « Je regrette, il faut que je me mette à sa recherche. Elle était fatiguée quand je l'ai quittée, mais elle a promis de revenir ici. Elle… Son dos lui faisait mal ; l'enfant… Elle se sentait très lourde… »

La jeune fille intervint : « On va vous accompagner. Où est-ce que vous l'avez vue pour la dernière fois ?

— Devant la Salle des Marchands.

— Alors, c'est là qu'on doit commencer. »

Il l'avait menée dans sa chambre. Une contraction l'avait saisie à l'instant où elle franchissait le seuil du bordel ; elle s'était pliée en deux, prête à s'accroupir et à demeurer ainsi en attendant que la douleur passât, mais l'homme l'avait prise par le bras et l'avait forcée à traverser un petit salon désert pour pénétrer dans une chambre en désordre ; elle sentait la sueur masculine et la nourriture rassise. Une chaise croulait sous un tas de linge sale, les draps et les couvertures étaient en pagaille sur un matelas taché ; une assiette ébréchée traînait par terre près de la porte ; des fourmis grouillaient sur le morceau de pain qui y gisait, et elles exploraient la bouteille renversée et les couverts sales qui se trouvaient à côté. La seule lumière provenait d'un feu presque éteint qui brûlait sur un foyer en terre cuite. Des paniers regroupés près de la porte contenaient les affaires personnelles de l'inconnu ; Malta reconnut une botte et une chaussette raidie par l'humidité ; puis l'homme la poussa de nouveau.

La jeune femme trébucha, se rattrapa à une table basse et s'assit par terre. « Allez chercher une femme !

lança-t-elle violemment. Quelqu'un qui s'y connaisse en accouchement ! VITE ! »

Il la regarda un moment sans rien dire, puis il répondit : « Vous êtes en sécurité ici ; je reviens. » Et il sortit.

Quand il ferma la porte, la pièce fut plongée dans l'obscurité. Non loin, une femme éclata de rire, et un homme manifestement ivre poussa un cri de surprise.

Malta se laissa aller sur le sol, haletante. Alors qu'elle commençait à reprendre son souffle, une nouvelle contraction s'empara d'elle. Elle se roula en boule sur son ventre crispé avec un gémissement de douleur. « Ça va aller. » Elle n'eût su dire si c'était une prière qu'elle adressait à Sâ ou une supplique à l'attention de son enfant.

Deux contractions passèrent encore avant qu'elle entendît la porte s'ouvrir ; à chaque fois, elle se promit de se relever et de gagner le couloir pour chercher de l'aide dès qu'elle aurait repris son souffle, mais à chaque fois une nouvelle vague de souffrance la saisit avant qu'elle pût se redresser. Elle ignorait combien de temps s'était écoulé : la douleur figeait tout dans un présent éternel. « Au secours ! » fit-elle dans un hoquet de souffrance, et, levant les yeux, elle constata que l'inconnu, cet idiot inutile, avait ramené un autre homme. « Une sage-femme, dit-elle d'une voix sifflante. Il me faut une sage-femme. »

Ils ne lui prêtèrent nulle attention. L'individu qui l'avait conduite dans le bordel traversa la petite chambre, et ce fut tout juste s'il n'enjamba pas Malta ; il dégagea une chandelle jaune de mauvaise qualité de son bougeoir, l'alluma aux braises du foyer puis s'en servit pour en allumer plusieurs autres dans la pièce. Ensuite, il se recula et désigna la jeune femme de la main. « Vous voyez, Begasti ? J'avais raison, non ?

— C'est elle », dit l'autre. Il se pencha pour examiner Malta, l'haleine chargée d'une odeur rude d'épices ; il portait des vêtements plus riches que son acolyte, et il parlait avec un accent chalcédien plus marqué. « Mais… qu'a-t-elle ? Pourquoi l'avoir amenée ici ? Nous aurons des ennuis, Arich ! Beaucoup de ces gens du désert des Pluies la révèrent.

— Et autant la méprisent ; ils disent qu'elle et son mari sont prétentieux, que sa famille, son influence et sa beauté l'ont poussée à se prendre vraiment pour une reine. » Il éclata de rire. « Elle a l'air moins royal, maintenant ! »

Malta comprenait à peine ce qu'ils disaient : elle était en train de se déchirer de l'intérieur, elle en était sûre. Elle parvint à prendre une inspiration pour leur lancer : « Allez chercher une femme pour m'aider ! »

Le nommé Begasti secoua la tête. « Quelle histoire pour un simple accouchement ! Vous croyez qu'il faut la bâillonner ? J'ai entendu des femmes qui criaient quand elles mettaient bas. C'est déjà bien assez dangereux que nous nous trouvions dans la même pièce, vous et moi ; évitons d'être vus ensemble et d'attirer l'attention. »

L'autre haussa les épaules. « C'est bruyant, ici, la nuit, même sans orage ; il y a des gens qui hurlent, qui braillent et même qui crient. Personne ne viendra voir ce qui se passe. »

Haletante, Malta s'efforçait de réfléchir. Quelque chose n'allait pas du tout ; ces hommes n'avaient pas l'intention de l'aider, et ils ne l'écoutaient même pas. Pourquoi le premier avait-il feint de se porter à son secours, pourquoi l'avait-il conduite ici ?

Une autre contraction détourna son attention. Impossible de penser lorsque cela la prenait ; et, quand la douleur fut passée, Malta sut qu'elle n'avait que quelques instants pour reprendre ses esprits et songer à une solution. Il y avait quelque chose, quelque chose qu'elle savait, quelque chose d'évident, mais elle n'arrivait pas à se concentrer. Leur accent était trop fort, et aucun des deux hommes n'avait de tatouage sur le visage ; s'ils étaient arrivés avec la vague d'immigration des esclaves affranchis, ils eussent dû présenter les marquages faciaux typiques des réfugiés. Et puis, comme la douleur la tenaillait de nouveau et que les deux hommes la regardaient tranquillement se débattre, les pièces de l'énigme se mirent en place soudain. La réponse était évidente : c'étaient les fameux espions, ceux dont avait parlé le capitaine Leftrin ; Chalcède avait enfoncé ses doigts sales jusque dans le désert des Pluies pour corrompre et allécher par de l'argent. C'étaient ces hommes qui étaient derrière Jess le chasseur et son projet de tuer des dragons pour le profit. Naturellement.

Et elle se trouvait en leur pouvoir, pieds et poings liés. Mais que voulaient-ils ? Qu'attendaient-ils d'une femme qui allait accoucher ?

L'un d'eux posa la question à l'autre.

« Pourquoi l'avez-vous prise, Arich ? Elle est trop connue et son aspect sort trop de l'ordinaire pour que vous puissiez la ramener chez nous comme esclave. Et nous ne sommes pas en position de négocier une rançon ! Nous étions convenus de rester invisibles, d'obtenir ce qu'il nous fallait le plus vite possible et de nous en aller aussitôt de ce fichu pays ! »

Arich affichait un grand sourire. Malta se tordait au sol en tâchant de retenir ses gémissements de douleur tandis que l'enfant s'évertuait à naître. L'accouchement fait partie des moments les plus intimes de la vie d'une femme, et voilà qu'elle se retrouvait impuissante sur le plancher crasseux d'un bordel, sans mari ni sage-femme, sous le regard moqueur de deux espions chalcédiens. Sous ses jupes, elle sentait son enfant qui s'efforçait de sortir, tout près de naître dans ce lieu affreux. Elle n'avait qu'une envie : s'éloigner de ces hommes, chercher refuge ne fût-ce que dans un coin de la pièce. Elle haletait en essayant de ne pas faire de bruit, de cacher aux inconnus que son enfant arrivait. Leurs voix s'imposèrent à sa conscience.

« Begasti, vous regardez, mais vous ne voyez pas : elle a des écailles, ainsi que vous l'avez dit, comme les dragons, et le rejeton qui va sortir en aura sans doute autant. Je l'ai trouvée perdue au milieu des ponts, cette nuit, en train de supplier qu'on l'aide. Personne ne sait qu'elle est ici, et personne, à part vous et moi, ne saura ce qu'elle est devenue. De la chair avec des écailles, c'est de la chair avec des écailles, mon ami ; et qui peut dire à quoi ressemble un dragon arraché à son œuf ? Tranchez la tête, les mains et les pieds à notre hôte, ôtez tout ce qu'il y a d'humain chez l'enfant, et qu'obtenez-vous ? Exactement ce que le duc nous a demandé de lui apporter ! La chair d'un dragon, dont ses médecins fabriqueront les médicaments qu'il réclame !

— Mais... mais... ce n'est pas un dragon ! Ils s'apercevront que la médication ne marche pas ! Nous serons exécutés si on découvre la supercherie.

— On ne la découvrira pas, parce que personne ne sera au courant que vous et moi ! Nous rentrerons au pays, nous livrerons la marchandise, et nos familles nous seront rendues. Et nous aurons au moins une chance de nous échapper pendant que les médecins se bagarreront pour savoir qui préparera les élixirs destinés à prolonger la vie du duc. Croyez-vous que nos proches se portent bien tandis que nous sommes ici à chercher un moyen d'abattre des dragons alors que nous ne savons même pas où ils se trouvent ? Non ! Vous connaissez le duc : à chaque petite douleur qu'il ressentira, il trouvera une façon de se venger sur nos héritiers. C'est un vieillard mourant, aux abois, qui refuse de croire que son heure a sonné ; il est prêt à toutes les bassesses, à toutes les horreurs pour durer encore un peu. »

L'enfant, le bébé nouveau-né de Malta, gisait à présent entre ses jambes, tiède et mouillé – et immobile, horriblement immobile et silencieux. La jeune femme demeura sans bouger, respirant à petits coups. Les hommes se disputaient, mais cela lui était égal ; elle devait rester impassible, ne pas trahir que son enfant était là, vulnérable, ni qu'il pouvait être mort-né. Elle devait le sauver et se sauver elle-même, car personne ne viendrait à leur aide. Son ample tunique lui couvrait les genoux et dissimulait son enfant ; elle devait attendre et se taire en se demandant s'il était vivant jusqu'à ce que le délivre sortît de son ventre. Une fois détachée du nourrisson, elle devrait trouver à la fois la force et une stratégie pour attaquer les hommes et l'arracher à leurs griffes. On ne l'entendait pas : pas un cri, pas un pleur. Allait-il bien ? Elle ne pouvait même pas l'examiner, du moins pas encore. Allongée par terre, les genoux relevés, elle se mit soudain à trembler de froid, épuisée par son long effort, et les propos des deux espions pénétrèrent à nouveau dans sa conscience.

« C'est de la trahison ! » Begasti était épouvanté et jetait des regards affolés de tous côtés, comme si des témoins de la scène pouvaient sauter des murs pour le condamner. « C'est la vie de nos familles que vous risquez avec un plan aussi dément !

— Je ne les risque pas, pauvre idiot : c'est la seule chance de les sauver. Les dragons sont partis et nous ne les rattraperons jamais ! Vous croyez que le duc cherchera à savoir si nous avons fait tous les efforts possibles ? Vous croyez qu'il nous pardonnera un échec ? Non ! Tout le monde paiera par la souffrance et la mort. Il ne nous laisse qu'une solution : le tromper et, peut-être, nous échapper avec nos héritiers. Si nous n'y arrivons pas, ce que nous subirons alors ne sera pas pire que ce que nous subirions si nous rentrions les mains vides ! C'est notre seule option. C'est la chance qui a mis cette femme sur notre chemin ! Il ne faut pas laisser passer une telle aubaine ! »

Ils se tournèrent tout à coup vers la jeune femme. Elle s'enroula sur son ventre douloureux et laissa échapper un long cri bas. « Allez chercher une sage-femme ! fit-elle en haletant. Allez ! Allez ! Il me faut une femme, ou je vais mourir. » Elle s'agita brusquement et sentit la chaleur du petit corps contre ses cuisses. Il était chaud ! Il devait être vivant ! Mais pourquoi ne bougeait-il pas, pourquoi ne criait-il pas ? Elle n'osait pas le regarder alors que les hommes avaient les yeux fixés sur elle ; s'ils savaient qu'il était né, ils le lui prendraient et le tueraient, s'il n'était pas déjà mort.

Begasti haussa les épaules. « Il nous faut quelque chose pour conserver la chair et pour la transporter. Du vinaigre, je pense, et du sel ; le saumurage la gardera en état et lui donnera peut-être un aspect plus convaincant. À mon avis, un tonnelet serait le mieux, pour dissimuler ce qu'il contient.

— Demain, je... »

Begasti secoua la tête. « Non, pas demain : il faut en avoir terminé cette nuit pour embarquer demain matin. Vous croyez vraiment que personne n'aura remarqué sa disparition ? D'ici demain, les recherches auront commencé. Nous devons accomplir le travail tout de suite, nous débarrasser des restes et nous éclipser.

— Soyez raisonnable ! Où voulez-vous que je trouve tout ça à une heure pareille ? Toutes les boutiques sont fermées depuis des heures ! »

Begasti lui adressa un regard mauvais puis lui tourna le dos pour fouiller dans un des paniers près de la porte. « Et vous allez attendre que les magasins ouvrent pour faire vos emplettes avant de revenir faire ce qui doit être fait ? Ne dites pas d'idioties ! Débrouillez-vous pour vous procurer ce qu'il nous faut, puis rendez visite à notre cher ami le Marchand Candral ; dites-lui de nous trouver des places à bord d'un bateau rapide qui descend le fleuve, avec une cabine qui ferme et qui nous loge tous les deux. Ne lui révélez pas que je vous accompagne : qu'il croie que je reste à Cassaric et que la menace qui pèse sur lui demeure. Le temps qu'il se rende compte que nous sommes partis tous les deux, il sera trop tard pour qu'il nous trahisse. »

Arich secoua la tête, furieux. « Et, pendant que je prends tous ces risques, que ferez-vous ? »

Les yeux mi-clos, Malta vit Begasti faire un signe de la tête vers elle. « Je préparerai la cargaison, répondit-il froidement, et Arich eut le bon goût de blêmir.

— J'y vais, dit-il, et il se dirigea vers la porte.

— Vous avez autant de cran qu'un lapin, lança Begasti d'un ton méprisant. Veillez à remplir votre rôle, et vite ; nous avons du pain sur la planche avant que le soleil se lève. »

L'enfant et le délivre étaient à présent sortis, mais le nouveau-né ne se faisait toujours pas entendre. Malta le protégeait sous ses genoux fléchis et continuait à haleter et à gémir, comme dans les affres de l'accouchement. Les deux hommes ne lui prêtaient nulle attention ; Arich enfila rageusement son manteau à capuche et sortit. Du bout des doigts, la jeune femme avait peu à peu tiré l'ourlet de sa tunique de sous l'enfant inerte afin de ne pas le faire rouler au sol quand elle se lèverait. Elle s'efforça de ne pas songer à son précieux nouveau-né, encore humide et gisant sur le plancher crasseux d'un bordel ; elle gémit en tournant la tête de côté pour estimer la distance qui la séparait du couteau sale posé près de l'assiette et de la bouteille.

Elle avait trop attendu. « Il va falloir faire moins de bruit, maintenant », dit Begasti. Son ton glacé la força à lever les yeux ; debout devant elle, il tenait un cordon entre les mains. Un lacet ? Elle croisa son regard et y lut à la fois de la détermination et du dégoût pour ce qu'il s'apprêtait à commettre.

Malta leva les pieds et frappa l'homme d'une ruade en plein ventre ; avec un « Ouf ! », il recula en chancelant. Elle roula sur le flanc en poussant un cri et saisit le couteau d'une main et la bouteille collante de l'autre. Le Chalcédien s'était déjà repris et s'approchait d'elle. Elle fit décrire un large arc de cercle à la bouteille, qui se fracassa sur la mâchoire de l'homme, et elle l'accompagna d'une violente botte avec le couteau.

Ce n'était pas une arme faite pour tuer, mais un couteau de cuisine à lame courte destiné à couper la viande cuite, et mal aiguisé par-dessus le marché. Il glissa sur la veste de l'espion sans pénétrer le tissu ; elle appuya de tout son poids, et, à l'instant où son agresseur la prenait par le poignet en jurant, la pointe de la lame parvint à sa gorge découverte et s'enfonça.

Elle ressortit le couteau puis le renfonça à plusieurs reprises, horrifiée du contact du sang chaud et visqueux sur ses doigts, et pourtant n'aspirant qu'à trancher complètement la tête de l'homme.

Il se mit à battre des bras pour la repousser, ses jurons soudain changés en menaces gargouillantes ; un de ses moulinets frappa Malta à la tête, et elle alla heurter le mur derrière elle. Les mains de l'homme trouvèrent le manche du couteau planté dans son cou et le tirèrent ; l'ustensile tomba par terre avec un bruit métallique, suivi de jets de sang jaillissant de la gorge de l'espion.

Malta poussa un hurlement d'horreur et recula ; puis elle se précipita pour s'emparer de son enfant et le protéger pendant que Begasti parcourait la pièce en titubant ; il tomba brutalement à genoux, les mains serrées sur la gorge pour contenir le sang qui giclait entre ses doigts épais. Il regarda la jeune femme, les yeux écarquillés, la bouche grande ouverte, et poussa un grognement, du sang coulant de ses lèvres dans sa barbe ; lentement, il s'effondra sur le flanc, les mains toujours sur la gorge, puis un spasme convulsif agita ses jambes. Malta s'écarta, l'enfant serré sur sa poitrine, avec sur les poignets le cordon ombilical toujours relié au placenta qui pendait entre ses jambes.

Enfin, elle regarda pour la première fois son enfant. Un fils ; elle avait un fils. Mais un cri étouffé de consternation lui échappa soudain.

Voilà comment s'achevait son rêve de se voir son poupon potelé remis entre ses bras, emmailloté dans un tissu propre : son enfant était né dans un bordel, il avait la joue couverte de crasse du plancher, et il était émacié. Il s'agita vaguement contre elle. Ses petites mains étaient maigres, au lieu d'être dodues, et ses ongles verdâtres ; il avait déjà des écailles sur la tête et le long de la nuque. Il regardait sa mère avec les yeux de Reyn, mais bleu foncé. Il avait la bouche ouverte, mais elle ne sut pas tout d'abord s'il respirait. « Oh, mon petit ! » s'exclama-t-elle d'une voix étouffée, sur un ton où se mêlaient l'excuse et la peur. Ses genoux fléchirent, et elle s'assit par terre, le nourrisson sur les cuisses. « Je ne sais pas comment m'y prendre. Je ne sais pas ce que je fais ! » fit-elle dans un sanglot.

Le couteau gisait par terre près de son genou, mais il était couvert du sang du Chalcédien ; l'idée de le toucher lui répugnait, et plus encore celle de s'en servir pour couper le cordon. Elle songea soudain à son pantalon qu'elle avait fourré sous sa tunique, et le déplia ; elle y déposa l'enfant et enroula les jambes autour de lui, avec le cordon et le délivre. « Ça ne va pas, ça ne va pas du tout, dit-elle en s'excusant. Ce n'est pas comme ça que ça devait se passer, mon tout petit. Je regrette tant ! »

Il poussa tout à coup un petit vagissement, comme pour abonder dans son sens ; c'était un son effrayant, empreint de solitude et de faiblesse, mais Malta éclata de rire, ravie qu'il pût enfin crier. Elle ne se rappelait pas avoir ôté son manteau, mais elle vit qu'il traînait par terre, là où elle avait accouché, humide de deux sangs différents. Son magnifique manteau Ancien… Elle devrait s'en accommoder.

Begasti émit un long gémissement qui la fit reculer en chancelant contre le mur, où elle resta tremblante. Puis il se tut. Pas le temps ! Pas le temps de réfléchir ! L'autre homme allait revenir, et il ne devait pas la trouver ici. Elle eut du mal à enfiler son manteau et à le fermer sans poser l'enfant, mais elle refusait qu'il quittât ses bras. Elle ouvrit la porte et traversa en trottinant le petit salon par lequel elle était venue. Il faisait nuit noire et la pièce était déserte ; elle n'entendait ni les prostituées ni leurs clients. Elle était épuisée, et les muscles de son ventre étaient courbaturés d'avoir trop servi ; du sang lui coulait lentement entre les jambes. Jusqu'où irait-elle ainsi ?

Devait-elle frapper aux portes des chambres ? Demander de l'aide ? Non ; elle ne pouvait se fier à des personnes qui donnaient sciemment asile à des Chalcédiens dans le désert des Pluies ; même si elles compatissaient à sa situation, elles n'interviendraient sans doute pas au retour d'Arich, par peur ou parce que les espions leur auraient graissé la patte.

Elle franchit la porte d'entrée en emportant son nouveau-né dans la nuit et l'orage.

Vingt-sixième jour de la Lune du Changement

Septième année de l'Alliance Indépendante des Marchands

De Reyall, Gardien Remplaçant des Oiseaux, Terrilville, à Detozi, Gardienne des Oiseaux, Trehaug

Chers Detozi et Erek,

Je trouve très curieux de vous envoyer ce message par bateau et non par oiseau, mais la Guilde les tous consignés dans leurs pigeonniers jusqu'à ce qu'on parvienne à contenir la contagion. Ceux qui sont en état de voler sont réservés pour les missives les plus urgentes. D'après une rumeur que j'ai entendue, on en a commandé de nouveaux de Jamaillia, mais, même s'ils arrivent, il faudra des mois pour établir les couples de reproducteurs et leur imprimer l'idée qu'ils doivent retourner ici et non à Jamaillia. En outre, je pense que la qualité d'oiseaux d'importation ne peut pas égaler celle de ceux que nous élevons, grâce au programme lancé par Erek. La mort de tous les pigeons que nous avons perdus me rend malade, non seulement parce qu'ils constituaient notre réserve de reproducteurs, mais parce que c'étaient de petits amis volants. Il ne me reste plus que deux couples d'oiseaux rapides dans les nichoirs assignés à mes soins ; je les ai isolés par paires, et je ne permets à aucun autre gardien de leur apporter à manger et à boire, ni de nettoyer leurs pigeonniers. Dès que les jeunes écloront et mettront des plumes, je les placerai de côté et les nourrirai à la main afin de préserver autant d'oiseaux rapides que possible de la contagion. J'espère que vous avez pu garder une partie de cette souche, car je veux prendre toutes les précautions pour leur reproduction.

On m'assure que ma lettre voyagera vite à bord du bateau soi-disant étanche, mais je ne peux pas m'empêcher de sourire : « voyager vite » n'a pas le même sens pour tout le monde ! Rien ne remplacera jamais nos oiseaux.

Quand vous recevrez ce message, je suppose que le mariage aura déjà eu lieu. Comme j'aimerais pouvoir y participer !

Reyall

3

Vol

Comment pouvait-on basculer si vite d'une vie heureuse à une existence de misère ? La dragonne avait réussi à s'envoler, elle avait chassé et tué, puis dormi profondément, le ventre plein pour la première fois depuis des jours. Elle s'était réveillée frigorifiée à la suite de sa sieste, et l'esprit déjà tourné vers une nouvelle chasse. Sintara s'était levée, puis étirée, avec, pour la première fois de sa vie, le sentiment d'être non seulement une reine dragon mais un vrai souverain des trois règnes, de la terre, de la mer et du ciel.

Elle avait humé soigneusement le sol là où sa proie était tombée pour s'assurer de n'en oublier aucun morceau, puis elle s'était rendue au bord de la crête escarpée pour observer le paysage ; le sol s'étendait très loin en contrebas. Le doute s'insinua en elle, mais elle le réprima impitoyablement. Elle était arrivée par les airs, elle repartirait par les airs. Mais pourquoi retourner là d'où elle venait, au milieu des autres dragons qui piétinaient pitoyablement la glèbe, pour retrouver un abri qui ne lui convenait pas et une gardienne qui subvenait à peine à ses besoins les plus fondamentaux ? Non, elle n'avait aucune raison de vouloir revenir là-bas ; elle savait voler, désormais, et elle pouvait se nourrir seule. Il était temps d'abandonner cette région glaciale pour gagner les sables gorgés de soleil dont elle rêvait depuis sa sortie du cocon ; il était temps de vivre comme un dragon.

Elle s'était élancée d'un grand bond du bord de la falaise, et, battant puissamment des ailes, elle s'était élevée jusqu'à rejoindre les courants d'air qui accompagnaient le fleuve, loin en dessous d'elle. Elle prit le vent, les ailes incurvées, et se laissa emporter de plus en plus haut ; l'altitude et la sensation de liberté l'enivraient, et, prenant une grande inspiration, elle lança un violent défi au soir qui tombait. Sintara ! rugit-elle, et elle éprouva un grand plaisir à n'entendre nulle réponse.

Elle exécuta un large cercle au-dessus du fleuve en humant les informations que lui apportait le vent. Les premières étoiles apparaissaient dans le ciel, et ce spectacle la ramena à la réalité.

Les dragons sont des créatures de la lumière et du jour ; par choix, ils ne volent pas de nuit. Il lui fallait trouver un site où se poser et où s'abriter du froid nocturne et de la pluie qui menaçait. Elle se rendit compte qu'elle devait choisir aussi un emplacement qui lui assurerait un bon envol ; s'élancer du haut de la falaise avait été beaucoup plus facile que du bord du fleuve.

Elle s'était inclinée avec l'intention de parcourir un grand arc de cercle, mais, le soir venu, l'air s'était refroidi et le vent avait forci ; un courant l'avait saisie et envoyée dans une spirale beaucoup plus large que prévu qui l'avait déportée au-dessus du fleuve profond et tumultueux.

Pas d'affolement, se dit-elle sévèrement. Elle savait voler, et le fait de se trouver à l'aplomb de l'eau n'entraînait pas nécessairement un risque ; elle repoussa les souvenirs où elle avait dû lutter pour survivre au milieu d'une crue soudaine. Elle avait vaincu le fleuve, alors, toute crainte était vaine. Elle battit des ailes et s'éleva, soulagée qu'il ne plût pas, mais le ciel dégagé avait amené le froid ; le soleil couché, la température tombait encore, et Sintara sentit soudain la lassitude engendrée par sa longue journée. C'était son premier jour de vol, et, une fois passée l'exaltation de l'envol, elle mesurait son épuisement ; elle avait mal non seulement aux ailes, mais aussi à l'échine, et elle sentait parfaitement l'effort qu'elle devait fournir pour garder ses pattes arrière dans l'alignement de son corps ; ses articulations aussi étaient douloureuses. Elle prit tout à coup conscience de la distance qui la séparait des deux rives.

Elle vira de nouveau pour effectuer un cercle, et, encore une fois, le vent perfide la repoussa loin de la berge, vers le milieu du flot. Elle parcourut l'horizon du regard à la recherche d'un site, d'une hauteur où se poser. Le fleuve s'étendait sous elle, d'une largeur effrayante. Comme elle parcourait un nouvel arc de cercle, sa résolution se durcit ; elle se tourna vers

Kelsingra, se mit à battre des ailes et fila droit vers la cité.

Presque droit : elle n'avait pas pris en compte son aile moins musclée que l'autre ni sa fatigue. Le vent la fit dévier, et elle s'inclina en perdant de l'altitude avant de parvenir à se reprendre. Les déplacements de l'air au-dessus de l'eau semblaient l'entraîner vers le bas à présent ; elle s'efforça de résister, mais ne put maintenir sa trajectoire. Et puis, comme si le sort avait décidé de la prendre en pitié, elle vit une haute silhouette se dresser hors de l'eau, sombre sur le fond indistinct du paysage, et elle ne put l'identifier. Qu'était-ce ? Jadis, selon les souvenirs d'un de ses ancêtres, il y avait là un pont, mais… Elle comprit soudain ce qu'elle voyait : la masse noire était ce qui restait du tablier ; elle s'avançait sur le fleuve et lui fournissait un terrain d'atterrissage. Sintara la fixa du regard et se dirigea vers elle.

Mais elle était épuisée ; elle avait beau mettre toute sa vigueur à battre des ailes, elle descendait de plus en plus, et son aile trop courte la faisait virer malgré tous ses efforts pour compenser. Alors qu'elle allait parvenir à sa destination, une brusque rafale de vent la bouscula ; déséquilibrée, elle n'avait plus assez d'altitude pour reprendre son assiette ; elle s'efforça de remonter, mais l'extrémité d'une de ses ailes effleura l'eau et ralentit brutalement. La dragonne culbuta et toucha violemment le fleuve ; la surface la gifla, puis, comme si l'eau avouait soudain sa nature liquide, l'accueillit. Sintara s'abîma dans le froid, l'humidité et l'obscurité ; elle s'enfonça, sentit ses griffes toucher le fond rocheux, puis le courant l'entraîna.

Péniblement, elle referma ses ailes afin de prendre une silhouette plus fluide et mieux résister à l'eau. Ses naseaux s'étaient fermés par réflexe à l'instant où elle avait heurté le fleuve ; ses yeux étaient restés ouverts, mais elle ne voyait que les ténèbres. À coups de pattes, de griffes et de queue, elle lutta contre le courant.

Sa tête jaillit soudain de la surface et elle aperçut brièvement la berge ; elle n'était pas loin, mais haute et escarpée. Le fleuve l'engloutit à nouveau et entrava ses efforts pour remonter ; elle se mit à battre des pattes arrière avec régularité pour avancer à contre-courant.

« Sintara ! » Le cri angoissé de Thymara ne retentit que dans son esprit, car l'eau l'empêchait d'entendre. La jeune fille courait dans les rues de Kelsingra en direction du fleuve et de sa dragonne. Dans quel but ? La sauver de la noyade ? Humaine ridicule ! Néanmoins, malgré le mépris que lui inspirait l'inanité de sa gardienne, son attitude lui réchauffa le cœur. Elle battit de la queue et s'aperçut qu'elle progressait ainsi vers la rive. Ses griffes de devant touchèrent du gravier, elle y chercha une prise et, après ce qui lui parut une éternité, ses pattes postérieures trouvèrent appui à leur tour. Un long moment s'écoula avant qu'elle parvînt au bord de l'eau, et il lui fallut encore plus longtemps pour escalader la berge escarpée et rocheuse.

Elle atteignit péniblement le sommet et s'effondra, exténuée et frigorifée ; le froid la ralentissait, deux de ses griffes étaient arrachées et sanglantes, et ses muscles tremblaient spasmodiquement.

Mais elle était vivante, et à Kelsingra ; elle avait volé, chassé et tué. Elle était devenue une dragonne. Elle leva la tête, souffla pour débarrasser ses naseaux de l'eau qui y était entrée, puis prit une grande inspiration et rugit : « Thymara ! Je suis ici. Viens me rejoindre ! »

Malta fuyait en serrant contre elle son enfant emmailloté. Il ne brillait que de rares lumières si tard à Cassaric ; la pluie avait repris, les étroites voies de troncs étaient glissantes, et la terreur comme l'épuisement avaient affaibli la jeune femme. Elle sentait le sang ruisseler le long de ses cuisses, et, bien qu'elle sût que les saignements n'avaient rien d'inhabituel après un accouchement, elle était tourmentée par toutes les anecdotes qu'elle avait entendues sur de nouvelles accouchées mourant d'hémorragie. Si elle mourait en cet instant, si elle tombait dans la nuit et l'orage, son petit mourrait avec elle. Il ne paraissait pas solide ; au lieu de crier, il vagissait faiblement, comme pour protester contre un début d'existence si brutal.

Elle mettait de la distance entre elle et le bordel où gisait l'homme qu'elle avait tué, tout en scrutant l'obscurité et en se demandant où était allé Arich et s'il n'était pas en train de revenir. Si elle le croisait, il ne la ramènerait pas dans la chambre : il l'assassinerait et s'emparerait de son corps. Elle n'arriverait jamais à lui résister ; elle n'avait pas d'arme, elle était épuisée, et elle était encombrée de son nourrisson.

Elle songea soudain qu'elle devait descendre. Elle était complètement perdue, mais un fait restait certain : en descendant, on parvenait toujours au fleuve et aux quais – et au *Mataf*. Peut-être Reyn s'y trouvait-il encore, à persuader Leftrin de se rendre dans la chambre qu'ils louaient ; c'était peu probable. Elle ignorait combien de temps était passé depuis leur séparation, mais plusieurs heures, sans doute, et, en cet instant, Reyn devait être à sa recherche, inquiet de ne pas la voir dans leur chambre. Eh bien, si elle ignorait comment y retourner, elle savait qu'en allant vers le bas elle atteindrait à coup sûr le fleuve.

Au pont suivant qu'elle franchit, elle choisit la voie la plus large et, parvenue au tronc, emprunta l'escalier raide qui descendait en spirale. La ville paraissait déserte, toutes ses lumières amicales éteintes pour la nuit. Quand les marches s'arrêtèrent sur un grand palier, elle se dirigea vers le pont le plus large puis suivit la branche qui allait s'épaississant pour parvenir à un nouveau tronc et un autre escalier en spirale. Et elle continua de descendre.

L'enfant, d'une taille si petite et si inquiétante quand elle l'avait vu, était devenu un fardeau dans ses bras fatigués ; elle avait soif et elle tremblait de froid. Le sang de l'homme lui poissait encore les mains, ces mains qui tenaient son petit, et le souvenir de la scène ne cessait de remonter à sa mémoire ; ce n'était pas le regret d'avoir commis cet acte qui l'assaillait, mais l'horreur.

C'est avec surprise qu'elle sentit sous ses pieds la terre battue en bas de l'escalier : elle était arrivée au niveau du sol. L'odeur du fleuve l'accueillit lorsqu'elle se tourna vers lui. Les arbres étaient assez clairsemés pour lui laisser voir l'éclat dansant des torches qui brûlaient en permanence sur les quais. Le chemin à ses pieds était noyé dans l'obscurité, mais, tant qu'elle se dirigerait vers les lumières, elle atteindrait sa destination, le *Mataf*. La vieille vivenef lui apparaissait comme le seul havre de sécurité qui existât encore au monde, l'unique refuge où on la croirait si elle racontait son histoire extraordinaire d'enlèvement par des hommes qui voulaient la découper en morceaux et vendre sa chair écailleuse en la faisant passer pour de la viande de dragon. Elle avait l'impression que le bateau l'appelait.

Le sol s'amollit à mesure qu'elle approchait du fleuve, et son pied s'enfonça soudain dans de la boue. Elle trébucha et tomba à genoux, en tendant une main pour éviter de s'écrouler, tandis que l'autre retenait l'enfant ; le cri qu'elle poussa était empreint de douleur et de joie à la fois, car elle avait senti sous sa paume des planches de bois dur. Les genoux brûlant de nouvelles écorchures, elle s'avança à quatre pattes sur le trottoir, se releva en chancelant et suivit le chemin. Il menait aux quais. Toutes les larmes qu'elle avait retenues ruisselaient à présent sur ses joues ; le pas chancelant, elle passa devant des barques amarrées pour la nuit et des navires aux hublots obscurs. Quand elle vit une gabare en bois-sorcier avec de la lumière dans la cabine, elle sut qu'elle n'avait plus rien à craindre.

« Mataf ! cria-t-elle d'une voix tremblante. Capitaine Leftrin ! Mataf ! Aidez-moi ! »

Elle tendit le bras pour agripper le bastingage et voulut se hisser à bord, mais le bateau était trop haut. Accrochée à la lisse par une main ensanglantée, elle s'efforça de trouver l'énergie de se mettre en sécurité avec son enfant. « À l'aide ! cria-t-elle encore d'une voix qui s'affaiblissait. Je t'en prie, Mataf, aide-moi, aide mon petit ! »

Elle entendit quelqu'un lancer une exclamation d'un ton interrogateur dans la cabine, mais nulle porte ne s'ouvrit, nulle voix ne lui répondit.

« Par pitié, aidez-moi ! » répéta-t-elle, au désespoir. À cet instant, une poussée de conscience du bateau l'envahit et la réchauffa ; fille de Marchands et connaissant bien les vivenefs, elle sut aussitôt ce qui se passait, et aussi que ce genre de contact était en général réservé aux membres de la famille : c'était un accueil et il lui infusait de la force.

Je vais t'aider. C'est un enfant de ma famille. Donne-le-moi.

La pensée résonna en elle, aussi claire que si les mots avaient été prononcés à haute voix. « Prends-le, je t'en prie », dit-elle. Comme une offrande à leur confiance et à leur parenté mutuelles, elle fit passer le petit paquet par-dessus le bastingage et le déposa délicatement sur le pont de Mataf. Elle ne voyait plus son fils à présent et elle ne pouvait plus le toucher, et pourtant, pour la première fois depuis qu'elle l'avait mis au monde, elle le sentait hors de danger. La vigueur du bateau la parcourait, et elle prit une longue inspiration.

« À l'aide ! S'il vous plaît, aidez-moi ! »

La conscience de la gabare sembla faire écho à son appel et le transformer en un ordre auquel l'équipage devait se plier. Du pont, de la gorge d'un bébé qu'elle ne voyait pas, monta un brusque cri de colère, beaucoup plus fort que ceux qu'il avait poussés jusque-là.

« C'est un enfant ! s'écria une voix féminine. Un bébé, un nouveau-né sur le pont de Mataf !

— À l'aide ! » lança Malta encore une fois, et tout à coup un individu immense sauta du pont pour atterrir près d'elle sur le quai.

« Je suis là, dit-il simplement d'une voix grave. N'ayez pas peur, madame ; Grand Eider s'occupe de vous. »

Thymara courait dans les rues de la cité envahies d'obscurité. Kanaï l'avait quittée en criant : « Gringalette est ici ! Je vais lui demander son aide ! » Et il s'était élancé dans les ombres tandis qu'elle s'éloignait dans une autre direction, en suivant, non son souvenir du chemin par lequel ils étaient venus, mais son cœur.

La colère lui donnait des ailes : elle était furieuse que la dragonne se fût exposée au danger, et c'était un sentiment plus facile à laisser remonter que la peur qui la sous-tendait – peur non seulement d'une possible noyade de Sintara mais plus généralement de la cité et des spectres qui l'habitaient. Certaines des avenues qu'elle parcourait étaient sombres et désertes, mais, au détour d'une rue, elle se retrouvait soudain face à des torches et des fêtards, dans une ville qui s'adonnait à quelque festivité. La première fois, elle avait poussé un cri d'épouvante avant de comprendre ce qu'elle voyait : des fantômes, des souvenirs d'Anciens fixés dans la pierre des bâtiments devant lesquels elle passait. Néanmoins, elle les évitait dans sa course, contournant les carrioles des marchands ambulants, les couples d'amoureux et les petits garçons qui vendaient de la viande épicée en brochettes. Leurs boniments emplissaient ses oreilles, et les odeurs éveillaient des souvenirs tentateurs des friandises qu'ils offraient ; la faim l'assaillait, et la soif aussi, attisée par sa course.

Son premier contact avec la pierre de mémoire l'avait ouverte à la perception de ces fantômes, et elle n'avait plus besoin de toucher quoi que ce fût pour les faire apparaître : il lui suffisait de passer devant un des murs en pierre noire pour que les souvenirs de la cité l'engloutissent. Elle arriva sur une place dominée par une estrade en bois récemment érigée ; des musiciens y jouaient de cors en argent brillant et d'énormes tambours et cymbales. Thymara eut beau se boucher les oreilles, elle ne put bloquer la musique spectrale. Elle traversa la place au galop, poussant un petit cri d'effroi lorsqu'elle passa au travers d'un jeune homme qui portait un plateau garni de chopes mousseuses au-dessus de sa tête.

« Sintara ! » cria-t-elle au sortir de la place, et elle s'arrêta en jetant des regards éperdus autour d'elle. Elle vit une rue sombre et déserte bordée d'édifices silencieux ; plus loin, une artiste vêtue de blanc et d'argent jonglait avec des objets gros comme des pommes qui étincelaient comme des joyaux. Elle en lança un très haut, il explosa en une brusque averse d'étincelles et de poussière scintillante, et la foule poussa des « oh » et des « ah ». Thymara, à bout de souffle, se rendit compte que ses jambes tremblaient. Elle resserra son manteau sur ses ailes ; elle n'avait plus de points de repère et ne savait pas où elle se trouvait dans la cité ; pire, elle ne percevait plus la dragonne. Était-elle en train de se noyer ? Déjà morte ?

Ici. Viens ici.

La jeune fille n'hésita pas. Elle suivit la rue enténébrée en faisant attention de ne pas trébucher sur le pavé inégal ni sur les blocs de maçonnerie écroulée ; et puis, passé un angle, elle sentit l'odeur du fleuve et le vit qui brillait d'un éclat argenté sous la lune. Là, sur le dallage rompu tout au bord de l'eau, sa dragonne bien-aimée était couchée ; Thymara courut vers elle et perçut tout à coup le froid et la fatigue que ressentait la reine – et aussi… la fierté ? Elle était contente d'elle-même ?

« Je croyais que tu te noyais !

— Et tu avais raison. » Sintara se leva, les ailes à demi ouvertes et dégoulinantes ; l'eau tomba de ses écailles pour former des miroirs qui reflétèrent les étoiles sur les pavés brisés. La dragonne renifla puis éternua soudain, à sa propre surprise et à celle de Thymara. « J'ai volé, dit-elle, et la puissance de la pensée derrière cette déclaration éclipsa l'humiliation de son plongeon dans le fleuve. J'ai volé, j'ai chassé, j'ai tué. Je suis SINTARA ! »

Elle rugit le dernier mot, et Thymara le reçut à la fois sous forme de son, de vent et de pensée ; l'exaltation de la dragonne l'emporta, et son moral remonta.

L'espace d'un instant, peur et colère disparurent, remplacées par un sentiment de victoire partagée.

« Tu es Sintara, c'est vrai, dit la jeune fille avec un sourire ravi.

— Fais du feu, ordonna la dragonne ; il faut que je me réchauffe. »

Thymara parcourut les environs du regard, désemparée. « Il n'y a rien qui puisse brûler ici ; le bois que rejette le fleuve est trempé, la cité est surtout construite en pierre, et la plus grande partie du bois qu'on y trouve quand même est en poussière. » Alors qu'elle réduisait à néant l'espoir de Sintara de jouir d'un peu de chaleur, elle sentit encore une fois le froid qui tenaillait la dragonne. Jamais elle n'avait eu aussi froid, et son cœur ralentissait en réaction.

« Peux-tu te déplacer ? On peut au moins t'installer dans un bâtiment ; il y fera peut-être un peu plus chaud.

— Je peux me déplacer », répondit la dragonne, mais d'une voix sans force. Elle leva la tête. « Je me rappelle presque… non, je me rappelle ce lieu. Le pont n'est plus là, et le fleuve a détruit plus de deux rues et la moitié d'une troisième. Il y avait des entrepôts, et des quais pour les petits bateaux ; au-dessus d'eux, en haut de la colline, il y avait la grande Promenade, et, plus loin, la place des Rêves. Et, au-delà, deux rues plus loin, on trouvait la…

— La place des Dragons », fit Thymara alors que Sintara s'interrompait. Elle ignorait d'où elle savait cela. Les souvenirs ancestraux… Était-ce ce que Kanaï cherchait à lui expliquer ? Qu'une fois qu'elle avait rêvé assez profondément avec les pierres, elle pouvait se rappeler la cité comme si elle y avait vécu ?

« Avec une salle de pansage, je m'en souviens parfaitement. »

Sintara accéléra le pas, et Thymara se hâta pour rester à sa hauteur ; la dragonne boitait. « Tu es blessée ? demanda la jeune fille, d'un ton inquiet.

— Quelques griffes abîmées à la patte avant droite ; ça fait mal, mais ça guérira. Autrefois, c'était à la salle de pansage que les dragons se rendaient pour traiter ce genre de blessure ; les Anciens tranchaient les griffes cassées, bandaient les moignons restants avec des linges puis y passaient un enduit vernissant pour les protéger jusqu'à leur repousse ; ils suturaient aussi les entailles reçues au cours des combats nuptiaux, et ils ôtaient les parasites, les poux d'écailles et autres.

— Dommage qu'ils ne soient plus là pour t'aider », murmura Thymara.

La dragonne ne parut pas l'entendre. « Et il y avait des bassins, certains remplis seulement d'eau très chaude, d'autres avec une nappe d'huile à la surface. Ah, se baigner à nouveau dans une eau courante ! Puis en sortir pour se rouler dans une cuvette de sable avant que des serviteurs me nettoient pour laisser mes écailles luisantes…

— Plus rien de tout ça n'existe aujourd'hui, fit Thymara. Mais au moins le bâtiment peut nous protéger du vent. »

La dragonne continua bravement d'avancer, muette désormais, et la jeune fille régla son allure sur la sienne.

Elles tournèrent un angle pour se retrouver dans une rue illuminée de souvenirs, mais, si la reine les vit, elle n'en montra rien ; elle traversa le marché nocturne dans les effluves d'encens, de viande rôtie et de pain, et Thymara la suivit.

À côté de la réalité massive de la dragonne, les fantômes paraissaient pâles, leur gaieté fragile et fausse, écho d'un passé qui ne durait pas dans l'avenir ; la jeune fille ignorait ce qu'ils fêtaient, mais ils le fêtaient de façon futile. Leur monde n'avait pas tenu, et leurs rires qu'emportait le vent semblaient se moquer d'eux-mêmes.

« Par ici », dit Sintara, et elle tourna pour emprunter un long escalier aux marches basses.

À ses côtés, la jeune fille gravit les degrés en silence ; puis, alors qu'elles allaient parvenir au sommet, une lumière dorée jaillit de l'encadrement de la porte, accompagnée de musique et de parfum, tandis que les battants en ruine tournaient sur leurs gonds en grinçant. Thymara crut à une illusion due aux pierres de mémoire, mais la dragonne s'arrêta et contempla le spectacle d'un air étonné.

« Elle se souvient ! s'exclama-t-elle. La cité se souvient de moi. Kelsingra se souvient des dragons ! » Elle leva haut la tête et poussa un coup de trompe clair ; le son se répercuta dans la salle, qui fut aussitôt inondée de lumière.

Thymara resta figée d'émerveillement : c'était de la lumière, de la vraie, non le souvenir d'une époque révolue, et, devant ses yeux ébahis, le premier puis le second étage s'illuminèrent à leur tour, un éclat doré comme celui d'un fanal fusant des fenêtres. Comme des brindilles qui s'enflamment, les bâtiments de part et d'autre réagirent à leur tour, et l'éclat général inonda la place des Dragons. Thymara se retourna pour la contempler ; les statues qui la bordaient prenaient des teintes vives, et elle se rendit compte que les carreaux de couleur qui lui avaient paru disposés au hasard quand elle les avait foulés formaient en réalité l'image d'un grand dragon noir.

Au loin, elle entendit le coup de trompe d'un dragon. Gringalette ! Ce devait être Gringalette en vol avec Kanaï sur le dos, et qui les cherchait ! Ils devaient certainement savoir où se trouvait Sintara ; inutile donc de les attendre dehors, en plein vent. Elle suivit la reine dans la salle accueillante.

Thymara allait d'étonnement en étonnement. Les mosaïques murales qui dépeignaient un paysage de plaines ondulées brillaient d'une chaude lumière ; partout, la jeune fille voyait une salle manifestement conçue pour abriter, non un seul dragon, mais une vingtaine ; le plafond, très loin au-dessus d'elle, était un ciel perpétuellement bleu avec un soleil jaune éblouissant au milieu, et les piliers qui le soutenaient avaient une texture de troncs d'arbre. Le sol était poussiéreux, mais lui aussi émettait une chaleur que Thymara sentait à travers la semelle usée de ses bottes. Le parfum devenait plus fort à mesure qu'elles s'avançaient, mais de manière agréable. Dans un angle, à l'autre bout de la salle, un escalier à échelle humaine montait dans les étages. La musique, qui évoquait le bruit d'un ruisseau sur des galets, les attirait dans la pièce suivante.

« Grand Sâ ! » s'exclama Thymara en entrant. L'air de la salle se réchauffait, et l'humidité augmentait. Une dizaine d'immenses dépressions disposées en rang creusaient le sol, chacune munie d'une rampe d'accès, et l'une d'elles se remplissait lentement d'eau fumante…

Sans hésitation, Sintara descendit dans le bassin et s'installa, le menton posé sur un pilier de pierre exactement à la bonne hauteur pour lui tenir la tête hors de l'eau qui lui léchait déjà les pattes. Elle poussa un soupir interminable. « Chaud », dit-elle, puis elle s'enfonça dans le liquide fumant et ferma les yeux.

Thymara la regardait, tiraillée entre l'émerveillement et l'envie devant l'eau qui couvrait peu à peu le dos de la dragonne. « Sintara ? » fit-elle avec circonspection, mais la reine ne manifesta en rien qu'elle eût encore conscience de sa présence. Pourtant, la jeune fille mourait d'envie de lui demander la permission de la rejoindre ; elle n'avait jamais vu une telle quantité d'eau propre et chaude : chez elle, à Trehaug, il y avait un hamac de toilette, « baquet » tissé serré qui, en été, récupérait l'eau de pluie et la laissait chauffer au soleil ; mais Thymara n'avait jamais vu ni même imaginé quoi que ce fût qui ressemblât à ce bassin pour dragons. Il y avait toute la place voulue dedans, et, en l'examinant, elle remarqua, à l'extrémité opposée, des marches à taille humaine qui y descendaient. Ah, cela lui revenait à présent ! Il y avait une équipe d'Anciens qui vivaient sur place et qui se chargeaient de gratter et de nettoyer les dragons qui le demandaient. Les armoires effondrées qui bordaient le mur renfermaient jadis toute une réserve de brosses, d'huiles et d'autres affaires d'étrillage.

Thymara baissa les yeux sur ses vêtements usés – enfin, plus sales qu'usés, à vrai dire ; quand on ne dispose que d'un jeu d'habits, les laver et les avoir secs avant qu'on en ait besoin était un peu difficile, surtout en hiver. Mais, dans cette vaste salle bien chaude, ils sécheraient sans doute vite. Thymara ne put soudain plus résister à la tentation.

Elle s'approcha rapidement des marches, ôta ses bottes et laissa tomber son manteau sur elles. Ses « chaussettes » n'étaient plus que des chiffons dont elle s'emmaillotait les pieds, et elle les défit avec soin : elle y tenait, malgré leur état. Elle retira délicatement sa longue tunique en faisant passer ses ailes par les ouvertures découpées dans le dos ; la tunique rejoignit son pantalon sur le tas de vêtements. Enfin, la jeune fille s'assit sur les carreaux tièdes du bord du bassin et plongea les pieds dans l'eau.

Elle les retira aussitôt : l'eau était brûlante ; elle ne s'était jamais baignée dans une eau aussi chaude. Elle observa la dragonne somnolente : Sintara avait l'air d'apprécier le traitement. À nouveau, Thymara approcha prudemment le pied de l'eau ; oui, elle était très chaude, mais non de façon insupportable. Elle descendit une marche et pénétra lentement dans le bain. Il lui fallut du temps, mais elle finit par s'immerger jusqu'au menton ; elle ouvrit les ailes et sentit la chaleur de l'eau les envelopper – et les apaiser : elle avait accepté le fait qu'elles lui faisaient toujours un peu mal, comme ses mains et ses pieds quand elle avait froid. Que cette douleur constante cessât était un pur bonheur. Elle se laissa aller sur le dos, mouillant ses cheveux puis les détachant dans l'eau ; quelle sensation ! Elle s'immergea complètement et se frotta le visage, puis répéta l'opération jusqu'à ce que sa peau crissât sous ses doigts. Propre ! C'était un miracle de pur plaisir. Elle se lava les mains et nettoya ses ongles de leur crasse, puis elle s'allongea de nouveau, seul le visage hors de l'eau. C'était le paradis.

La chaleur la vidait rapidement de toute ambition ; elle n'avait envie que de poser la tête sur le bord du bassin et de se détendre. Il y avait si longtemps qu'elle ne se sentait jamais complètement réchauffée ! Avec un effort, elle s'imagina remettant ses vêtements luisants de saleté sur son corps propre, et cela la réveilla ; elle prit ses habits, les trempa dans l'eau puis se mit à les frapper du poing. Un nuage marron teinta aussitôt l'eau autour d'elle, et elle jeta un regard inquiet en direction de Sintara. Elle ne s'était pas rendu compte que ses affaires étaient si sales ! La dragonne allait-elle s'offenser de son initiative ? Mais la reine était apparemment au-delà de toute émotion, si bien que Thymara acheva vivement sa lessive. Elle essora ses habits autant qu'elle le put, dépoussiéra une zone du carrelage chauffant à l'aide des guenilles qui lui tenaient lieu de chaussettes, les relava puis étendit ses vêtements bien à plat sur les carreaux. Elle avait fini de les arranger et se laissait glisser à nouveau dans le bassin quand elle entendit un bruit. Son cœur manqua un battement, puis elle jugea qu'il s'agissait sans doute de l'intrusion d'un souvenir extérieur dans son esprit.

Elle était à demi immergée quand Kanaï s'exclama d'un ton ravi : « Mais tu es toute nue ! »

Elle bondit hors de l'eau, attrapa sa tunique au vol et l'enfila prestement en tournant le dos au jeune garçon ; le tissu s'accrocha à ses ailes, et une éternité lui parut s'écouler avant qu'elle parvînt à se couvrir complètement. « Qu'est-ce que tu fais là ? lança-t-elle par-dessus son épaule, et elle se rendit aussitôt compte du ridicule de sa question.

— Ben, je vous cherchais, toi et Sintara, pour vous aider ! Tu disais qu'elle était en train de se noyer, mais elle n'a pas l'air de trop s'en faire maintenant. Comment tu as réussi ce coup-là ? On dirait que la moitié de la cité s'est illuminée ! Je parie qu'ils crèvent de curiosité, de l'autre côté du fleuve. Et toute cette eau ! D'où est-ce qu'elle vient ? Gringalette ! Gringalette, attends, ma douce, qu'est-ce que tu fais ? Comment tu as fait ça ? »

La dragonne rouge était descendue dans un bassin vide, et aussitôt l'eau brûlante et parfumée avait commencé à le remplir. Gringalette s'installait confortablement en agitant joyeusement la queue quand Kanaï s'écria : « Hé, attends-moi ! et se mit à se déshabiller.

— Tu ne vas pas faire ça devant moi ! protesta Thymara, offusquée, mais il se tourna vers elle avec un grand sourire.

« C'est toi qui as commencé ; et puis je suis glacé. » Il laissa tomber ses vêtements sur le carrelage et sauta dans l'eau. « Ouille ! C'est chaud ! Comment tu supportes ça ? » Il s'était rapproché du bord et la regardait.

« Entre lentement dans l'eau », répondit-elle, et elle se détourna.

Sintara avait ouvert les yeux et les observait tous les deux d'un air agacé. Kanaï resta où il était et laissa l'eau monter autour de lui, puis il se déplaça jusqu'à l'extrémité du bassin la plus proche de Thymara, les joues rouges, les cheveux dégouttants.

« Alors, Sintara ? Hé, ma grande ! Regarde-moi, princesse ! Comment tu as fait ? Comment tu as réussi à illuminer toute la ville ? Gringalette et moi, on est venus plein de fois, mais rien ne s'est jamais allumé, et on n'a jamais eu droit à un bain – enfin, jusqu'à aujourd'hui. »

Sintara tourna la tête vers lui sur son repose-menton. Thymara était restée pantoise de la façon dont Kanaï s'était adressé à la dragonne, mais elle sentait que Sintara ne s'offusquait pas d'être traitée de princesse ; Kanaï ne mesurait peut-être pas le plaisir qu'il avait fait à la reine, mais la jeune fille s'en rendait compte, elle : Sintara avait ressuscité la cité alors que Gringalette n'y était pas arrivée. Ce fut peut-être la raison pour laquelle elle daigna lui répondre.

« La cité attendait peut-être le retour d'un vrai dragon ; je lui ai simplement dit ce que je voulais. C'est ainsi que fonctionne Kelsingra, comme toutes les cités Anciennes : elles ont été bâties pour l'agrément des dragons, pour nous attirer afin que nous passions du temps parmi les Anciens ; s'ils n'avaient rien fait pour nous plaire, pourquoi serions-nous venus ? » Ses yeux tournoyaient paresseusement, empreints de plaisir, et elle les referma lentement, laissant les deux jeunes gens réfléchir à sa déclaration.

« Regarde tes ailes ! s'exclama soudain Thymara, et elle s'approcha pour examiner la dragonne. L'une est plus faible que l'autre ; elle grandira. » Sintara paraissait contrariée qu'on lui rappelât son défaut.

« Mais elles grandissent en ce moment même ! Comme les dragons ont tous grandi quand ils ont passé une nuit sur la plaque de chauffage, pendant notre voyage. Elles sont… extraordinaires ! Les membranes, les veines… Je ne sais pas comment l'appeler, mais ça s'épaissit déjà, et les couleurs deviennent plus vives ; j'ai l'impression de les voir se répandre comme une plante grimpante qui envahit un arbre. Toutes tes teintes sont plus éclatantes partout, mais tes ailes sont incroyables ! S'il y en a une plus faible que l'autre, je ne la distingue pas.

— C'est une faiblesse infime, qui n'est sans doute apparente que pour moi. »

Sintara se dressa soudain et déploya ses ailes. Elle les agita, en faisant pleuvoir une averse sur les deux gardiens. « Oui, elles sont plus fortes ! » Elle avait l'air ravi. Elle s'immergea de nouveau et, cette fois, laissa ses ailes à demi ouvertes afin de mieux les tremper. « C'était cela dont j'avais besoin.

— Et c'est de ça dont les autres dragons ont besoin aussi ? » demanda Thymara, circonspecte. Elle avait jeté un regard en direction de Gringalette : la dragonne rouge de Kanaï était plus petite et plus ronde que Sintara ; ses pattes avaient toujours paru courtaudes à la jeune fille, et sa queue pas assez longue. La reine bleue évoquait un lézard tandis que la petite dragonne ressemblait plutôt à un crapaud. Mais, à présent qu'elle s'étirait et s'alanguissait dans l'eau fumante, sa métamorphose était presque aussi stupéfiante que celle de Sintara. Le réseau de veines de ses ailes rouges prenait un éclat à la fois noir et doré. Comment était-il possible que sa queue et ses pattes eussent déjà grandi ? Pourtant, la dragonne avait l'air plus grande et mieux proportionnée. À mi-voix, Thymara demanda : « Gringalette change, elle aussi ?

— Oui. » Kanaï s'exprimait d'un ton blasé. « Tu te rappelles, on avait trouvé une de ces plaques chauffantes quand on a été séparés de vous ; eh bien, elle y a passé pas mal de temps, et je pense que c'est pour ça qu'elle a pu voler avant tous les autres. Les dragons aiment la chaleur qui les fait grandir. » Il agrippa soudain le rebord du bassin et se hissa à moitié hors de l'eau. « Et il n'y a pas que les dragons que ça fait grandir !

— Tu es obscène ! Couvre-toi ! »

Kanaï baissa les yeux, eut un petit rire, mais prit docilement sa chemise et la drapa autour de sa taille en la tenant d'une main à la hanche. « Je ne parlais pas de ça. Tes ailes, Thymara ! Si tu crois que celles de Sintara ont changé, tu devrais voir les tiennes ; ouvre-les, papillon, qu'on les admire. »

L'eau ruisselait sur la poitrine et les jambes nues du jeune homme ; les écailles soulignaient les muscles de son torse et de son ventre, mais il avait apparemment acquis une épaisse tignasse noire aussi. Le voir ainsi était frappant, mais plus choquant encore était le souvenir qui revint brusquement à Thymara du jour où ils avaient fait l'amour, et qui généra en elle une autre sorte de chaleur. Non, pas lui, se dit-elle sévèrement. Je n'ai jamais fait l'amour avec lui. Je n'ai jamais couché avec personne ! Mais elle ne pouvait chasser le souvenir ni refroidir le désir qui lui chauffait le ventre. Elle recula d'un pas, et il s'arrêta net avec un large sourire.

« Je ne te toucherai pas, promit-il. Je veux seulement voir tes ailes. »

Elle lui tourna le dos, les joues brûlantes.

« Ouvre-les », dit-il, et elle obéit. Des gouttelettes d'eau prises dans les plis coulèrent sur son dos et la chatouillèrent quand elle les déploya ; elle frissonna, et Kanaï éclata de rire. « C'est incroyable ! Les couleurs ont bougé. Ah, Thymara, elles sont magnifiques ! J'aimerais que tu puisses les voir : tu n'en aurais plus jamais honte et tu ne les cacherais plus jamais. Agite-les un peu, tu veux ? »

Elle sentait sa présence troublante derrière elle, et elle chercha à se distraire de cette tentation en battant légèrement des ailes ; la sensation la surprit : elles étaient puissantes et elles avaient grandi, comme si elles n'avaient attendu que cette occasion pour croître. Elle les agita de nouveau. Voler… Était-ce à sa portée ? Elle refoula cette idée. Sintara lui avait affirmé qu'elle ne volerait jamais ; pourquoi se tourmenter ?

Kanaï s'était encore approché, et elle sentait son souffle sur sa nuque, sa proximité. « S'il te plaît, murmura-t-il, je sais que j'ai dit que je ne te toucherai pas, mais est-ce que je peux toucher tes ailes, s'il te plaît ? »

Ses ailes. Quel mal cela pouvait-il faire ? « Vas-y, répondit-elle à mi-voix.

— Ouvre-les en grand, s'il te plaît. »

Elle obéit et sentit le jeune homme saisir l'extrémité nervurée de l'une d'elles ; elle avait bizarrement l'impression de le tenir par la main : les sensations ressemblaient à celles qu'elle éprouvait du bout des doigts. Il dit tout bas : « Dommage que tu ne puisses pas voir ça ; cette ligne, là, est toute dorée. » Il suivit l'aile de l'index, et elle frissonna à ce contact. « Et, derrière, c'est d'un bleu comme celui du ciel juste avant la nuit ; ici, c'est d'un blanc qui brille d'un éclat presque argenté. » Il étira la membrane, et, très doucement, la parcourut de l'épaule jusqu'à la pointe. Thymara eut un nouveau frisson, mais de chaleur, non de froid.

Une pensée insolite lui vint soudain : il se servait de ses deux mains.

Elle referma brutalement ses ailes et se retourna d'un bloc. La chemise de Kanaï était par terre. « Oups ! » Et il eut un sourire espiègle.

« Ce n'est pas drôle ! » s'exclama-t-elle.

Le sourire du jeune gardien s'élargit, et, comme elle se détournait, elle ne put se retenir de sourire à son tour. Si, c'était drôle ; indélicat mais drôle ; typique de Kanaï. Mais elle en éprouvait aussi une grande gêne, et elle s'éloigna de lui.

« Où tu vas ? »

Elle l'ignorait. « Je prends les escaliers ; je veux voir ce qu'il y a en haut.

— Attends-moi !

— Tu ferais mieux de rester avec les dragons.

— Je ne vois pas l'intérêt : ils dorment.

— Alors, remets au moins ton pantalon. »

Il éclata de rire à nouveau, mais elle refusa de le regarder. Sans l'attendre, elle retourna dans la première salle qu'ils avaient traversée et se dirigea vers l'escalier. Il faisait plus froid que dans la salle aux bassins, et son dos, sous sa tunique humide, se couvrit de chair de poule. Elle avait faim, mais elle chassa cette préoccupation de son esprit : elle ne pouvait rien y faire pour le moment.

Les marches montaient en spirale autour d'un pilier et débouchaient sur une pièce à taille humaine et moins richement décorée, pleine de meubles effondrés et à peine identifiables ; le plafond illuminait l'ensemble d'un éclat doux, et une fenêtre donnait sur la place des Dragons. Thymara passa quelques instants à admirer la vue. Kanaï avait raison : ce qu'avait fait Sintara pour illuminer le bâtiment s'était étendu ; une lumière vive jaillissait des ouvertures des édifices voisins, et, partout dans la cité, d'autres constructions s'étaient éclairées, dont certaines surlignées de l'extérieur tandis que leurs fenêtres restaient obscures. Les Anciens se servaient-ils de la lumière pour décorer certaines villes comme d'autres employaient la peinture ou la sculpture ? Çà et là, au loin, des bâtiments s'étaient illuminés, jusqu'au pied des falaises à l'autre bout de la cité ; on eût dit que des gens y vivaient, spectacle à la fois réjouissant et inquiétant.

« Je te l'avais bien dit : la cité n'est pas morte. Elle attend que nous, dragons et Anciens, la remettions en marche. » Kanaï avait monté les marches sans bruit et se tenait derrière Thymara.

« Peut-être », admit-elle, et elle suivit le jeune homme qui s'en allait en exploration. Il s'arrêta devant une porte de haute taille, en bois mais ornée de panneaux de métal avec des motifs en ronde-bosse, ce qui expliquait peut-être qu'elle eût survécu. Kanaï l'ouvrit et dit d'un ton perplexe : « Où est-ce que ça mène ? »

Thymara pénétra à sa suite dans un large couloir sur lequel ouvraient d'autres portes semblables à celle qu'ils venaient de franchir. « Elles sont fermées ? » fit tout haut le jeune homme, et il en poussa une ; elle pivota en silence, et il s'arrêta sur le seuil, hésitant.

« Qu'y a-t-il là-dedans ? demanda la gardienne en le rejoignant.

— Une chambre », répondit-il, mais il ne bougea pas. Thymara se dressa sur la pointe des pieds pour regarder par-dessus son épaule. Une chambre, en effet. Beaucoup de logements qu'elle avait visités étaient vides, comme si leurs occupants avaient emporté leurs affaires en partant, tandis que d'autres ne renfermaient plus que des meubles détruits par la pourriture, mais cette pièce était différente ; il y avait un bureau et une chaise en bois sombre, mais recouverts d'un produit très brillant où s'inséraient des couleurs. Thymara avait vu un jour un petit coffret très cher, à Trehaug, avec ce type de finition. Un haut meuble du même style occupait un angle de la pièce, et sur ses étagères reposaient toutes sortes de récipients en verre et en terre cuite, bleus pour la plupart, mais certains orange et argent.

« Regarde, un lit en pierre. Qui voudrait coucher sur un lit en pierre ? » Kanaï s'avança dans la chambre d'un pas hardi, et Thymara l'imita plus timidement. Elle avait l'impression d'être une intruse, comme si la porte étroite du fond risquait de s'ouvrir et les occupants d'en jaillir pour demander ce que les deux jeunes gens faisaient chez eux. Elle s'approcha des étagères et y vit un peigne et une brosse, apparemment en verre ; les soies de la brosse étaient raides sous ses doigts.

« Je prends ça ! » s'entendit-elle déclarer, stupéfaite de son ton avide ; mais elle n'avait plus de brosse à cheveux depuis qu'elle avait perdu la sienne des mois auparavant. Elle vit sur le bureau un objet plat qui ressemblait à un livre, mais, quand elle l'ouvrit, il se déplia en trois panneaux garnis de miroirs ; elle se regarda et ne put détacher les yeux de son image. Était-ce bien elle ? Sintara l'avait-elle changée à ce point ?

La jeune fille « marquée par le désert des Pluies » avait disparu ; elle avait devant elle une Ancienne, le visage étroit, les traits soulignés par de fines écailles bleues, qui se retrouvaient dans la raie qui séparait ses cheveux humides, lisses et noirs. Elle leva la main pour toucher son visage et s'assurer que c'était bien son reflet qu'elle voyait ; elle resta alors saisie devant le bleu cobalt de ses griffes et le filigrane argenté, semblable à une plante grimpante, qui courait du bout de ses doigts sur le dos de ses mains et jusqu'à ses coudes. Il n'existait pas avant qu'elle entrât dans le bain, elle en avait la certitude.

Elle avait encore les yeux rivés sur les miroirs quand Kanaï intervint. « Ce qu'il y a là-dedans va te plaire encore plus : des vêtements de fille, en tissu Ancien, comme la robe d'Alise. C'est très joli, argenté, bleu et vert, tes couleurs. Et des mules de la même matière, mais en plus lourd.

— Laisse-moi voir ! » s'exclama-t-elle.

Il se détourna des étagères fixées derrière la porte étroite en brandissant une pièce de vêtement chatoyante, vert et bleu. Le cœur de Thymara fit un bond.

Kanaï la regarda avec un grand sourire. « Il y en a plein, là-dedans ; tu pourrais partager, si ces habits vont à certains. »

Elle l'écarta de l'épaule et ses doigts parcoururent les plis empilés. Argent comme le fleuve, vert plus vert que Dente, bleu comme Sintara. Fébrile, elle avait le souffle court.

« Hé, jette un coup d'œil derrière toi ! » lança Kanaï.

Elle obéit et se retrouva devant les miroirs qu'il tenait à son intention. « Elles te plaisent, tes ailes ? »

demanda-t-il, puis il se tut devant l'expression de stupeur de la jeune fille. Des larmes perlaient à ses yeux, et elle sentait ses lèvres trembler. Elle n'arrivait plus à parler.

« Tu ne les aimes pas ? » fit-il, ahuri.

Elle l'était encore plus. « Kanaï ! Je suis magnifique !

— Ça fait un moment que je te le répète. » Il paraissait agacé qu'elle eût douté de ses dires ; il la regarda puis détourna les yeux, comme soudain gêné, et se dirigea vers le lit de pierre. « Bizarre », dit-il en s'asseyant. Puis il tressaillit et se releva d'un bond. « Il m'a tripoté les fesses ! »

Tous deux examinèrent l'empreinte de son fondement qui s'effaçait sur le lit, qui reprit bientôt son aspect lisse et uniforme. Le jeune homme posa une main prudente sur la surface et appuya : elle s'enfonça légèrement. « On dirait de la pierre, mais ça devient mou quand on appuie dessus ; et c'est tiède. » Il se rassit puis s'allongea. « Ah, doux Sâ ! Je n'ai jamais dormi sur un truc comme ça. Viens essayer ! »

Elle posa d'abord une main sur le lit, puis s'y assit avec circonspection. Il s'adapta obligeamment à ses formes.

« Étends-toi, il faut que tu sentes ça. » Kanaï s'écarta pour lui faire de la place. Elle s'installa et resta un moment sur le dos à contempler le plafond qui dispensait une douce lumière. Elle soupira soudain. « Il s'ajuste à mes ailes ; il y a si longtemps que je ne peux pas me mettre à plat sur le dos ! Et c'est chaud.

— On n'a qu'à dormir ici. »

Thymara tourna la tête vers lui. Le visage de Kanaï était tout près du sien, et elle sentait son souffle sur ses lèvres. L'eau brûlante du bassin des dragons avait avivé ses couleurs à lui aussi. Kanaï le rouge vif. Il était splendide – et elle aussi. C'était la première fois de sa vie qu'elle se sentait belle. Le jeune homme la regardait, et elle crut soudain ce qu'elle lisait dans ses yeux. Quelle ivresse de se savoir attirante et de voir cette séduction reflétée dans son regard ! C'était une ivresse comme elle n'en avait jamais connu. Elle essaya son sourire sur lui ; il agrandit les yeux, et elle l'entendit avaler sa salive.

Elle s'avança et accepta son baiser goulu. La sensation était familière et inconnue à la fois. Il s'approcha d'elle. « J'ai envie de toi, murmura-t-il. J'ai envie de toi depuis que je t'ai vue la première fois, même quand j'étais trop bête pour savoir ce que je voulais. Rien que toi, Thymara ; s'il te plaît. »

Elle ne répondit pas, s'interdit même d'imaginer une réponse, mais ouvrit ses lèvres à son baiser et ne recula pas devant ses mains exploratrices. Elle l'accepta sur elle, et le lit Ancien leur fit un berceau qui leur rendit leur chaleur. Le moment vint où elle s'attendit à ressentir de la douleur, mais où elle n'éprouva qu'un doux plaisir. J'étais prête, se dit-elle, et puis elle cessa de penser.

« Je veux m'en aller. »

Il était encore trempé, et il avait à peine eu le temps de reprendre son souffle après être revenu au bateau au pas de course. Reyn avait atteint le *Mataf* le premier ; il supposait que c'était pure chance si Hennesie l'avait rencontré et lui avait appris que Malta et l'enfant étaient en sécurité à bord de la vivenef. Le second lui avait dit d'aller voir sa femme pendant que lui-même irait chercher le capitaine Leftrin et Skelli. Tillamon, la sœur de Reyn, était aussi en chasse et fouillait en compagnie de Skelli tous les endroits de la ville où Malta eût pu demander de l'aide. L'Ancien regarda son épouse, enveloppée d'une rude couverture du bord, debout près du fourneau de la coquerie, et il battit des paupières pour en chasser les gouttes de pluie tout en s'efforçant de comprendre ce qui se passait. Enfin, une question lui vint à l'esprit. « Où est l'enfant ? Hennesie m'a dit que tu avais l'enfant. »

Malta le regarda fixement, et, si cela était possible, pâlit encore plus ; ses écailles n'en ressortirent que davantage ; elle avait l'air d'une sculpture d'ivoire rehaussée de bijoux. « Sur le gaillard d'avant, murmura-t-elle. Mataf avait besoin qu'on le place là pour pouvoir l'aider. J'avais si faim et si soif que je suis allée à la coquerie ; je voulais emporter le petit, mais le bateau a refusé : il doit rester là où il est. » Elle s'interrompit en se mordillant la lèvre, puis elle reprit d'une voix rauque : « Mais Mataf dit que ses moyens sont limités, et que, si nous voulons que l'enfant vive, nous devons trouver un dragon qui l'aidera. Et je dois t'avouer, Reyn, que j'ai tué un homme cette nuit, un Chalcédien. » Elle le regarda, et l'incrédulité qu'affichait son mari se refléta dans ses propres yeux. Le front plissé, elle ajouta : « Je pense qu'il s'agissait de l'espion qui voulait faire abattre les dragons et les envoyer en morceaux en Chalcède pour en extraire des médicaments. Mais il y en a un autre et il est toujours dans les parages. Reyn, il s'apprêtait à me tuer avec l'enfant pour nous découper en pièces qu'il aurait emportées en Chalcède, avec l'espoir de les faire passer pour de la chair de dragon destinée à fabriquer des produits pour guérir le duc de Chalcède. »

Il la dévisagea, les yeux écarquillés. « Assieds-toi, ma chérie, et bois ton thé. Ce que tu me racontes n'a ni queue ni tête ; mais, avant que tu m'expliques, je veux voir notre enfant.

— Naturellement. Belline est près de lui ; je ne l'ai laissé qu'un moment, le temps de me laver et de manger quelque chose de chaud. » Elle regarda ses mains propres puis releva le visage. « Je ne l'aurais jamais abandonné, tu le sais bien.

— Je ne l'ai jamais envisagé. Mais, ma chérie, je ne comprends toujours rien à ce que tu dis ; je crois que tu ne vas pas bien, mais, avant d'en parler, je vais voir notre enfant. Toi, repose-toi, je reviens très vite.

— Non, je t'accompagne. Viens. » Elle prit sa chope et se mit en route à pas lents.

L'esprit comme engourdi, Reyn sortit derrière elle sous la pluie et longea le rouf dans le vent et la nuit. Mataf ne ressemblait à aucune autre vivenef qu'il connût ; le bateau n'avait pas de figure de proue, et donc pas de bouche avec laquelle s'exprimer ; pourtant, Reyn sentait nettement sa présence, et ce avant même d'être monté à son bord. La vivenef était pétrie de conscience. Une faible lueur brillait sur le gaillard d'avant, où on avait monté un abri en toile. Reyn se baissa pour franchir le rabat et se trouva devant une grande femme assise près d'une lanterne sourde et d'un nouveau-né très petit qui reposait sur le pont de bois. L'homme resta figé devant cette scène, incapable de prononcer un mot.

Malta lui agrippa le bras. « Je sais, dit-elle, le souffle court. Il ne ressemble pas à ce que nous espérions. Il est marqué, comme la sage-femme m'en avait prévenue, et comme tout le monde le craignait ; mais il est vivant, Reyn, et c'est notre enfant... » Sa voix se brisa. « Tu es déçu, n'est-ce pas ?

— Je suis sidéré. » Il tomba lentement à genoux et avança une main tremblante ; il regarda sa femme par-dessus son épaule. « Puis-je le toucher ? Le prendre dans mes bras ?

— Touche-le », répondit Malta en s'accroupissant près de lui. La grande femme s'écarta pour leur laisser la place, lentement et avec délicatesse, se pencha pour passer le rabat et sortit, les laissant seuls ; elle n'avait pas dit un mot. Reyn tendit la main vers la poitrine de son fils : elle la couvrait tout entière. L'enfant bougea, tourna la tête vers Reyn et le regarda de ses yeux bleu marine. « Mais ne le prends pas dans les bras, poursuivit la jeune femme.

— Ne t'inquiète pas, je ne le laisserai pas tomber. » Il ne put s'empêcher de sourire.

« Ce n'est pas la question, murmura-t-elle. Il doit rester en contact avec Mataf ; le bateau l'aide à respirer, et son cœur à battre.

— Comment ? » Reyn eut l'impression que sa propre respiration lui manquait, que son propre cœur se glaçait. « Pourquoi ? Qu'est-ce qui ne va pas ? »

La main fine de son épouse rejoignit la sienne sur la poitrine de leur fils, refermant le cercle qu'ils formaient à eux trois. « Reyn, notre fils est marqué par le désert des Pluies, lourdement marqué ; voilà ce que ça veut dire, et la raison pour laquelle tant de femmes écartent d'elles leurs enfants avant que leur attachement pour eux devienne trop fort. Il se bat pour survivre. Son organisme a été modifié ; il n'est pas humain et il n'est pas Ancien : il est entre les deux, et il y a des anomalies en lui – ou du moins c'est ce qu'affirme Mataf. Il dit pouvoir le maintenir en vie, mais, pour le changer autant qu'il le faut pour lui permettre de survivre, il faut un dragon. Ces créatures sont capables d'opérer des transformations particulières, similaires à celles que nous a fait subir Tintaglia, qui permettront à son organisme de fonctionner. »

On entendit un pas lourd sur le pont, et le rabat de tissu fut brusquement soulevé. « Mon bateau vous parle ? » demanda sèchement Leftrin ; il paraissait vexé.

Malta le regarda sans se lever. « C'était indispensable, répondit-elle. J'ignorais ce dont avait besoin mon petit, et il a fallu qu'il me l'explique.

— Ma foi, j'aimerais bien qu'on me tienne au courant de ce qui se passe sur mon propre bateau !

— Je peux m'en occuper, cap'taine. » C'était la femme, Belline, qui rentrait sous l'abri, qui commençait à devenir surpeuplé. Elle parut percevoir le besoin qu'avait Reyn de rester seul avec sa femme et son fils, à moins qu'elle préférât s'entretenir en privé avec son capitaine. « Retournons au rouf, et je vous dirai ce que ce petit fait là. Skelli est revenue ?

— Je l'ai croisée alors que j'essayais de réveiller un préposé aux ascenseurs. Hennesie a trouvé Malta et l'enfant et a envoyé Skelli m'avertir ; il ramène Tillamon, la sœur de Reyn. Elle nous a aidés à chercher Malta.

— Alors tout va bien. Venez, je vais préparer du café et vous raconter ce que je sais. »

Leftrin demeura un instant indécis, puis se décida, peut-être en voyant le regard implorant de Reyn. « D'accord », dit-il brusquement, et il sortit.

Dès lors, Malta s'allongea autour de son enfant, et, sans hésiter, Reyn en fit autant de l'autre côté, si bien que le nouveau-né était encadré par les arcs de leurs deux corps. L'homme posa la tête près de celle de Malta et sentit le parfum de ses cheveux, rassuré de savoir qu'elle et leur fils étaient en sécurité avec lui. « Raconte-moi, murmura-t-il. Raconte-moi tout ce qui s'est passé après que je t'ai quittée. »

Vingt-sixième jour de la Lune du Changement

Septième année de l'Alliance Indépendante des Marchands

De Kim, Gardien des Oiseaux, Cassaric, au Marchand Finbok

Vous serez le premier à Terrilville à recevoir cette nouvelle. Le capitaine Leftrin et sa vivenef, le Mataf, *sont revenus de leur expédition en amont du fleuve. Lors d'une réunion à la Salle des Marchands, il a révélé ce soir qu'ils avaient découvert Kelsingra, mais il a refusé d'en dire davantage ; il conteste au Conseil des Marchands de Cassaric le droit de voir les cartes qu'il a dressées et les notes qu'il a prises, sous prétexte que ces informations lui appartiennent, à lui et aux gardiens des dragons qui l'ont accompagné, et il affirme qu'une lecture attentive des contrats le prouvera.*

La rumeur veut qu'il ait peut-être assassiné ses compagnons pour revendiquer seul Kelsingra. Le capitaine Leftrin soutient que la quasi-totalité des membres de l'expédition ont survécu, qu'ils se portent bien et se trouvent dans une région où les dragons sont confortablement installés.

De l'épouse de votre fils, il dit qu'elle a choisi de rester là-bas. Il porte aussi des accusations contre un des chasseurs qui voyageaient avec lui, selon lesquelles c'était un espion à la solde de Chalcède ; il prétend aussi que la corruption gangrènerait le Conseil des Marchands de Cassaric, car c'est lui qui avait engagé l'individu en question.

Mesurez-vous à présent la valeur des pigeons privés ? Cette information vous parviendra des jours avant que d'autres apprennent ce qui se passe. Je pense que vous mesurez aussi l'intérêt d'avoir un ami parmi les gardiens des oiseaux, et je ne doute pas que mon paiement reflétera votre gratitude.

Kim

4

Illumination

« De qui est-ce qu'il peut s'agir à cette heure de la nuit ? fit Carson en sortant du lit.

— Et quels ennuis cela annonce-t-il ? » marmonna Sédric. Il était sur le point de s'endormir. Il regarda Carson enfiler son pantalon puis aller à la porte ; il tira les couvertures sur lui dans l'espoir de compenser la chaleur dont l'absence de son compagnon le privait.

« Tatou ? » l'entendit-il dire d'un ton consterné, et le jeune homme lui répondit d'une voix inaudible.

Il reprit plus clairement : « Je peux entrer, s'il vous plaît ? » et Carson s'écarta pour lui laisser le passage. Il referma la porte derrière le jeune gardien, puis il alla ajouter une bûche dans le feu ; des étincelles jaillirent, et quelques flammes s'éveillèrent.

« Bon, eh bien, assieds-toi », dit le chasseur à Tatou, et il suivit son propre conseil en prenant place sur un des bancs de sa fabrication. Le jeune homme secoua la tête pour faire tomber les gouttes de pluie de ses cheveux puis s'installa sur l'autre banc. Comme il se taisait, Carson demanda : « Quelque chose ne va pas ? Un des dragons est malade ?

— Ce n'est pas ça », répondit Tatou à mi-voix. Il jeta un regard vers le feu puis ses yeux se perdirent dans l'obscurité. « Thymara et Kanaï ne sont pas revenus de la cité. Ils sont partis avec Gringalette en début d'après-midi ; il disait vouloir montrer quelque chose à Thymara. Je pensais qu'ils seraient de retour avant la nuit : tout le monde sait que Gringalette n'aime pas voler dans le noir. Mais il fait nuit depuis des heures et on n'a aucune nouvelle d'eux. »

Carson, sans répondre, regarda les langues de flammes lécher la bûche puis commencer à la dévorer. « Et tu as peur qu'il leur soit arrivé quelque chose ? »

Tatou prit une grande inspiration puis soupira. « Pas exactement. Ma dragonne, Dente, a été brusquement agitée pendant un moment, et elle m'a dit que Sintara était dans l'eau, peut-être en train de se noyer. Ça n'avait pas l'air de l'attrister plus que ça. Alors je suis allé voir Mercor, parce qu'il est plus, euh… posé, moins jaloux et rancunier que ma Dente, et qu'il a tendance à parler plus clairement. Il a levé la tête comme s'il tendait l'oreille et m'a répondu que Sintara allait bien, autant qu'il puisse s'en rendre compte, qu'elle avait bien été dans l'eau et qu'elle avait eu peur, mais qu'apparemment tout allait bien ; selon lui, elle était à Kelsingra. Du coup, comme on sait bien que Sintara ne peut pas voler, je me suis mis à sa recherche. Elle est introuvable. » Il baissa les yeux sur ses mains. « Je me demande si elle n'est pas bel et bien de l'autre côté du fleuve – et Kanaï, Gringalette et Thymara aussi. »

Sédric se redressa sur le lit, enveloppé dans les couvertures. Le jeune garçon avait l'air malheureux comme les pierres.

Carson dit : « Ce matin, en me levant, j'ai vu des empreintes dans la prairie : un dragon au moins a essayé de s'envoler. Ça ne me paraît pas illogique de penser qu'il s'agit de Sintara, et qu'elle a réussi à traverser le fleuve ; c'est peut-être pour ça que Thymara est restée à Kelsingra. Mais, par un temps de chien pareil, peut-être qu'il pleuvait trop, tout simplement, et qu'ils ont décidé d'attendre la fin de l'orage. Ils vont sans doute bien, Tatou ; s'il était arrivé quelque chose à Thymara, Kanaï aurait été aux quatre cents coups et serait revenu ici ; et, s'il était arrivé malheur à Kanaï, Gringalette rugirait plus fort que la tempête. Et s'ils avaient tous les trois des ennuis, je pense que tous les dragons le sauraient. Sintara sentirait certainement si Thymara était blessée ou en danger, et, même si elle a un caractère difficile, elle nous mettrait au courant s'il fallait qu'on s'inquiète, à mon avis. »

Tatou baissa le nez. « Sans doute, oui, je sais, murmura-t-il.

— Donc, dit le chasseur d'un ton pensif, Sintara a réussi à franchir le fleuve. Sacré vol. » Il regarda Sédric en souriant. « J'aimerais savoir ce qui l'a poussée à sauter le pas ; j'essaierai sur Crache. » Il se retourna vers Tatou, toujours souriant, mais n'obtint aucune réponse.

Le silence retomba, interrompu seulement par le bruit de la pluie et le doux crépitement du feu. Tatou s'agita sur son banc. « Je crois que ce n'est pas tellement leur santé qui m'inquiète, mais le fait qu'ils soient ensemble. » Il voûta encore les épaules, comme si cela pouvait lui éviter d'avoir mal.

Sédric prit un air soudain compréhensif : il savait reconnaître les affres de la jalousie.

Le banc craqua quand Carson changea de posture ; il présentait son profil à son compagnon, et le feu éclairait l'expression décontenancée qu'il affichait. « Ma foi, je ne vois pas ce qu'on peut y faire, fiston ; ce sont des choses qui arrivent.

— Je sais bien. » Tatou se tordait les mains ; il les coinça entre ses genoux, se balança d'avant en arrière puis reprit soudain : « J'ai tout raté avec elle. Je croyais que tout allait bien, et d'un seul coup rien n'allait plus. Elle était furieuse que j'aie couché avec Jerd, et moi je n'ai pas compris, parce que, quand Jerd et moi on était ensemble, Thymara n'avait même pas l'air de s'intéresser à moi. Elle me traitait en copain, comme toujours. Alors pourquoi est-ce qu'elle m'en voulait tant ?

— Ah, je crois que je commence à comprendre ! » Carson se pencha et se servit d'un bout de bois pour repousser la bûche dans le feu. « Tu ne l'apprends pas de la façon la plus facile, mais je crois qu'on apprend tous ainsi ce que c'est que la jalousie. On a l'impression que c'est une émotion idiote jusqu'au jour où on la ressent soi-même.

— Oui. » Tatou paraissait plus animé, voire en colère. « Je ne supporte pas de les imaginer ensemble, mais je ne peux pas m'en empêcher. Comment est-ce qu'elle peut me faire un coup pareil ? Elle n'aurait pas pu m'en parler, me prévenir, ou me donner l'occasion de faire mieux avant qu'elle le choisisse ? »

Carson lança un regard à Sédric puis s'adressa au jeune homme. « Tout n'est pas toujours prévu à l'avance ; les choses se produisent, rien de plus. Et puis, à t'entendre, on dirait que c'est contre toi qu'elle s'est mise avec lui – si elle est bien avec lui. Je ne veux pas te vexer, mais il y a des chances que tu n'aies rien eu à voir dans leur décision. Quand tu as décidé de coucher avec Jerd, t'es-tu demandé ce que Thymara risquait d'en penser ? Ou Kanaï, ou Houarkenn ? Ou n'importe qui ? »

Un sourire songeur étira les lèvres de Tatou. « Quand j'ai "décidé" de coucher avec Jerd… Ha ! » Malgré son accablement, il s'illumina à ce souvenir. « Autant que je me rappelle, je n'ai rien décidé cette nuit-là ; je n'ai pas réfléchi une seconde.

— Eh bien, peut-être que Thymara, elle aussi… »

L'air béat de Tatou s'évanouit tout à coup. « Mais c'est une fille ! Les filles pensent à ce genre de trucs, non ? »

Un sourire incrédule s'afficha lentement sur les traits de Carson. « Tu es venu me demander des conseils sur les femmes ? » Il désigna Sédric de la tête. « Tu es sûr d'avoir frappé à la bonne porte ? »

Tatou prit une expression gênée. « Mais à qui d'autre m'adresser ? Les gardiens se moqueraient de moi, à moins que je ne parle à Jerd, mais ça risquerait de m'emmener sur un terrain où je n'ai pas envie d'aller. Ou bien à Sylve, mais dans ce cas, autant que je parle directement à Thymara, parce que tout ce que je dirais à Sylve lui reviendrait automatiquement. C'est pour ça que je suis ici ; vous, vous avez l'air heureux, comme si vous étiez partis du bon pied, et j'avais l'impression que, de tout le camp, c'était à vous que j'avais intérêt à m'adresser. Vous êtes plus âgés que les autres, et puis, ça ne doit pas être bien différent, la jalousie, l'amour... » Tatou eut du mal à prononcer le dernier mot, et il évita de regarder Carson.

Sédric se surprit à en faire autant, comme s'il n'osait pas déchiffrer l'expression de son compagnon. Celui-ci se tut quelques instants, puis il dit à mi-voix : « Le bonheur, ça va, ça vient, Tatou ; l'amour pour quelqu'un, ce n'est pas cette attirance folle qu'on éprouve au début ; ça passe – enfin, non, mais ça se calme, et, quelquefois, quand on s'y attend le moins, on voit la personne en question, et toutes les émotions reviennent d'un seul coup. Mais ce n'est même pas ça qu'on recherche ; ce qu'on recherche, c'est ce sentiment que, quoi qu'il arrive, on sera toujours mieux avec cette personne que sans elle, dans les mauvais moments comme dans les bons ; qu'être avec cette personne rend les épreuves plus agréables, ou du moins plus supportables.

— Oui, c'est exactement ça. C'est ce que j'éprouve pour elle. »

Sédric regarda Carson. Le chasseur secouait lentement la tête. « Désolé, Tatou, mais je n'en crois pas un mot. »

Le jeune homme se dressa d'un bond. « Je ne mens pas !

— Je sais ; tu es convaincu de ce que tu dis, ne t'énerve pas ; je vais te tenir le même discours qu'à Davvie il n'y a pas longtemps. Ce n'est pas pour te vexer, mais tu n'es pas assez vieux pour savoir de quoi tu parles. Tu as envie de Thymara, tu apprécies certainement sa compagnie, et ça te rend fou de savoir qu'elle est avec Kanaï au lieu de toi. Mais ce que je vois, moi, c'est un jeune homme avec un choix de partenaires très limité et une expérience très réduite de…

— Vous ne comprenez rien ! » s'exclama Tatou, et il se tourna brusquement vers la porte, l'ouvrit sans douceur puis rabattit son capuchon sur sa tête.

Carson ne chercha pas à le retenir. « Si, je comprends, Tatou ; j'en suis passé par là moi aussi. Un jour, tu seras à ma place et tu diras les mêmes mots que moi à un jeune homme – et lui non plus, sans doute, ne…

— C'est quoi, ça ? Regardez ! Un incendie ? C'est la cité qui brûle ? » Tatou s'était figé dans l'encadrement de la porte, les yeux braqués vers le fleuve et au-delà.

En deux pas, Carson fut près de lui. « Je ne sais pas ; je n'ai jamais vu une lumière pareille. Elle vient des fenêtres, mais c'est d'un blanc éclatant ! »

Un grondement monta soudain, si grave que Sédric le sentit plus qu'il ne l'entendit. Il se leva, sa couverture autour de sa nudité, et alla rejoindre les deux autres à la porte. Au loin, dans la nuit, il découvrit la cité telle qu'il ne l'avait jamais vue : ce n'était plus un agglomérat lointain de bâtiments mais un motif irrégulier de rectangles lumineux qui s'étendait de l'autre côté du fleuve jusqu'au pied des montagnes, du moins le supposa-t-il. De nouvelles lumières apparurent le long du fleuve, et il resta le souffle coupé en se rendant compte qu'il contemplait une cité beaucoup plus vaste qu'il ne l'avait imaginé ; elle égalait aisément Terrilville en taille.

« Doux Sâ ! » s'exclama Carson à mi-voix, et, à cet instant, le grondement que sentait Sédric se mua en un coup de trompe lancé à pleine gorge par une dizaine de dragons.

« Que se passe-t-il ? » demanda-t-il à la cantonade d'une voix tendue, et il sentit Relpda se faire l'écho de sa question ; sa dragonne s'était réveillée, avait vu les lumières et rugissait. Un instant, il ne perçut chez elle qu'un sentiment de désorientation, puis il capta sa pensée, à la fois joyeuse et angoissée. La cité s'éveille et nous salue. Il est temps que nous rentrions chez nous.

Mais nous sommes incapables d'y aller.

Alise émergea du sommeil en entendant les rugissements des dragons dans la nuit. Elle sortit les pieds du lit et fit la grimace en les posant sur le sol glacé. Elle dormait avec la robe Ancienne que Leftrin lui avait donnée, autant pour son contact que pour la chaleur qu'elle ne manquait pas de lui procurer. Elle se précipita vers la porte de la maison, qui paraissait plus grande et plus vide en l'absence de son compagnon, et l'ouvrit sur la pluie et l'obscurité.

Mais pas l'obscurité complète : des étoiles s'étaient épanouies de l'autre côté du fleuve. Elle les regarda longuement, se frotta les yeux puis regarda de nouveau. Ce n'étaient pas des étoiles ni des feux, mais des fenêtres illuminées d'un éclat qui ne pouvait être que d'origine Ancienne. Quelque chose s'était passé là-bas ; quelque chose s'était déclenché. L'abasourdissement le disputait en elle à la colère. « J'aurais dû être là-bas ! Qui a provoqué ce phénomène, et comment ? »

Mais elle le savait. Depuis qu'elle le connaissait, Kanaï se conduisait de manière impulsive, comme un adolescent espiègle ; il avait continué à se rendre dans la cité malgré l'absence de Leftrin, et Alise le soupçonnait fortement de ne pas tenir compte de la mise en garde du capitaine, qui l'avait exhorté à ne pas s'immerger dans les rêves de la pierre de mémoire. Il avait dû faire une découverte et toucher à quelque chose qui avait produit cette réaction dans la cité. S'il s'agissait d'une magie similaire à celle qu'elle avait vue auparavant, l'effet durerait quelque temps puis, aussi vite qu'il était apparu, disparaîtrait à jamais.

Et elle qui se trouvait du mauvais côté du fleuve !

Des larmes lui piquèrent les yeux. Elle secoua la tête, furieuse ; ce n'était pas le moment de pleurer, mais d'observer, de fixer dans ses souvenirs quels bâtiments s'étaient éclairés et lesquels étaient restés obscurs. Il fallait tout noter. Si elle ne pouvait en voir davantage de cet ultime étalage de magie Ancienne, elle en porterait témoignage pour ceux qui viendraient après elle étudier les ruines antiques.

« À mon avis, il faut d'abord fabriquer un meilleur abri pour l'Ancienne et son enfant », dit Hennesie. Assis à la table de la coquerie, il adressa un regard à la femme voilée à ses côtés, comme s'il en attendait une confirmation, mais elle garda le silence.

Leftrin acquiesça, l'esprit engourdi. Il était épuisé, mais il n'avait pas le temps de se reposer ; la fatigue faisait bourdonner ses oreilles, et il secoua la tête dans l'espoir de s'éclaircir les idées. « Il reste du café ?

— Un peu », répondit Belline. Elle prit la cafetière posée sur le fourneau et remplit la chope du capitaine ; Reyn poussa la sienne au milieu de la table, et la femme le resservit aussi. Leftrin regarda l'Ancien installé en face de lui, exténué et inquiet. Il avait besoin de l'aide du capitaine et de son bateau pour sauver son fils ; mais, d'après l'histoire qu'il avait racontée, il faudrait pour cela contrarier les plans des espions chalcédiens, or il craignait de connaître au moins un de ces hommes de nom. S'il le défiait ouvertement, que risquait de faire Arich ? Le dénoncer pour avoir non seulement utilisé illégalement du bois-sorcier pour compléter son bateau mais aussi fait entrer clandestinement Sinad Arich sur le territoire du désert des Pluies ? Il vit la culpabilité dans le regard de ses hommes ; ils avaient commis un délit pour protéger le secret de leur gabare, et, à l'époque, ils avaient accepté l'affirmation de leur capitaine selon laquelle c'était nécessaire. Quand Arich avait disparu du bateau après qu'il s'était amarré, ils n'avaient posé aucune question à Leftrin, mais à présent ils sentaient que leur mauvaise action leur revenait en pleine figure ; les mesures même qu'ils avaient prises pour dissimuler leur secret allaient les condamner. Nul n'excuserait Leftrin sous le prétexte qu'il avait agi pour préserver le mystère : les deux délits étaient scandaleux ; s'ils devenaient publics, il n'y aurait pas une seule faction du désert des Pluies qui ne se retournerait pas contre lui, et Alise compterait parmi elles. Il se demanda si Reyn ou Tillamon percevait leur inquiétude.

Skelli dit d'un ton hésitant : « Malta l'Ancienne n'a rien fait de mal ! Ces hommes allaient les tuer, elle et son enfant ! Pourquoi on ne peut pas aller avertir le Conseil, tout simplement, prévenir quelqu'un pour qu'on donne la chasse à l'autre type ? »

Leftrin lui adressa un regard de mise en garde : il était temps qu'elle se tût. « Le Conseil est corrompu. » Il en avait la certitude désormais : certains feignaient de ne pas voir les Chalcédiens qui se trouvaient à Cassaric. La ville n'était pas si grande, et, si ces hommes se déplaçaient comme l'avait dit Malta, allant, venant, achetant des affaires, l'un d'eux habitant dans un bordel, cela se savait forcément. Quelqu'un les protégeait, soit pour de l'argent, soit sous la menace.

« Le Conseil tout entier ? » Reyn paraissait horrifié.

« Peut-être, ou peut-être pas. Mais on n'en sait rien, et, si on s'adresse à celui qu'il ne faut pas, on risque de glisser la tête dans le collet.

— Et puis on n'a pas le temps, intervint Belline. S'il y a des Chalcédiens partout dans la ville et que le Conseil ne fait rien pour les mettre à la porte, c'est qu'ils sont les bienvenus. Le bateau nous a parlé à tous, et plus clairement que jamais : il peut maintenir le petit en vie pour le moment, mais plus vite on lui trouvera un dragon, mieux ça vaudra. »

Leftrin avala le café qu'il avait dans la bouche. « Ça me gêne qu'un bébé nouveau-né ait besoin d'un dragon. » Il avait vu les changements que les grandes créatures avaient opérés chez leurs gardiens en leur donnant quelques gouttes de sang ou quelques écailles à manger ; mais c'était l'affaire des gardiens, et il ne lui appartenait peut-être pas de dévoiler ce secret. Néanmoins, il était plus facile de parler de cette énigme que de se demander ce qu'impliquait une collusion entre le Conseil et les Chalcédiens. Jusqu'où les Marchands de Cassaric avaient-ils chu ? Tout trafic avec les Chalcédiens était interdit, Leftrin le savait quand Arich l'avait forcé à le prendre à son bord pour remonter le fleuve, et en particulier le trafic de chair de dragon : c'était la rupture d'un contrat, une insulte au cœur même de la culture des Marchands. Cette idée indiquait des changements dans la société du désert des Pluies qui paraissaient presque impossibles à imaginer. Mieux valait s'étonner qu'un nouveau-né eût besoin d'un dragon pour survivre plutôt que se demander ce qui pouvait convaincre un homme de trahir son propre peuple pour de l'argent.

Ce fut Reyn qui tenta de répondre à la première question. « Je ne comprends pas bien moi-même, capitaine. » Il soupira. « Malta et moi savons que nous avons été modifiés, ainsi que Selden, le frère de mon épouse, à force de subir l'influence de la dragonne Tintaglia. Nous avons eu des années pour y réfléchir et en discuter. Nous pensons que c'est le fait de rester en contact avec des dragons et des choses qui s'y rapportent, par exemple les objets extraits des cités Anciennes, qui provoquent les changements – même chez les enfants dans le ventre de leur mère, si celle-ci a été exposée aux dragons. Mais, dans notre cas, Tintaglia a guidé nos transformations et les a intensifiées, si bien qu'au lieu de nous déformer ou de nous tuer, elles nous ont donné grâce et beauté – ainsi qu'une espérance de vie accrue, peut-être, mais nous n'en savons rien encore. »

Il soupira de nouveau, plus longuement. « Jusqu'à présent, nous y voyions une bénédiction ; je supposais que notre enfant hériterait des mêmes avantages, tandis que Malta s'inquiétait plus que moi des changements qu'il pourrait subir, et ses craintes étaient justifiées. Notre enfant est né modifié, et pas dans le bon sens. D'après Malta, à la naissance, il était grisâtre et il ne pleurait même pas, mais, depuis qu'elle l'a apporté sur le bateau, Mataf l'aide à vivre. Or, on sait que le bois d'une vivenef provient du cocon d'un dragon ; par conséquent, Mataf est peut-être capable de rectifier certains changements qu'a subis notre petit. Mais Malta affirme que le bateau ne peut pas réparer tout ce qui ne va pas chez lui, qu'il faut l'intervention d'un dragon pour mettre ces changements sur une voie qui lui permettra au moins d'atteindre l'âge adulte et peut-être de devenir un Ancien. » Reyn se tut et regarda Leftrin.

Jusque-là, le capitaine le voyait comme un personnage noble et majestueux, un Ancien de jadis, descendant d'une famille de Marchands fortunés, vêtu de beaux habits et qui se conduisait comme un homme d'importance ; mais à présent le malheur l'accablait et il paraissait très jeune. Très humain.

Un silence empreint d'une impression d'attente s'installa ; Reyn finit par le rompre. « Je vous en prie, pouvez-vous nous emmener à Kelsingra, auprès des dragons ? Le plus vite possible ? »

La décision en revenait à Leftrin ; en tant que capitaine du *Mataf*, il ne recevait d'ordre de personne : commander un bateau ne relevait pas d'un processus démocratique. Mais, quand il leva ses yeux fatigués et observa les hommes d'équipage entassés dans la coquerie, il lut sans peine ce qu'ils pensaient : sur un signe de lui, Belline et Souarge largueraient aussitôt les amarres, et Skelli les aiderait ; Hennesie le regardait, suspendu à sa parole, prêt à se plier à sa décision. Grand Eider attendait ses ordres, comme toujours ; il portait une chemise propre : c'est qu'il était allé voir sa mère. Grig, le chat roux du bord, sauta sur la table et alla cogner avec confiance de la tête contre les mains de l'Ancien ; Reyn le caressa distraitement, et l'animal émit son ronronnement saccadé typique.

« Vous ne voulez rien dire au Conseil ? demanda Leftrin. Ni sur les Chalcédiens ni sur ce que Malta a été forcée de faire ?

— Il l'apprendra sûrement très vite, si ce n'est pas déjà le cas, répondit Reyn, l'air sombre. Dès qu'on trouvera le cadavre, on signalera la situation au Conseil.

— Ce serait intéressant d'observer la scène, pour voir qui réagit, qui en sait plus qu'il ne le devrait.

— Ce pourrait aussi être dangereux », rétorqua Reyn. Il éclata d'un rire sans humour. « D'ailleurs, ça n'a plus d'importance ; leurs sales manigances me laissent indifférent. Seuls comptent mon fils et Malta. »

Leftrin hocha la tête. « Je comprends. Mais nous sommes revenus à Cassaric pour plusieurs raisons : les gardiens et Alise voulaient faire savoir à leurs familles qu'ils sont vivants, je voulais annoncer que j'avais rempli mon contrat. Mais le principal, c'était de recevoir notre paie et de refaire les réserves du bateau – et on n'a pas terminé. Il nous faut cet argent ; les marchands m'ont fait crédit aujourd'hui et envoyé de quoi nourrir mon équipage, mais ce n'est qu'une goutte d'eau dans le seau de ce qu'il nous faut. On a l'équivalent d'une petite colonie en haut du fleuve, avec quasiment rien comme réserves, et l'hiver qui nous attend au tournant. La vie est dure, là-bas ; on n'a que la chasse pour se nourrir, et on doit bricoler pour s'abriter. On ne s'est pas encore installés dans la cité, et, de toute manière, le logement y serait austère. Si on n'obtient pas notre argent, si on ne reste pas ici le temps de charger à bord tout le nécessaire, il y a des chances que certains d'entre nous ne passent pas l'hiver. »

Reyn ne le quittait pas des yeux, le visage grave. « L'argent n'est pas un problème ; qu'ils le gardent, leur salaire du sang. » Il écarta la question d'un geste méprisant de la main et ajouta : « Les Khuprus jouissent d'un excellent crédit ; je remplirai votre gabare de toutes les réserves qu'elle peut contenir, en guise d'infime paiement pour ce que je vous demande. Seule compte la survie de mon fils. Je comprends, je crois, dans quoi nous nous aventurons : nous affronterons des régions rudes et dangereuses. Mais, si nous restons ici, mon enfant mourra. » Il eut un petit haussement d'épaules. « Nous allons donc vous accompagner, si vous nous acceptez à bord. »

Tous retenaient leur souffle dans la cuisine dans l'attente de la réponse du capitaine. Il songea à Alise, à ce qu'elle espérerait de lui et à sa réaction quand il lui raconterait l'histoire ; il ne voulait pas la décevoir.

Nous sommes du même sang, cet enfant et nous. Sa mère me l'a déjà donné, et je l'amènerai aux dragons.

Il était rare que le bateau s'adressât à lui de manière aussi directe. Leftrin se tourna vers ceux qui l'entouraient : l'avaient-ils entendu aussi clairement que lui ? Mais tous le regardaient sans rien dire. Alise lui avait demandé un jour si les vivenefs possédaient le même genre de charme que les dragons, et il avait répondu par la négative ; mais à présent il n'en était plus aussi certain. Mais ce doute ne dura qu'un instant : Mataf lui avait donné une impulsion si proche de la sienne qu'il dit tout haut : « La famille, c'est la famille, et la voix du sang parle toujours plus fort ; on tâchera de partir demain après-midi. » Devant l'expression de soulagement et de joie de Reyn, Leftrin poursuivit : « Mais beaucoup de choses dépendront de votre capacité à obtenir le crédit pour accastiller le bateau ; et il faudra prendre ce qu'on nous proposera ici, plus ce qu'on pourra acheter sur-le-champ à Trehaug, et s'en contenter. » Il secoua la tête, conscient qu'il y avait des articles qu'il ne pourrait pas se procurer à si brève échéance. « Zut ! fit-il, plus pour lui-même qu'à l'adresse de Reyn. Je voulais essayer de rapporter des bêtes, quelques moutons, deux ou trois chèvres, des poules… »

L'Ancien le regarda comme s'il avait perdu la tête. « Pour quoi faire ? Disposer de viande fraîche pour le voyage de retour ? »

Leftrin secoua la tête en songeant à tout ce qu'il avait tu au Conseil, à tout ce qu'il avait caché à tout le monde. « Pour les élever, pour les faire se reproduire. La terre ne manque pas là-bas, Reyn Khuprus ; il y a des prairies, de l'herbe grasse sur de la terre ferme, des collines et des montagnes au loin. Si on peut se procurer ce dont on a besoin, on vivra bien. »

L'autre parut sceptique. « Il vous faudrait commander du grain et du bétail à Terrilville, et vous ne les auriez sans doute pas avant le printemps. »

Leftrin acquiesça impatiemment de la tête. « Je sais, mais plus tôt je les commanderai, plus vite ils arriveront. Je me débrouillerai pour trouver le temps ; j'enverrai un oiseau à quelqu'un que je connais là-bas et qui sait que je paie mes dettes. Il m'arrangera peut-être l'affaire. » Mais il en doutait : personne n'avait envie de faire commerce de bêtes vivantes à moins d'être sûr de pouvoir les livrer rapidement et de s'en aller avant qu'elles ne meurent.

« Non, répliqua Reyn d'un ton catégorique ; vous oubliez que les parents de mon épouse possèdent aussi une vivenef. Je ferai parvenir un message à Trell et Althéa ; ils achèteront ce qu'il vous faudra et vous l'apporteront quand vous en aurez besoin. Désignez une date, et votre commande vous attendra à Trehaug. Vous avez ma parole ; cela fera partie du prix à vous payer pour nous emmener jusqu'aux dragons. »

Un sourire s'épanouit lentement sur les lèvres de Leftrin. « Jeune homme, j'aime votre façon de mener vos affaires. Marché conclu, et, si une poignée de main vous convient, ça me suffit aussi.

— Naturellement. »

Reyn se pencha par-dessus la table pour toper avec le capitaine. « Je vais tout mettre en route dès cette nuit ; je réveillerai les boutiquiers, et les provisions arriveront à l'aube. »

Leftrin retint la main de l'homme dans la sienne. « Pas si vite. Je suis en train de songer qu'il ne faut pas trop attirer l'attention sur notre départ, et qu'il vaudrait peut-être mieux qu'il n'y ait pas de rapprochement possible entre vous et mon bateau. On a déjà tenté de tuer votre femme, ainsi que votre enfant, et elle a versé le sang. On sait qu'il reste un Chalcédien en ville, peut-être plus, et que quelqu'un doit les aider ; il ne faut pas qu'ils sachent, ni même qu'ils soupçonnent, où vous vous trouvez. Vous deux allez rester cachés à bord. Vous devez disparaître.

— Vous trois », le reprit la femme assise au bout de la table ; elle était demeurée si discrète que Leftrin avait oublié sa présence. Elle était voilée, ce qui n'avait rien d'inhabituel dans le désert des Pluies, mais était moins courant à Cassaric qu'à Trehaug. Elle souleva sa voilette pour montrer son visage marqué, signe de confiance et d'acceptation. « Je pars avec vous. Je m'appelle Tillamon Khuprus ; je suis la sœur de Reyn.

Leftrin la salua d'une brève inclinaison du buste. « Tillamon.

— Partir avec nous ? » Reyn était abasourdi. « Mais... Tillamon, il faut que tu réfléchisses, d'abord. Maman va être malade d'inquiétude si nous disparaissons tous. Je pensais te renvoyer à la maison pour lui expliquer ce qui se passe, et peut-être aussi te faire accompagner le capitaine Leftrin avec une lettre de crédit de la famille Khuprus, afin d'être sûr qu'elle soit honorée au... » Sa voix mourut : sa sœur secouait la tête, et, à chacune de ses phrases, le mouvement devenait plus énergique.

« Non, Reyn, je ne retournerai pas à Trehaug ; de toute manière, je n'en avais pas l'intention : je pensais trouver une plus grande liberté ici, à Cassaric. Mais je me trompais. Même dans le désert des Pluies, je n'échappe pas aux regards ni aux réflexions des autres. Je sais que maman croyait bien faire en invitant les Tatoués à s'installer parmi nous et à s'intégrer à notre communauté, mais ils ont amené avec eux l'esprit intolérant de l'extérieur ! On nous exhorte à ne pas prêter attention à leur passé d'esclaves, de criminels pour beaucoup, tous marqués comme des biens meubles, mais ils ne se gênent pas pour se moquer de moi, me dévisager et faire de moi une étrangère dans mon propre pays.

— Ils ne sont pas tous ainsi », répondit Reyn d'un ton las.

Tillamon lui fit face brusquement. « Tu sais quoi, Reyn ? Je m'en fiche ! Peu importe combien d'entre eux sont des gens bien, combien d'entre eux ont été asservis injustement, et quelle douleur ils éprouvent en voyant leurs tatouages. Ce qui est vrai, c'est que j'avais une vie avant leur arrivée, et qu'aujourd'hui je m'en sens dépossédée. Alors je m'en vais ; je pars pour Kelsingra, où il n'y a pas d'étrangers. Je vous aiderai de mon mieux demain : je louerai un petit bateau pour faire un trajet rapide jusqu'à Trehaug, ou j'enverrai des messages par pigeons voyageurs ; j'appuierai la lettre de crédit familiale auprès des marchands pour veiller à ce que nous obtenions ce qu'il nous faut. Je dirai que c'est moi qui investis dans une nouvelle expédition, et que mon contrat avec le capitaine Leftrin est confidentiel. Je ferai tout pour vous aider, mais vous ne me laisserez pas ici. Je vais à Kelsingra.

— Ça se passe si mal à Trehaug ? fit Hennesie à mi-voix.

— Pas du tout… » répondit Reyn, mais sa sœur le coupa : « Si ! » Elle regarda Hennesie dans les yeux comme pour le défier. « Si on n'est que légèrement marqué, personne ne dit grand-chose ; mais ceux d'entre nous qui portent des changements visibles entendent des réflexions et ressentent l'ostracisme, comme si nous étions sales ou contagieux ! Comme si nous étions répugnants ! Je ne peux plus vivre ainsi ! » Elle se tourna vers le capitaine. « Vous dites avoir établi une petite colonie ? Eh bien, si vous voulez y attirer de nouveaux citoyens, vous n'aurez pas de mal à l'accroître si vous annoncez que Kelsingra sera une cité où ceux que le désert des Pluies a marqués pourront vivre en paix.

— Plus qu'en paix », fit Hennesie. Avec un large sourire, il la regarda en face. « Quand vous verrez les gardiens, vous comprendrez ce que je veux dire. Ils sont aussi changés que des Anciens, et, d'après eux, c'est en ça qu'ils se transforment : en Anciens. » Il retroussa sa manche pour montrer l'étendue de ses écailles. « Et c'est pas seulement les gardiens : on se modifie tous à force de rester au milieu des dragons.

— Des Anciens ? » Reyn avait l'air abasourdi.

« Une colonie d'Anciens ? Où il est normal d'être changé ? » L'espoir illuminait les yeux de Tillamon.

Leftrin parcourut la coquerie des yeux, soudain exténué. « Je vais me coucher, annonça-t-il. J'ai besoin de sommeil – et je vous conseille d'en faire autant. Si vous n'arrivez pas à dormir (il adressa un regard à Reyn et Tillamon), pourquoi n'iriez-vous pas vous occuper des documents dont nous aurons peut-être besoin pour acheter nos provisions, ou écrire à vos familles ? Hennesie, réfléchis à ce qu'il te faudra pour dresser un abri de meilleure qualité sur le gaillard d'avant. Skelli, conduis Reyn et Tillamon aux petites cabines de pont qu'on a fabriquées pour Alise et Sédric ; elles sont pratiquement vides, maintenant, et ils pourront les occuper pendant le trajet. » Il bâilla soudain, à sa propre surprise. Son dernier ordre fut pour Souarge.

« Organise des tours de garde sur le pont et sur le quai ; je ne veux pas que des visiteurs nous prennent en défaut. »

En allant vers sa cabine, Leftrin se demanda dans quel pétrin il s'était fourré, et s'il y avait une chance pour que sa propre compromission avec Arich demeurât inconnue.

Le froid réveilla Alise avant l'aube. Elle se leva, fit du feu puis s'assit près de la flambée au lieu de retourner se coucher dans son lit désert. Désert. Curieux : durant tout le temps où elle était restée mariée à Hest, elle n'avait jamais regretté qu'il fût absent de son lit, sauf lors de cette nuit de noces fatidique où il n'avait fait que passer. Mais Leftrin, qu'elle aimait depuis moins d'un an, lui manquait ; quand il n'était pas là, le lit paraissait vide même lorsqu'elle s'y trouvait. Elle avait la nostalgie de son grand corps tiède, de son souffle caressant. Si elle se réveillait en pleine nuit et le touchait, il réagissait toujours en émergeant assez du sommeil pour la prendre dans ses bras et la serrer contre lui.

Et parfois davantage. Elle se rappela ces instants avec un désir soudain, et son corps réagit avec une envie plus violente que toutes les douleurs de la faim qu'elle eût jamais connues. Elle voulait retrouver ces émotions et ces sensations le plus vite possible. Faire l'amour avec Hest n'avait jamais été agréable ; avec Leftrin, ce n'était jamais désagréable.

Elle ramena les couvertures sur ses épaules et se rapprocha du feu, puis, n'y tenant plus, elle se leva et se dirigea vers son étendage de fortune ; sa robe d'Ancienne était là, aussi ravissante que le jour où Leftrin la lui avait donnée. Elle l'avait lavée la veille au soir, non parce qu'elle était sale, mais parce qu'elle avait pris cette habitude hebdomadaire. Elle passa la tête par le col, et le vêtement glissa sur elle, la moulant et l'enveloppant de confort ; très vite, le tissu capta la chaleur de son corps et la réfléchit. Alise poussa un soupir de soulagement, et regretta que la robe ne lui couvrît pas les pieds ; ingrate ! se dit-elle. Elle avait déjà bien de la chance de posséder un tel vêtement. Elle s'efforçait de ne pas le mettre quand elle effectuait des tâches rudes ou salissantes : il ne s'était jamais déchiré malgré tous les avatars qu'elle lui avait fait subir, mais elle ne tenait pas à prendre de risque.

Il y avait du poisson fumé pour le petit déjeuner – encore. Elle en avait par-dessus la tête ; elle rêvait de tartines grillées, d'œufs sur le plat, d'un peu de jambon et de vrai thé. Ce n'était pas tant demander ! Leftrin ferait de son mieux pour choisir les vivres à rapporter, mais il était impossible de prévoir quand il reviendrait ; il lui avait assuré que le trajet en aval serait beaucoup plus rapide que celui qui les avait conduits à Kelsingra, puisque le bateau connaissait le chemin à présent. Mais Alise songeait à tout ce que pouvait rencontrer Mataf en route et refusait de compter les jours. Chaque matin, elle se demandait si c'était le jour où le capitaine allait rentrer, et chaque matin elle prenait la résolution de trouver à s'occuper et de ne songer au retour de Leftrin qu'au moment où il se produirait.

Et aujourd'hui cela n'aurait rien de difficile. Elle emplit une casserole d'eau pour préparer une tisane faite avec des plantes de la région. Le breuvage avait bon goût, et quelque chose de chaud le matin n'avait rien de désagréable, mais ce n'était pas du thé tel qu'elle en rêvait. Elle l'accompagna d'une petite tranche de poisson fumé. L'avantage, c'est qu'elle ne perdait pas de temps à table, tant le repas était frugal.

Son petit déjeuner pris, elle se passa le visage et les mains à l'eau, s'emmaillota les pieds dans des chiffons, enfila ses bottes trouées puis jeta son manteau élimé sur ses épaules avant de sortir. L'orage s'était essoufflé pendant la nuit et la pluie avait cessé de tomber ; un maigre soleil étincelait sur l'herbe mouillée de la colline. Alise tourna son regard au-delà du fleuve vers la cité lointaine.

De si loin, elle ne voyait pas si les lumières brillaient encore aux fenêtres – elle le saurait à la tombée de la nuit – mais elle pensait que le phénomène ne durerait pas. La magie des Anciens avait survécu à d'innombrables décennies, mais la plupart du temps elle s'épuisait brusquement dans un ultime déploiement de merveilles. Alise était furieuse que l'illumination se fût produite alors qu'elle ne pouvait pas y assister en personne. Elle avait déjà noté tout ce qu'elle avait pu voir, mais, à son grand regret, sans aucun ordre chronologique, car elle avait dû se résoudre à écrire au dos de croquis d'une tapisserie Ancienne qu'elle avait réalisés alors qu'elle se trouvait encore à Terrilville. Victime d'un manque douloureux de papier, elle avait commencé à fouiller dans sa documentation en quête de transcriptions avec de grandes marges ou des espaces vierges en bas des pages. Elle n'aimait pas cela, mais, la veille, elle avait dû s'y résigner : elle ne pouvait pas suspendre son exploration de la cité en attendant le retour de Leftrin.

Elle brûlait déjà d'impatience de se remettre au travail. Dès que Gringalette ramènerait Kanaï, elle avait l'intention de le prendre à part et d'exiger un compte rendu complet de ses activités. Elle espérait que les fragiles vestiges n'avaient pas subi de dégâts irrémédiables, mais, au fond d'elle-même, elle s'apprêtait à découvrir des déprédations, résultats d'actes irréfléchis. Elle craignait que Leftrin n'eût raison : l'adolescent s'immergeait dans la mémoire des pierres ; s'il continuait, il ne serait bientôt plus que l'ombre de lui-même, l'œil vague, complètement coupé du monde et de son époque. Il perdrait sa vie à partager celle des Anciens qui avaient vécu des siècles dans le passé.

Comme en réponse à ses rêves, elle vit la dragonne rouge qui survolait le fleuve. Un instant, sa colère se dissipa, et elle resta pétrifiée devant le spectacle. Des volutes de brume se tordirent puis révélèrent la créature. Gringalette paraissait battre l'air plus vigoureusement que jamais : le fait de chasser elle-même ses proies lui réussissait. Tout à coup, alors qu'elle virait et repartait vers l'autre rive, un autre mouvement dans le ciel attira l'attention d'Alise.

Elle plissa les yeux, se les frotta puis scruta les airs à nouveau. Était-ce un oiseau bleu de l'autre côté du fleuve ? Non, elle n'était pas victime d'une illusion. Il y avait quelque chose qui volait au-dessus de la cité ; quand elle s'inclina, les ailes déployées, la silhouette se transforma en un dragon bleu en vol. Il n'y avait pas à s'y tromper : il s'agissait de Sintara !

La stupeur le disputait en Alise à l'admiration devant la beauté de la reine qui scintillait au soleil comme des saphirs sertis dans de l'argent. « Oh, reine du ciel, bleue, bleue et plus que bleue ! » fit la jeune femme, le souffle court.

Et, avec un picotement de plaisir, elle sentit au loin la dragonne qui acceptait sa louange sincère.

VINGT-SEPTIÈME JOUR DE LA LUNE DU CHANGEMENT

Septième année de l'Alliance Indépendante des Marchands

De Detozi, Gardienne des Oiseaux, Trehaug, à Reyall, Gardien remplaçant des Oiseaux, Terrilville

J'ai obtenu la permission de notre Maître Gardien de t'envoyer le présent pigeon avec des nouvelles. Erek et moi avons mis au point un feu fumigène qui détruit les poux dans les pigeonniers ; munis-toi d'abord d'une bonne quantité de rameaux de cèdre le plus frais possible, et réduis-les en petits morceaux ; ajoutes-y des sarments de gentiane. Si tu n'en as pas, dis-le-nous, car ici les arbres croulent sous ses lianes, et nous n'aurons aucun problème à t'en faire parvenir une réserve. Lie le mélange avec une huile quelconque jusqu'à ce que tu puisses le mouler à la main. Place un bon charbon à la base et veille à ce qu'il y en ait assez pour brûler toute une nuit.

Il faut évacuer les oiseaux avant d'allumer le feu dans un récipient métallique et de le laisser fumer toute la nuit dans le pigeonnier ; ensuite, il faut nettoyer le nichoir, et le débarrasser de tout le matériel de nidification. Nous passons aussi les murs à la lessive, mais je pense que c'est le fumigène qui a fait le travail, car, le matin, nous trouvons des cadavres de poux rouges en nombre incroyable, bien plus que nous n'imaginions qu'il s'en cachait dans les fentes du bois.

Je n'ai pas besoin de te dire que les oiseaux réintroduits dans le pigeonnier ainsi désinfecté doivent être absolument exempts de poux et de lentes, sinon ils recommenceront à mourir et tu devras refaire tout le processus de fumigation.

Nous recevons des rapports sur des oiseaux messagers qui n'appartiennent pas à la Guilde et qu'on aurait vu voler. Nous subissons une pression intense pour rompre la quarantaine, mais notre Maître Gardien veut nous garder en cage tant qu'une journée complète sans nouveau décès de pigeon ne se sera pas écoulée ; pour ma part, je préférerais attendre trois jours.

Quelques nouvelles : le Mataf *est revenu, mais ni le fils Meldar ni l'épouse en fuite n'était à son bord. Le capitaine affirme qu'ils souhaitent demeurer dans la cité qu'ils ont découverte. C'est ce que colporte la rumeur, mais ces informations ne suffisent certainement pas à prétendre à l'argent de la récompense ! Certains soupçonnent le capitaine de meurtre, d'autres s'exaspèrent qu'il ne veuille pas tout dire, et ils clament à la cantonade qu'ils ont l'intention de le suivre quand il repartira vers l'amont. Il leur faudra beaucoup plus que de la chance pour y parvenir !*

N'oublie pas : le feu fumigène doit brûler toute une nuit pour qu'il soit efficace. Je suis pressée de voir nos oiseaux reprendre leur vol !

Et, demain, il me faut mettre de côté mes soucis de gardienne des oiseaux pour endosser ceux d'une future épousée !

Detozi

5

Regrets

Thymara se réveilla avec un bras et une jambe de Kanaï en travers de la poitrine ; il ouvrit les yeux au même instant et voulut la prendre dans ses bras. « Non », dit-elle sans brutalité, et elle s'écarta de lui. Il fit la moue mais ne chercha pas à la retenir. La peur refroidissait les ardeurs de la jeune fille ; était-ce dû à un sentiment de culpabilité parce qu'elle avait enfreint les règles de son père ou à la terreur de tomber enceinte ? L'aube grise se répandait dans la salle, et, à sa lumière, tout prenait un aspect différent. Elle ne se rappelait que trop bien ce qu'elle avait fait la nuit précédente ; ce qu'elle ne comprenait pas, c'était pourquoi elle l'avait fait. Elle se souvenait de ce qu'elle avait éprouvé : elle s'était sentie belle et désirable, et, par là, dotée d'un étrange pouvoir. Mais comment avait-elle pu oublier jusqu'à la dernière parcelle de son bon sens ?

Il faisait agréablement chaud dans la salle, mais Thymara ne se sentait pas à l'aise à déambuler nue.

Sa tunique élimée lui paraissait moins attirante que jamais ; avec l'impression d'être une espionne doublée d'une voleuse, elle se dirigea vers l'armoire la plus proche et y prit une des robes d'Ancien qu'elle déplia d'un coup ; le tissu chatoyait entre le bleu et l'argent. Elle la passa par-dessus sa tête et enfila ses bras dans les manches. Le vêtement était taillé pour quelqu'un de plus corpulent qu'elle, ce qui avait au moins un avantage : il y avait toute la place voulue pour ses ailes repliées. Elle retroussa ses manches puis releva sa robe trop longue, examina le contenu de l'armoire et trouva des ceintures d'étoffe ou des écharpes pendues à des crochets ; elle en prit une et la ceignit autour de sa taille en faisant bouffer sa robe au-dessus afin de pouvoir marcher. Elle fit jouer ses épaules, et le tissu s'adapta sans mal au relief de ses ailes.

« Il y a aussi des chaussures », fit Kanaï.

Elle tourna la tête vers lui. Dressé sur un coude, il la regardait sans gêne en train de se vêtir ; elle se détourna de l'admiration qu'elle lisait dans ses yeux, se sentant rougir. Était-elle embarrassée ou fière qu'il la regardât ainsi ? Elle l'ignorait. Elle se baissa et trouva les chaussures ; elle en choisit une paire bleue et l'enfila en se demandant si elle serait à sa pointure. Le tissu écailleux s'ajusta à la forme de son talon et de tout le pied ; elle le lissa sur ses chevilles et le bas de ses mollets, et il se serra sur elle et demeura en place. Des habits qui lui allaient, propres et chauds ! C'était si simple et pourtant miraculeux.

« Choisis pour moi, dit Kanaï.

— Une robe de femme ? »

Il haussa les épaules. « Dans le rêve de pierre, je voyais des travailleurs Anciens qui portaient tous des sortes de robes, hommes comme femmes ; certaines étaient courtes, avec des pantalons en dessous. Mes vêtements sont en haillons, et, franchement, je me fiche de savoir qui a porté ceux-ci avant moi. »

Il y avait des piles de linge sur les étagères ; Thymara en suivit une du doigt jusqu'à ce qu'elle trouvât une tenue or et marron. « Essaie ça, fit-elle en la sortant de l'armoire.

— Pas rouge ? demanda-t-il, et elle fit non de la tête.

— D'accord. » À la grande gêne de la jeune fille, il se leva et s'approcha d'elle. Elle s'efforça de détourner le regard de ses parties et n'y parvint qu'au moment où elle l'entendit éclater d'un petit rire ravi.

« Couvre-toi, dit-elle d'un ton revêche en lui lançant le vêtement.

— Tu es sûre que c'est ce que tu veux ?

— Oui », répondit-elle d'un ton catégorique, et elle se demandait pourtant si c'était la vérité. La vue de sa nudité avait rallumé une chaleur en elle, et elle était déchirée entre l'envie de réprimer sa réaction et le désir de s'y laisser aller. Elle regarda Kanaï enfiler la robe et jouer des épaules pour l'ajuster. Les effets Anciens étaient lisses et longs, conçus pour tomber à hauteur de cheville. La jupe était assez ample pour permettre de grandes enjambées, mais le haut le serrait agréablement aux épaules et à la poitrine ; une fois enfilée, la robe n'avait plus rien de féminin sur Kanaï, qui choisit une ceinture d'étoffe rouge vif et des chaussures vertes pour l'accompagner. Les couleurs se heurtaient superbement, et Thymara ne put s'empêcher de sourire : c'était bien de lui de s'attifer ainsi ! Il alla rapidement s'admirer dans le miroir, puis il se tourna vers sa compagne. « C'est bon de porter des habits aussi raffinés, hein ? Si on avait en plus de quoi manger, je dirais qu'il ne me manque rien. »

À l'instant où il parlait de nourriture, l'estomac de Thymara se réveilla en rugissant. Il ne restait rien dans son sac : elle n'avait prévu de rester dans la cité qu'un après-midi. « Tu as des vivres ? demanda-t-elle.

— Rien du tout ! répondit-il d'un ton joyeux. Tu veux qu'on fasse encore un peu d'exploration avant de repartir ? » Il pencha légèrement la tête, et son regard se fit lointain. « Gringalette s'est réveillée de bonne heure, et elle est déjà en chasse ; elle risque de tuer sa proie et de faire une sieste avant de revenir nous chercher. À moins que Sintara n'accepte de nous transporter ?

— N'y compte pas », répliqua-t-elle. Elle le savait sans avoir besoin de poser la question. Elle s'efforça de l'imiter, de tendre son esprit vers sa dragonne, mais elle ne perçut que sa présence sans pouvoir savoir où elle se trouvait ni ce qu'elle faisait. Typique de Sintara ! Ma foi, si elle voulait que Thymara sût où elle était, elle le lui dirait. Elle capta un sentiment d'acquiescement de la part de la reine, mais rien de plus.

Kanaï haussa les épaules. « Bon, eh bien, si on n'a pas de dragon pour nous ramener, ni rien à manger, autant finir d'explorer le coin. Viens. » Il lui tendit la main, et, sans réfléchir, elle la prit. Elle était tiède et sèche dans la sienne, et ses fines écailles étaient lisses sous son pouce. Il ne manifesta en rien qu'il partageait son trouble, et l'emmena dans le couloir.

La première porte qu'ils essayèrent était fermée à clé et ne céda pas sous les coups de poing et de pied de Kanaï. Sur la dizaine que comptait le couloir, ils n'en trouvèrent que deux autres qui fussent ouvertes ; les deux salles ressemblaient à celle dans laquelle ils avaient dormi. Dans l'une, seuls demeuraient les plus gros meubles, comme si le propriétaire avait emporté toutes ses affaires ; dans l'autre, comme dans la première, la garde-robe renfermait une réserve de robes, de chaussures, plus des jambières. Thymara jugea qu'elles devaient avoir appartenu à un Ancien de sexe masculin, mais peu importait : elle en prit une paire.

Les vêtements étaient entassés pêle-mêle sur les étagères, et toutes les surfaces horizontales des pièces étaient encombrées de petits objets. Sur des pierres bizarres étaient dessinées des images de fleurs et d'arbres.

Kanaï s'approcha pour les examiner, haussa les épaules et dit : « De l'argent, je suppose. On ne peut rien en faire. Mais, regarde, il m'a laissé un peigne et de petites brosses rigolotes ; deux colliers – non, attends, il y en a un de cassé. Ça, c'est du vieux cordon, tout pourri, et des pots miniatures, peut-être pour des baumes, de l'encre ou je ne sais quoi ; en tout cas, ce qu'ils contenaient a complètement séché. Tiens, un joli poignard, mais le fourreau s'est à moitié désagrégé. Et ça, c'est quoi ?

— Aucune idée. » Les objets étaient en métal, joints les uns aux autres par des charnières, avec des attaches pour en ajouter d'autres. « Une ceinture ? »

Kanaï soupesa les lourds maillons. « Je n'aurais pas envie de la porter ! C'est peut-être un truc pour les dragons ?

— Peut-être. » Thymara resta dubitative. Son estomac émit un grondement sonore. « J'ai faim, dit-elle, et elle fut surprise du ton irritable qu'elle avait pris.

— Moi aussi. Prenons ce que nous avons déniché et descendons au fleuve ; on trouvera peut-être des plantes comestibles à mâcher, ou un poisson, ou quelque chose de semblable.

— Ça m'étonnerait », répondit-elle, mais elle ne vit pas quoi proposer de mieux.

Avec l'impression d'être une voleuse, elle se servit d'une robe Ancienne pour emballer le reste de leur butin ; elle enfila ses jambières, et Kanaï en choisit une paire et en fit autant. Leurs camarades seraient contents d'avoir de nouveaux vêtements, et, selon Thymara, surtout aussi solides et aux couleurs aussi vives. Soigneusement, elle ramassa ses habits élimés et les fourra avec le reste. Les gardiens avaient appris à ne rien jeter : leurs ressources étaient si maigres qu'ils attachaient la plus grande valeur à tout objet réutilisable.

Il n'y avait plus ni dragon ni eau dans les bassins, mais la salle avait conservé sa chaleur et son éclairage doux. On s'y sentait bien, et Thymara redoutait de retourner à l'extérieur ; mais elle n'y pouvait rien. Ils prirent leurs sacs en bandoulière et sortirent dans le frimas hivernal ; le ciel était bleu, l'air froid sur son visage ; le reste de sa personne demeura au chaud. Une claire lumière les accueillit, et ils marchèrent quelque temps sans rien dire. Elle n'avait jamais rien porté de pareil aux chaussures Anciennes qu'elle avait aux pieds ; elle baissa les yeux en se demandant si elle devait essayer d'enfiler ses vieilles bottes par-dessus. Les chaussures lui tenaient chaud, et elle avait presque l'impression de marcher pieds nus. Elle espérait qu'elle ne les abîmerait pas.

« Ça fait vraiment du bien d'avoir des vêtements chauds », dit Kanaï. Puis il ajouta d'un ton pensif : « Tu ne trouves pas que la cité a changé ? Elle a l'air plus éveillée.

— Oui », répondit Thymara, mais elle n'ajouta rien car elle était incapable de savoir ce qui avait changé. Si elle n'avait pas eu si faim, l'envie ne lui eût pas manqué d'explorer davantage, mais elle était obnubilée par son estomac vide, et c'était au bord du fleuve qu'elle avait les meilleures chances de trouver de quoi le remplir.

« Rien ne sera plus comme avant pour toi, maintenant que Sintara sait voler », fit Kanaï.

Elle lui jeta un coup d'œil surpris, puis suivit son regard : elle distingua des ailes bleues au loin, au-dessus des piémonts qui s'étendaient derrière Kelsingra. Sa dragonne, en train de chasser dans les airs. Elle garda le silence, plongée dans ses réflexions, mais son compagnon ne l'imita pas.

« Elle sera désormais capable de trouver à manger seule, et ça accélérera sa croissance. Gringalette s'est mise à grandir très vite quand elle a pu chasser et se nourrir autant qu'elle voulait ; et puis il y avait aussi l'exercice. Et maintenant qu'elles peuvent accéder toutes les deux aux bassins d'eau chaude, je peux te garantir que tu ne la reconnaîtras pas ! Tu auras aussi beaucoup plus de temps pour faire tout ce qui te chante. »

Elle s'efforça de s'imprégner de cette idée. « Cela ne changera pas grand-chose, dit-elle enfin. Il faudra toujours que je chasse pour les autres dragons et les gardiens.

— Oui, mais Sintara aura moins besoin de toi », répliqua-t-il. Elle se tourna vers lui : comment une remarque aussi fortuite pouvait-elle rendre un son aussi cruel ?

« Sans doute », acquiesça-t-elle, morose. Elle avait soudain l'impression d'avoir laissé passer une occasion ; elle était utile à la dragonne jusque-là, et Thymara avait eu plusieurs mois pour la conquérir ; mais, au lieu de cela, elles s'étaient querellées, heurtées, boudées, méprisées et insultées. Et voici qu'en l'espace d'une nuit Sintara avait appris à voler et n'avait plus besoin d'elle. Elles n'avaient pas établi de lien affectif entre elles comme certains des autres, et elles ne le créeraient plus jamais.

« Regarde là-haut ! C'est Gringalette ; elle pique sur une proie. Elle va la tuer, la dévorer, et puis sans doute dormir un moment avant de venir nous chercher. »

Thymara suivit des yeux la silhouette rouge qui plongeait au loin, puis chercha, par-dessus son épaule, les ailes bleues de Sintara, mais ne vit rien ; la dragonne avait peut-être déjà tué un animal et le dévorait. La jeune fille n'avait même pas un lien assez fort avec elle pour le savoir.

Les deux gardiens étaient arrivés au bord du fleuve ; la zone était dangereuse. Au cours de sa dernière incarnation, le fleuve s'était rapproché de la cité et avait dévoré les quais antiques ; plus bas, les rues et les bâtiments, minés, s'effritaient dans le courant. Il n'y avait pas de hauts fonds, et Thymara prenait garde de ne pas se tenir trop près du bord, car elle ne distinguait pas le terrain solide de la terre sapée par l'eau. Elle suivait Kanaï, qui se déplaçait avec assurance, ayant déjà parcouru cette rive à plusieurs reprises. Ils parvinrent devant d'anciens piliers qui pointaient hors de l'eau ; là, le dallage de la cité s'était déjà effondré et avait créé une berge rocheuse et escarpée. « Attends-moi », dit Kanaï, et elle s'accroupit pour le regarder s'éloigner. Il descendit le long des pierres de la rive puis se déplaça prudemment de prise en prise en s'interrompant de temps en temps pour attraper, d'une boucle de sa ceinture d'étoffe, quelque chose dans l'eau. Il se retourna vers Thymara. « Vois si tu peux trouver du bois et faire du feu. »

Elle se redressa avec un grognement d'effort, sans se faire d'illusions ; pourtant, quand son compagnon regagna la terre ferme, elle avait ramassé une branche épaisse et une brassée de brindilles et de petit bois. Kanaï avait sa boîte à amadou dans un sachet attaché à son cou et se fit un plaisir de faire la démonstration de son savoir-faire. Une fois le feu allumé, Thymara examina les prises de son compagnon ; il avait attrapé des patelles d'eau douce, des algues, et quelques coquillages qu'elle n'identifia pas. « Tu es sûr qu'on peut les manger ? » demanda-t-elle.

Il haussa les épaules. « J'en ai déjà avalé, et je suis toujours vivant. »

Ils les mirent à chauffer sur les pierres à côté de la flambée, et les dévorèrent quand ils s'ouvrirent. Les coquillages n'avaient rien de savoureux, mais ils étaient comestibles, et Thymara n'en demandait pas plus pour le moment. Le repas n'était pas copieux, mais il apaisa un peu sa faim ; ensuite, ils restèrent assis côte à côte près du feu à contempler le fleuve. La robe Ancienne assurait à la jeune fille une agréable chaleur, et le soleil qui scintillait sur l'eau l'éblouissait. Sans en avoir vraiment conscience, elle s'était appuyée à l'épaule de Kanaï. Il lui demanda : « Tu es bien silencieuse ; à quoi tu penses ? »

Les mots jaillirent brusquement : « Et si je suis enceinte ? »

Il répondit d'un ton assuré : « On ne tombe pas enceinte la première fois, tout le monde le sait.

— Si, on tombe enceinte la première fois, et il n'y a que les garçons pour avoir la bêtise de croire que ça n'arrive pas. Et d'ailleurs, qu'est-ce que tu fais des deuxième, troisième et quatrième fois de la nuit passée ? »

Malgré la gravité de la question, un sourire menaçait d'apparaître sur les lèvres de Thymara.

« Ben… » Il parut réfléchir soigneusement. « Si tu es enceinte, une cinquième et une sixième fois ne te feront pas de mal ; sinon, eh bien, c'est que tu n'es pas encore nubile, et ce n'est pas avec une cinquième ni une sixième fois que tu attraperas un gosse. » Il se tourna vers elle, une invite au fond de ses yeux pétillants.

Elle secoua la tête : comment pouvait-il être aussi attirant et aussi agaçant en même temps ? « Tu peux plaisanter tant que tu veux, dit-elle d'un ton aigre, tu n'as pas à te demander si ce que tu as fait pendant quelques minutes ne va pas changer toute ton existence à venir, tout ton monde. »

À quel moment avait-il passé son bras autour de sa taille ? Il la serra contre lui tendrement, la tête de Thymara sous son menton. « Non, fit-il avec un sérieux qu'elle ne lui connaissait pas. Je n'ai pas à me le demander : je sais que le monde a complètement changé cette nuit. » Et il déposa un baiser sur son front.

« J'ai l'impression de ne servir à rien. » Reyn était assis en tailleur, sur le pont, à côté de Malta ; malgré son ton accablé, il souriait, captivé par le spectacle de sa femme magnifique en train de nourrir son fils.

Elle leva la tête vers lui. « Au moins, toi, tu peux te déplacer librement.

— Il vaut mieux que tu restes ici, pour notre sécurité à tous les deux ; et puis Leftrin n'a pas envie de me voir déambuler sur le bateau plus qu'il n'est nécessaire. En outre, il préfère que le petit et toi demeuriez invisibles. » Il lui avait déjà tenu le même discours, et il le répéterait sans doute avant que la gabare ne se mît en route. La logique n'avait pas toujours une grande influence sur Malta, surtout quand elle contrariait ses préférences. « L'autre Chalcédien peut très bien être à ta recherche ; et, même si ce n'est pas le cas, on sait qu'un homme a été assassiné la nuit dernière dans un bordel, et on est en quête de son meurtrier.

— Les rapports précisent-ils qu'il était chalcédien et entré sur notre territoire illégalement ? »

Reyn poussa un petit soupir. « J'ai pris soin de ne pas manifester d'intérêt particulier pour la nouvelle, et j'ai fait de mon mieux pour aider Leftrin à obtenir, et à les voler s'il le faut, toutes les provisions que nous pourrons embarquer. Tillamon tient à ce que nous envoyions un pigeon à ma mère pour lui dire ce qui nous arrive afin qu'elle ne s'inquiète pas – comme si une lettre de ce genre risquait de calmer ses angoisses ! Nous l'avons suppliée de ne rien faire tant que nous ne serons pas partis, mais j'ignore si elle nous écoutera.

— Avez-vous pu vous procurer des oiseaux à emporter avec nous ?

— Comme si c'était facile ! Les bons pigeons voyageurs sont très recherchés et donc très précieux, et la Guilde est très pointilleuse sur ceux qu'elle autorise à utiliser ses oiseaux ; mais j'ai réussi à conclure un marché avec le gardien des oiseaux local : il m'a dit qu'il ne pouvait pas vendre les pigeons de la Guilde, mais qu'il en avait en propre qu'il élevait pour la viande. Évidemment, ils sont très gros, et moins rapides en vol que leurs congénères. Je leur ai trouvé triste mine, mais il m'affirme qu'ils sont en pleine mue et qu'ils retrouveront un bel air quand leurs nouvelles plumes pousseront. Ils m'en ont vendu quelques-uns en me disant qu'ils reviendraient chez lui à quelque moment que nous les relâchions. Il m'a aussi remis des capsules à messages et des parchemins de la taille idoine, mais il m'a obligé à jurer de garder le secret sur leur provenance. Donc, une fois à Kelsingra, nous serons au moins en mesure de révéler à ma mère où nous sommes, et elle pourra transmettre l'information à Keffria et à Ronica. C'est le mieux que j'ai pu faire, ma chérie. »

Malta hocha la tête puis reporta toute son attention sur le nourrisson qui s'était endormi au sein. Elle l'emmaillota et le posa sur une petite boîte en bois de biscuit de mer, avec en guise de matelas une couverture du bord. Tout en se rajustant, elle dit : « J'avais emballé des affaires pour lui en venant ici, au cas où il arriverait plus tôt que prévu. Peux-tu...

— Tillamon s'en occupe. Elle est retournée à notre chambre pour fourrer tout ce qu'elle peut dans des caisses qu'elle fera transporter à bord.

— Pourquoi ce départ prend-il si longtemps ? Je n'aurai de paix que quand nous aurons trouvé un dragon qui puisse aider notre fils.

— Je lui trouve déjà meilleure mine ; le bateau fait tout son possible.

— Je sais. » Elle mit la main à plat sur le pont de bois en espérant que Mataf percevait sa gratitude et ne prenait pas mal ses paroles. « Mais je sens ce qu'il lui fait, et ça me terrifie. Il rappelle sans arrêt à notre enfant de respirer, Reyn, et il écoute son cœur battre. » Elle tendit la main pour toucher la poitrine du nourrisson, comme si elle voulait s'assurer qu'il vivait toujours.

Reyn se tut, puis posa la question qu'il ne pouvait éluder : « Et si Mataf ne lui rappelle pas de respirer ?

— Alors je crois qu'il arrêtera, tout simplement », répondit Malta.

Reyn se glissa le long du pont pour la prendre dans ses bras. « Il n'y en a plus pour longtemps, dit-il en formant le vœu fervent de ne pas mentir. Dès le chargement terminé, nous partirons, le capitaine Leftrin nous l'a promis. »

Il écouta les bruits de l'équipage embarquant la cargaison. Il y avait un lit dans la cabine minuscule, semblable à une boîte, que Leftrin lui avait fournie, et il mourait d'envie de s'y allonger ; mais il fallait que l'enfant restât sur le pont avant, là où le bois-sorcier de Mataf était le plus épais, afin de demeurer en contact avec le bateau. Malta, elle, n'avait pas bougé de la nuit. « Veux-tu aller te reposer un peu dans la cabine ? Je garderai notre fils pendant ce temps. »

Elle refusa de la tête. « Peut-être une fois que nous serons sur le fleuve, que je serai certaine que nous sommes en route, je pourrai me détendre ; mais pas pour le moment. » Elle sourit. « Notre fils… Quelle impression étrange et merveilleuse de pouvoir le dire tout haut. Mais il lui faut un nom, Reyn. » Elle contempla le nourrisson endormi. « Un nom puissant, solide pour l'aider à surmonter l'épreuve.

— Ephron », suggéra aussitôt son époux.

Malta ouvrit de grands yeux. « Tu veux lui donner le prénom de mon père ?

— J'ai toujours entendu dire du bien de lui. Et comme second prénom ?

— Bendir, proposa-t-elle.

— Comme mon frère ? Mon frère aîné, qui a passé toute sa vie à me commander, à s'asseoir sur moi quand nous étions enfants, et qui s'est même moqué de moi parce que j'étais tombé amoureux de toi ?

— Je l'aime bien », avoua-t-elle avec un large sourire.

Et, à cause de ce sourire, inattendu sur le visage fatigué de sa femme, il accepta. « Ephron Bendir Khuprus ; un nom bien long pour un si petit garçon.

— On l'appellera Phron avant qu'il n'ait à l'employer en entier ; c'était le diminutif de mon père pendant son enfance.

— Phron Khuprus, donc, dit Reyn en touchant la tête du nourrisson. C'est un grand nom auquel tu devras faire honneur, petit bonhomme. »

Malta posa la main sur celle de son mari et sourit en regardant le petit visage de leur fils ; puis elle eut un rire étranglé.

« Qu'y a-t-il de drôle ? demanda Reyn.

— Je me rappelais Selden bébé ; comme il était le seul de la famille qui soit plus jeune que moi, c'est aussi le seul bébé que j'aie connu.

— L'as-tu aimé dès l'instant où tu l'as vu ? »

Le sourire de Malta s'élargit et elle secoua la tête. « Non, pas du tout. Ma mère a été épouvantée le jour où je l'ai apporté dans la cuisine pour lui montrer qu'il rentrait parfaitement dans un plat qui allait au four.

— Non !

— Si ; du moins, on m'a souvent raconté que je l'avais fait. Je ne m'en souviens pas, pour ma part ; en revanche, je me rappelle le jour où Hiémain a été envoyé faire sa prêtrise, parce que j'ai demandé si Selden ne pouvait pas l'accompagner. »

Reyn secoua la tête. « Tu étais un peu jalouse, on dirait.

— Plus qu'un peu. » Le sourire de Malta s'effaça légèrement. « Et aujourd'hui je donnerais tout pour savoir où est mon petit frère, ou au moins être sûre qu'il va bien. »

Son mari passa son bras autour de sa taille et l'attira contre lui, puis il lui baisa le front. « Selden est solide, et il en a vu d'autres. Il était tout jeune quand nous avons regardé Tintaglia sortir de son cocon. Alors que n'importe quel autre enfant aurait été terrifié et en pleurs, il a continué à s'efforcer de trouver une solution. Et maintenant c'est un homme ; il est capable de se débrouiller seul, ma chérie. J'ai toute confiance en lui. »

L'éclat d'une lanterne le réveilla. Selden ouvrit à demi ses paupières collantes ; la silhouette devant lui était floue. Il sortit une main de sous sa couverture rêche pour se frotter les yeux ; ils piquaient. Il fut pris d'une toux soudaine qui se mua en quinte, et il se pencha hors de son lit le plus loin possible avant de cracher une pleine bouchée de phlegme. Son visiteur poussa une exclamation dégoûtée.

D'une voix rauque, Selden dit : « Si vous n'aimez pas le spectacle, allez-vous-en ; ou alors traitez-moi comme il faut, que j'aie une chance de me rétablir.

— Je t'avais bien dit qu'il savait parler.

— Ce n'est pas pour autant qu'il est humain », répondit quelqu'un d'autre, et Selden s'aperçut qu'ils étaient deux à l'observer ; ils avaient des voix jeunes. Il ramena ses jambes sous le lit, et la chaîne qui lui emprisonnait la cheville cliqueta sur le pont. La couverture s'était collée à la plaie suppurante qu'il avait à l'épaule, celle qui lui avait valu son voyage à bord du bateau.

« Je suis humain, déclara-t-il d'une voix gutturale. Je suis humain et très malade.

— C'est un homme-dragon ; regarde ces écailles ! Donc, j'avais raison, et j'ai gagné le pari.

— Même pas vrai ! Il dit qu'il est humain.

— Les enfants ! lança Selden sèchement, en s'efforçant de ramener leur attention vers lui. Je suis malade ; j'ai besoin d'aide ; il me faut un repas chaud, ou au moins quelque chose de chaud à boire. Et une autre couverture. Il faut que je puisse sortir sur le pont pour prendre…

— Je m'en vais, annonça un des garçons. On va avoir des ennuis si on nous trouve ici en train de parler avec cette créature.

— Ne partez pas, je vous en supplie ! » cria Selden, mais un des visiteurs s'était déjà enfui, le bruit de ses pieds nus s'éloignant dans l'obscurité de la cale. Une nouvelle quinte de toux le prit, et il se plia en deux sous le coup de poignard qui lui perçait les poumons ; quand la crise se calma enfin et qu'il essuya ses yeux larmoyants, il eut la surprise de voir qu'un des garçons était resté. Il se frotta les paupières, mais la silhouette demeurait floue à cause de l'éclat de la lampe et de la suppuration de ses yeux. « Comment t'appelles-tu ? » demanda-t-il.

L'enfant pencha la tête de côté, et ses cheveux clairs tombèrent sur son visage en une mèche indisciplinée. « Euh… Je vous ne le dirai pas ; tu es peut-être un démon. C'est ce que disent les autres : il ne faut jamais révéler son nom à un démon.

— Je ne suis pas un démon, répondit Selden d'un ton las. Je suis un homme, comme toi. Écoute, peux-tu m'aider un peu ? Peux-tu au moins me dire où nous sommes, où on m'emmène ?

— Tu es à bord de la *Fille du vent*, et on navigue vers Chalcède – la ville, Chalcède, qui est la capitale de Chalcède. C'est là que tu vas. Ton nouveau propriétaire nous a payés très cher pour qu'on y aille tout droit, sans nous arrêter en chemin.

— Je ne suis pas un esclave ; je n'ai pas de propriétaire. Pour moi, l'esclavage n'existe pas. »

L'enfant eut un grognement sceptique. « Et pourtant, tu es enchaîné au pont ; ton avis n'a pas l'air d'avoir beaucoup d'importance. » Il se tut et réfléchit, contemplant peut-être sa propre situation. « Hé ! Hé, si tu es humain, comment ça se fait que tu aies cet aspect ? D'où elles viennent, toutes ces écailles ? »

Selden resserra sa couverture sur lui. Il avait choisi la paille la plus propre de celle qui jonchait le sol et l'avait amassée avant de s'y étendre ; pendant quelque temps, le matelas avait protégé son corps douloureux du bois dur du pont, mais il avait fini par se tasser et se disperser durant le sommeil agité du jeune homme, qui sentait désormais sous son dos les planches froides et rudes. La couverture ne lui servait guère alors que le pont aspirait toute sa chaleur. Il avait besoin de l'aide de l'enfant. À mi-voix, il dit : « Une dragonne m'a pris comme ami ; elle s'appelle Tintaglia, et elle m'a changé, comme tu vois, pour me rendre plus beau à ses yeux.

— Si tu as une dragonne comme amie, comment se fait-il que tu aies été pris comme esclave ? Pourquoi elle ne t'a pas sauvé ? »

L'enfant s'était approché de quelques pas ; à ses vêtements élimés et à sa chevelure hirsute, Selden jugea qu'il se trouvait au plus bas de la hiérarchie du bord. Sans doute un gamin des rues embarqué au dernier port pour voir si l'on pouvait en faire un matelot.

« Elle m'a envoyé en mission. Elle craignait d'être la dernière de son espèce, car les autres qu'elle avait vu éclore étaient débiles et maladifs ; alors je suis parti pour Terrilville avec des gens que je croyais mes amis ; Tintaglia m'avait commandé de voyager au loin et de m'enquérir d'autres dragons, et c'est ce que j'ai fait pendant quelque temps. Je suis allé un peu partout. Tout allait bien, les gens m'écoutaient et prêtaient attention à mes histoires de dragons, mais je n'entendais parler d'aucune autre de ces créatures. Et puis ma réserve d'argent a commencé à baisser – et mes amis se sont révélés des traîtres. »

Il vit que l'enfant était suspendu à ses lèvres. Il s'interrompit. « Apporte-moi quelque chose de chaud à boire, et je te raconterai tout. » Il ne tenait pas particulièrement à se rappeler son histoire : on l'avait drogué dans une taverne, sans doute à l'aide d'un produit dans sa bière, et il s'était réveillé dans un chariot, une bâche jetée sur lui et les mains attachées dans le dos. Quelques jours plus tard, il était exhibé sous le titre « Homme-Dragon ». À combien de temps cela remontait-il ? Un an ? Plus ? Toute une période, il avait tenté de tenir le compte des jours qui passaient, mais il avait perdu le fil pendant sa première crise de fièvre, et il avait fini par prendre conscience de l'inanité de l'entreprise.

L'enfant s'agita, inquiet, et jeta un regard dans l'obscurité. « Je vais prendre une tannée si on découvre que je suis descendu te regarder, et, si je t'apporte quelque chose, j'en prendrai une autre. De toute manière, je ne pourrais même pas me procurer quelque chose de chaud à boire pour moi, sans parler de le sortir de la coquerie pour l'apporter ici. Moi et les autres mousses, on n'a pas le droit d'aller manger dans la coquerie. » Il gratta sa joue sale puis tourna le dos à Selden. « Désolé », ajouta-t-il comme après réflexion. La lanterne dansa et projeta de longues ombres quand il s'éloigna.

« Je t'en prie ! » fit Selden. Puis il cria : « JE T'EN PRIE ! » L'enfant prit alors ses jambes à son cou, et la lanterne s'agita frénétiquement à son côté. L'obscurité s'approfondit autour de Selden et devint ténèbres. Le gamin était parti, et avec lui tout espoir ; il ne reviendrait pas : la peur de la sanction avait été plus forte que l'attrait d'une histoire. « J'aurais dû lui dire que j'étais un démon, marmonna le jeune homme ; j'aurais dû le menacer de le maudire s'il ne me procurait pas une couverture et de quoi manger. »

Menaces et malédictions : il n'y avait qu'elles qui marchaient en ce monde.

Rien ne se passait bien pour Leftrin ; on se montrait trop curieux, on lui posait trop de questions à tous les coins de rue. Aux marchands qui voulaient savoir pourquoi il se servait si librement de la ligne de crédit des Khuprus, il avait répondu que ces derniers se positionnaient pour une association dont il ne pouvait encore parler ; il eût même préféré ne pas en dire autant, mais il avait besoin d'une raison plausible pour que Reyn et sa sœur eussent signé pour des achats aussi massifs. Tillamon supportait le gros des questions des colporteurs de ragots, et s'en débrouillait bien : bien dissimulée derrière sa voilette, elle choisissait à qui elle acceptait de répondre. L'intérêt des Khuprus pour la mystérieuse « expédition » avait suscité pas moins de trois autres propositions de financement de la part de jeunes Marchands ; avec une feinte répugnance, Leftrin les avait repoussées sous prétexte que Tillamon avait exigé à la fois l'exclusivité et le secret de l'arrangement ; il le regrettait désormais, car sa réponse avait apparemment enflammé la curiosité jusqu'à la fébrilité. Deux Marchands, venus en hâte de Trehaug, avaient demandé en urgence une entrevue avec lui ; il leur avait donné rendez-vous trois jours plus tard en sachant pertinemment qu'il avait l'intention d'être reparti à cette date.

Pires étaient les messages du Conseil. Ils avaient commencé à affluer dès que l'éclat hivernal était apparu sous la voûte des arbres, proclamant le début du jour dans le désert des Pluies. Le premier proposait une rencontre afin de discuter de certaines « obscurités » dans le contrat d'origine, et « du but véritable et manifeste » du contrat tel que « révélé par son propos général ». Leftrin savait ce que cela signifiait : si on leur en laissait l'occasion, les membres du Conseil réinterpréteraient le contrat pour leur plus grand bénéfice et s'efforceraient d'intimider le capitaine pour l'obliger à se plier à leur lecture. Ils voulaient ses cartes du fleuve, et ils désiraient apprendre ce qu'il avait découvert en amont ? Eh bien, ils n'obtiendraient ni l'un ni l'autre !

Alors que la journée s'avançait et qu'il continuait à remplir les cales du bateau, demandes et questions s'accumulaient toujours. Pourquoi avait-il besoin de ces marchandises à si bref délai ? Dans certains cas, il avait payé le double du prix pour qu'on transportât à sa gabare certaines denrées commandées par d'autres clients ; cette attitude excitait la curiosité autant que l'animosité. Ses proches eux-mêmes l'accablaient d'interrogations, en particulier son frère ; pourquoi n'était-il pas passé le voir ? Pourquoi Skelli n'était-elle pas allée passer du temps avec sa famille ? Elle devait aussi voir son fiancé : elle arrivait à un âge où Leftrin devait renoncer à elle comme matelot afin qu'elle se mariât ; ensuite, au bout d'un an, elle et son nouveau mari devraient embarquer à bord de Mataf et en apprendre toutes les ficelles, de façon que, lorsqu'elle en hériterait, son époux eût la compétence nécessaire pour aider Skelli à le gouverner. Il n'avait pas répondu à cette dernière missive ; il n'avait pas envie de révéler par lettre à son frère qu'une fois Alise libérée de Hest il avait l'intention de l'épouser et peut-être d'en avoir un héritier ; il n'avait pas non plus la moindre envie d'apprendre à son frère et à sa belle-sœur que leur fille était tombée éperdument amoureuse d'un gardien de dragon en train de se transformer en Ancien, et qu'elle avait exposé son espoir que son fiancé romprait leur accord de mariage quand il découvrirait qu'elle n'était plus l'héritière première de la vivenef, parce que alors elle pourrait épouser Alum. Quand il lui ferait sa demande, naturellement.

Le seul fait de songer à ce sac de nœuds donnait mal à la tête à Leftrin ; en outre, les cargaisons arrivaient trop vite, et Souarge se disputait avec Hennesie sur la meilleure façon de les ranger à fond de cale. Quand plusieurs intimations arrivèrent à la suite pour ordonner au capitaine de se présenter devant le Conseil, puis pour lui interdire de quitter la cité sans l'autorisation dudit Conseil parce qu'il « détenait peut-être des documents et des cartes revenant de droit au Conseil des Marchands de Cassaric », il serra de nouveau les dents et renvoya le messager sans lui fournir de réponse. Lorsqu'une nouvelle missive lui parvint, cette fois du Conseil de Trehaug, affirmant qu'il n'avait le droit de remettre aucun document au Conseil de Cassaric tant qu'un représentant de Trehaug ne serait pas présent pour s'assurer que ses intérêts seraient équitablement pris en compte, il donna un généreux pourboire au coursier, jeta la lettre par-dessus bord et alla trouver Hennesie.

« La cargaison, là, sur le quai, c'est tout ce qui nous reste à charger ? »

L'autre, visiblement contrarié d'être dérangé dans son travail, tira un manifeste d'un tube en cuir accroché à sa ceinture et le déroula. Il le parcourut rapidement des yeux. « Les caisses que Tillamon Khuprus a envoyées viennent d'être embarquées, et elle est montée à bord juste après. On dirait que deux marchands n'ont pas encore effectué leurs livraisons – non, un : voilà celle de Lossone qui arrive, et ça me fait bien plaisir ; il devrait y avoir de l'huile pour les lampes, six épaisseurs de bonne toile, et des avirons de rechange.

— Qu'y a-t-il d'autre à livrer encore ?

— Oh, un peu de tout, du magasin de fournitures de Contorité.

— On peut s'en passer ? »

Hennesie haussa les sourcils puis examina le manifeste de plus près. « Si on laisse des trucs en rade, ça ne va pas plaire à Belline. Voyons… Du thé ; on en a déjà, mais il en faut davantage, d'après Belline. Des hameçons, des couvertures supplémentaires, deux arcs, plusieurs dizaines de flèches, du tabac et du café. Cela ne réjouirait personne de devoir s'en passer. Et...

— Si tout ça arrive avant que tu aies fini de charger la livraison de Lossone, embarque-le ; sinon, laisse tomber. On s'est débrouillé sans jusqu'ici, on se débrouillera sans jusqu'à la fin de l'hiver. Dès que la dernière caisse aura quitté le quai, on largue les amarres.

— Il est peut-être déjà trop tard pour le faire discrètement. »

Leftrin tourna la tête pour suivre le regard de Hennesie. Par de nombreux aspects, Cassaric restait une colonie encore jeune et rude, et sa police reflétait cet état de choses ; on n'entrait dans la garde municipale qu'à titre temporaire, parce qu'il n'y avait pas d'autre travail rémunérateur ou parce qu'on n'avait pas les talents ou la réputation nécessaires pour obtenir un meilleur emploi, et les gardes qui avançaient sur le quai en ordre dispersé en étaient l'illustration. Ils étaient cinq, identifiables à leurs pantalons et à leurs tuniques verts ; deux d'entre eux avaient l'air très jeunes et nerveux ; un troisième avait la barbe grisonnante, une panse bondissante et une pique à la main. Aucun ne paraissait ravi de la mission qu'on lui avait confiée, ni particulièrement à l'aise sur un quai flottant et la circulation qui l'encombrait.

« Embarque ce qui reste et tiens-toi prêt à larguer les amarres à mon signal. Mataf, mon vieil ami, apprête-toi à nous donner un coup de main en cas de besoin. »

À la suite des gardes venaient la Marchande Polsk et un autre membre du Conseil ; la première tenait à la main un porte-documents, et elle marchait d'un pas rapide, tout essoufflée. Sans quitter le pont, Leftrin se déplaça vers l'arrière pour accueillir la délégation. Les nouveaux venus s'arrêteraient sans doute en contre-bas de sa position pour lui parler, ce qui donnerait à l'équipage quelques précieux instants pour terminer d'embarquer la cargaison. Croisant Skelli, il demanda à mi-voix :

« Tous les hommes et les passagers sont à bord ?

— Oui, sauf Grand Eider ; mais il est sur le quai en train de trimbaler des caisses, et il peut remonter sur le pont en un clin d'œil.

— Très bien. Tiens-toi prête, et avertis les passagers.

— Oui, cap'taine. » Elle poursuivit son chemin.

Leftrin se plaqua un sourire sur les lèvres et se dirigea d'un pas tranquille vers l'arrière, les pouces dans la ceinture. Comme il l'avait espéré, les gardes firent halte en le voyant et formèrent un demi-cercle grossier sur le quai à ses pieds. Il les regarda sans rien dire, avec une expression de vague curiosité. Quand la Marchande Polsk les rejoignit, il transféra son attention sur elle, mais garda le silence, lui laissant la responsabilité de donner le ton de la confrontation.

Elle avait le souffle court, et c'est d'une voix qui manquait de vigueur qu'elle dit : « Capitaine Leftrin, vous n'avez pas répondu aux messages que le Conseil des Marchands vous a envoyés. »

Il haussa les sourcils, feignant l'étonnement. « C'est sans doute vrai ; mais j'ai eu une journée chargée, et j'ai préféré m'assurer de mon emploi du temps avant de prendre rendez-vous avec le Conseil. À croire que tout le monde veut me parler. » Il pencha la tête et fit mine de réfléchir. « Une entrevue dans six jours, le soir, ça irait ? » Accoudé au bastingage, il était l'image même de l'homme raisonnable et affable.

Polsk parcourut des yeux le quai d'où l'on continuait à embarquer des caisses. « Vous vous apprêtez à partir ! »

Il suivit son regard. « On range nos provisions à fond de cale, c'est tout, Marchande Polsk. Il faut du temps pour charger un bateau, vous savez : il faut inventorier la cargaison, et répartir du lest pour équilibrer. Ça ne se fait pas en claquant des doigts. Quand on travaille sur le fleuve, on apprend à utiliser au mieux tous les instants libres ; et, entre nous, un capitaine avisé évite que ses hommes se tournent les pouces, sans quoi on ne sait pas quelles bêtises ils vont inventer : bagarres dans les tavernes, ivresse sur la voie publique, et j'en passe. Vous connaissez les marins. » Il lui adressa un sourire de connivence et vit une expression fugace d'incertitude passer sur les traits de la Marchande ; avait-elle été victime d'une rumeur sans fondement ? Le Conseil avait-il réagi trop vivement, et s'était-elle ridiculisée ?

« Ma foi, capitaine Leftrin, nous allons peut-être vous paraître méfiants, mais nous tenions à ce que vous sachiez que nous n'en avons pas fini avec vous, et que vous ne devez pas vous en aller avant de nous avoir présenté un compte rendu complet des découvertes de votre expédition.

— Marchande Polsk, étant donné que le Conseil a refusé de me payer mon salaire, je ne considère pas nos affaires comme conclues ! J'espère sincèrement que le Conseil ne s'imaginait pas pouvoir m'insulter puis nous renvoyer, mes hommes et moi, sans la moindre récompense pour avoir risqué notre vie sur le fleuve. On veut la justice, et on a droit à notre paie ! Maintenant, je veux bien accorder deux ou trois jours au Conseil pour examiner la situation, mais, si ce rendez-vous du soir dont je parlais convient à tout le monde, je tiens à voir mon argent sur la table. Il y a deux versants à tout contrat, et le Conseil doit se tenir prêt à remplir sa part. »

Il vit les épaules de la femme se détendre : on était en train de négocier, terrain sur lequel tout Marchand se sentait à l'aise. « Il faut être juste, en effet, capitaine, et nul mieux que le Conseil des Marchands de Cassaric ne le sait ! Nous nous ferons un plaisir de discuter le règlement de votre salaire dès que vous nous aurez fourni tout ce que nous attendons de votre voyage. Et je vous dirai franchement que nous tenons à voir et à recopier vos journaux de bord ainsi que les cartes du fleuve que vous avez sans doute tracées. Vous vous rappelez que nous avions engagé un chasseur pour vous accompagner, un certain Jess Torkef ; il devait rapporter de la viande pour l'expédition, mais aussi noter les incidents et créer des cartes pour le Conseil ; la nouvelle de son triste sort nous accable et les accusations de traîtrise que vous portez contre lui nous surprennent, mais nous sommes en droit d'exiger qu'on nous remette ses documents et autres effets personnels. »

Leftrin jeta un coup d'œil discret au quai. Les dernières caisses montaient à bord, et Grand Eider ne tarderait pas à les suivre. « Je ne peux pas dire que je partage votre accablement quant à son "triste sort", et je ne sais rien des arrangements que vous aviez conclus avec lui ; mais, si vous voulez le fond de ma pensée, il en avait d'autres qui concernaient l'abattage de certains dragons pour le profit, peut-être en relation avec un marché passé avec Chalcède. Quoi qu'il en soit, il est mort, et la vague qui a submergé mon bateau a emporté tout ce qui n'était pas fixé ; par conséquent, même si j'étais obligé de remplir son contrat à sa place, ce qui n'est pas le cas, naturellement, j'en serais incapable. Je vous conseille de vous intéresser de près à la personne qui vous a recommandé cet homme ; Jess Torkef était un traître, et celui qui l'a placé à mon bord l'a fait avec de mauvaises intentions. »

Il entendit le choc sourd que fit Grand Eider en sautant sur le pont. Leftrin tourna la tête et sourit à Skelli qui s'était arrêtée près de lui. « Larguez les amarres, dit-il sur le ton de la conversation, puis il reporta son attention sur la délégation. Il vaudrait mieux que vous vous reculiez, dit-il, affable. On doit repositionner la gabare pour la suite du chargement ; il n'y en aura que pour une minute.

— Il s'en va ! s'exclama le membre du Conseil qui accompagnait Polsk, avant de crier aux gardes : Ne les laissez pas faire ! Retenez leurs amarres ; ne les laissez pas s'échapper.

— Abandonnez les amarres s'il le faut », fit Leftrin d'un ton insouciant. Les aussières d'avant remontaient déjà sur le pont, et Souarge était à la barre. Le garde armé d'une pique s'était placé près de l'arrière ; Grand Eider haussa les épaules, navré de ce gaspillage, et se baissa pour détacher le bout de son taquet ; il le jeta par-dessus bord, et Mataf fut libéré. « À vos gaffes ! lança Souarge, et l'équipage réagit comme un seul homme.

— Mataf ? » murmura Leftrin avec une note suppliante dans la voix, et la vivenef répondit d'un coup de talon invisible mais vigoureux de ses pattes arrière. Le capitaine se réjouit d'avoir les mains agrippées à la lisse ; Grand Eider, lui, poussa une exclamation de surprise et fit un pas de côté en trébuchant. Les cris d'étonnement des gardes suscitèrent chez Leftrin à la fois de la satisfaction et de l'inquiétude : il était fier des capacités de sa vivenef modifiée, mais il s'efforçait toujours de les dissimuler. Depuis qu'on avait découvert la véritable nature du bois-sorcier, son usage était non seulement désapprouvé mais interdit par Tintaglia, et Leftrin mettait sur le compte du tempérament tolérant de Mercor le fait que les dragons eussent accepté Mataf ; il ne tenait pas à ce que les changements opérés sur son bateau devinssent de notoriété publique. « Assez, Mataf », fit-il tout bas, et, bien que la gabare continuât de battre des pattes, elle le fit discrètement, de façon à donner l'impression que l'équipage était exceptionnellement plutôt que surnaturellement doué.

« On a de la compagnie, cap'taine ! » lança Hennesie.

Leftrin se tourna vers l'arrière et jura : son second avait raison. Soit le Conseil estimait que la garde municipale ne suffisait pas à la tâche, soit les propriétaires de plusieurs petits bateaux jugeaient qu'en suivant le *Mataf* ils avaient des chances de décrocher un trésor. Sachant la façon dont les rumeurs se propagent dans une ville Marchande, Leftrin ne s'étonnait pas que des Marchands mineurs eussent appris que l'expédition avait découvert Kelsingra mais que ses membres refusaient d'en dévoiler l'emplacement ; ils avaient certainement l'intention de s'accrocher à ses basques jusqu'à ce qu'il trahît sa destination. Quant à lui, il savait qu'ils échoueraient. Il eut un sourire espiègle. « On garde nos distances avec eux, mais pas la peine de… »

Il n'eut pas le temps de finir sa phrase : Mataf prit les choses en main. Cette fois, ce ne furent pas ses pattes mais un coup de sa queue cachée qui fit bouillonner la surface du fleuve et danser frénétiquement les petits bateaux dans son sillage. L'espace d'un instant, l'appendice fut visible dans l'onde grise, puis la vivenef s'élança en avant tandis que ses concurrents en réduction s'efforçaient d'éviter de se faire engloutir par les vagues qu'elle laissait derrière elle ; certains n'y parvinrent pas, et Leftrin eut une grimace compatissante : il y aurait quelques brûlures à soigner quand ils sortiraient de l'eau.

L'accélération avait failli faire perdre l'équilibre à l'équipage. Mataf remontait le courant à toute allure, et Leftrin fronça les sourcils en entendant les exclamations stupéfaites des spectateurs. Nier les faits ne servirait plus à grand-chose désormais : certains comprendraient très vite ce que cela signifiait. De toute façon, Mataf et lui n'avaient pas l'intention de retourner dans une cité du désert des Pluies avant la fin du printemps, et c'était aussi bien ; d'ici là, les rumeurs et les spéculations se seraient taries.

Mais, alors que Mataf remontait le courant à une allure régulière, les restes de la flottille tentaient toujours de le suivre ; Hennesie s'approcha de Leftrin. « Tu crois qu'ils vont essayer d'embarquer ? »

Le capitaine secoua la tête. « Non ; ils ont déjà du mal à soutenir notre vitesse. Et, quand la nuit tombera, ils n'y verront plus rien, et ils devront mouiller jusqu'au matin. Pas nous.

— Tu crois que Mataf sera capable de trouver son chemin dans le noir ? »

Leftrin eut un large sourire. « Je n'en doute pas une seconde. »

« Et nous voici partis pour une nouvelle aventure », dit Malta. Sa voix tremblait ; elle s'éclaircit la gorge pour donner le change, mais Reyn passa son bras autour de sa taille.

« Peut-être, ma chérie, mais cette fois nous sommes ensemble, tous les trois. »

Tillamon toussota en soulevant le rabat pour les rejoindre. « Tous les quatre, si vous voulez bien me compter. » Elle arborait un grand sourire, et ses yeux brillaient d'un éclat dont Malta ignorait l'origine.

« Tu n'as pas peur ? demanda-t-elle à sa belle-sœur. Nous n'avons aucune idée de notre destination ni de la distance qui nous en sépare ; d'après le capitaine Leftrin, il faut s'attendre à souffrir du froid et des privations, nous laissons notre foyer derrière nous pour Sâ sait combien de temps, et toi tu as l'air réjoui. »

Tillamon éclata de rire et rejeta sa voilette en arrière. Depuis quand n'avait-on pas vu ce sourire ? L'exaltation faisait danser les pampilles le long de sa mâchoire. « Bien sûr que j'ai peur ! Et je ne sais pas non plus dans quoi nous nous fourrons. Mais je suis vivante, Malta ! J'avance dans le monde toute seule ; et, d'après ce que m'a dit Reyn, je me rends dans une cité et une colonie où personne n'est obligé de porter un voile ni d'entendre des réflexions sur son passage. Abandonner notre foyer ? J'abandonne peut-être notre mère, mais je pense qu'elle comprendra ; et j'ai l'impression de me rapprocher de chez moi plutôt que de m'en éloigner. »

Elle s'assit sur le pont à côté de la caisse qui servait de berceau à Ephron et sourit tendrement au nourrisson qui s'éveillait. « Puis-je le prendre dans mes bras ? » demanda-t-elle d'un ton fervent.

*

Le soleil se hâtait vers les collines quand Gringalette les ramena de l'autre côté du fleuve. Les nuages, poussés par le vent, couvraient le ciel du soir, et la brise humide fouettait le visage de Thymara, mais seules ses joues brûlaient sous la morsure du froid. Même ses pieds et ses mollets, protégés par ses chaussures écailleuses, restaient au chaud ; en outre, la matière dont elles étaient faites paraissait lui permettre d'accrocher aux flancs glissants de la dragonne, tandis qu'elle se tenait fermement à la robe Ancienne de Kanaï, de part et d'autre de sa taille, leur sac à dos plein d'objets pris dans la cité, coincé entre eux. Elle pencha la tête pour échapper au rude baiser du vent et posa le front contre le dos de son compagnon ; elle repoussa ses peurs et ne pensa plus qu'aux commodités qu'ils rapportaient à leurs camarades. Sans doute tous les gardiens ne mettraient-ils pas la main sur une robe, une tunique ou un pantalon à leur taille, mais il y en aurait assez qui trouveraient leur bonheur pour pouvoir donner leurs vieux vêtements à ceux qui n'auraient pas d'affaires Anciennes à se mettre. Ce soir, chacun jouirait d'un peu plus de confort grâce à elle et à Kanaï.

Comme s'il avait lu ses pensées, celui-ci lança par-dessus son épaule : « Tu sais, ça ne va pas plaire à Alise ; elle va dire qu'on aurait dû tout laisser en place pour qu'elle puisse prendre des notes détaillées avant qu'on l'enlève. Elle est même capable de vouloir nous obliger à tout replacer.

— Je lui parlerai », répondit Thymara avec assurance. Malgré leur différence d'âge, Alise et elle étaient amies. Au début, elle se sentait mal à l'aise avec son aînée, mais l'admiration d'Alise pour ses talents de chasseuse et de pêcheuse avait fini par la conquérir. La jeune fille ignorait comment elle réagirait devant les objets Anciens en parfait état qu'ils rapportaient ; elle ne serait sans doute pas d'accord avec l'idée que les donner aux gardiens représentait le meilleur usage à en faire. Pourtant, elle portait elle-même une robe Ancienne découverte dans les ruines de Trehaug ; elle n'aurait sûrement pas l'hypocrisie d'interdire aux gardiens de profiter du même confort.

« Ils nous attendent ! cria Kanaï pour se faire entendre malgré le bruit du vent. Regarde ! »

Elle leva la tête et plissa les yeux. Oui, des gardiens s'assemblaient sur la berge, et même quelques dragons les rejoignaient d'un pas nonchalant. Mercor, le grand doré, était déjà là, la tête dressée, le regard tourné vers eux. « Ils devaient être inquiets pour nous ! répondit-elle à Kanaï.

— C'est idiot ; on est capables de se débrouiller seuls ! » répliqua-t-il avec assurance, et Thymara éprouva un léger malaise à l'entendre les placer, elle et lui, à l'écart des autres. Il paraissait penser que quelque chose avait changé, quelque chose d'important ; avait-il raison ? Voyait-il dans ce qui s'était passé la nuit précédente une déclaration de Thymara selon laquelle elle l'avait choisi ? L'avait-elle choisi ?

Non, répondit-elle catégoriquement. Elle avait couché avec lui, rien de plus ; elle avait agi sur une impulsion, non par engagement envers lui. Ce n'était pas une décision à long terme.

Alors que Gringalette effectuait un grand cercle au-dessus des gardiens réunis avec un coup de trompe triomphant puis entamait une longue descente vers le sol, Thymara se demanda si Kanaï le comprenait aussi bien qu'elle.

Tatou regardait la dragonne qui les survolait ; le vent et la pluie cherchaient à l'aveugler, mais il plissa les yeux et constata qu'il ne s'était pas trompé : Gringalette n'était plus tout à fait la même ; ses ailes paraissaient mieux proportionnées, son vol plus assuré, et elle scintillait même dans la maigre lumière du ciel couvert. Comme elle se rapprochait, il distingua ses deux passagers, et le soulagement le disputa en lui à la jalousie : Thymara était saine et sauve, mais en compagnie de Kanaï. Un rayon de soleil les toucha, et ils étincelèrent soudain autant que la dragonne qu'ils chevauchaient.

« C'est quoi, ces vêtements qu'ils portent ? fit-il tout haut.

— Où est Sintara ? Pourquoi ne revient-elle pas avec eux ? » Alise s'était jointe au groupe et avait répondu à sa question par une autre question.

« Sintara chasse. » C'était Mercor qui intervenait ; le dragon d'or et sa gardienne, Sylve, ne quittaient pas le ciel des yeux. « Elle a découvert comment se servir de ses ailes et de ses muscles ; à présent qu'elle peut chasser elle-même, elle dépendra moins de Thymara.

— Ce qui signifie que Thymara pourra contribuer davantage à nous alimenter, fit Kalo, le dragon bleu-noir, d'un ton grave.

— Tu as déjà un gardien, et c'est un chasseur ; tu ne devrais pas avoir besoin de quelqu'un d'autre. »

Sestican s'inséra dans le groupe ; moins grand que Kalo, il paraissait pourtant chercher souvent à le provoquer. Tatou s'interposa avant que Kalo pût réagir. « Tous les gardiens font leur possible pour vous fournir à tous de la viande.

— Mais nous avons toujours faim. » Le regard du grand mâle ne quittait pas la dragonne rouge. Gringalette se rapprochait, parcourant des cercles de plus en plus bas avant de se poser. L'atterrissage était toujours un moment imprévisible ; selon Tatou, la dragonne s'en remettait à son expérience durement acquise plus qu'à des souvenirs ataviques de la façon correcte de se poser, et cette fois-là ne fit pas exception. Elle descendit bas, face au vent pour se ralentir ; elle avait choisi une longue section dégagée de la rive, et tout le monde s'écarta de son chemin. Elle ouvrit largement les ailes et se redressa ; ses pattes arrière, parfaitement repliées contre son corps et alignées avec sa queue, se déployèrent soudain et touchèrent le sol ; elle courut sur une certaine distance en trébuchant, puis se laissa tomber sur ses pattes postérieures et s'arrêta en glissant, sa queue battant pour trouver une prise. Kanaï resta impassible, mais Thymara s'agrippa à lui et cacha son visage contre son dos ; dès qu'ils cessèrent de bouger, elle entreprit de se laisser glisser à bas de l'épaule de Gringalette.

De tout son cœur, Tatou avait envie de s'élancer pour l'attraper, mais il se retint : il ignorait comment elle prendrait ce geste.

« Ils portent des tenues Anciennes ! » L'exclamation d'Alise trahissait autant l'étonnement que l'horreur.

Alors que Kanaï descendait à son tour de sa monture, Tatou entendit les autres gardiens pousser des cris de surprise et quelques éclats de rire ; les couleurs vives rendaient ridiculement sur un homme ; telle fut la première pensée, teintée de mépris, de Tatou. Mais, alors que Kanaï s'inclinait avec superbe devant ses camarades, ses vêtements parurent tout à coup non seulement adaptés à sa haute et fine silhouette, mais aussi très élégants. Ils convenaient à un Ancien, aussi colorés que Kanaï lui-même ; n'était-il d'ailleurs pas d'un rouge plus intense que la dernière fois où Tatou l'avait vu ?

Il reporta son attention sur Thymara et constata que sa première impression s'avérait : la jeune fille avait changé depuis la veille, et cela ne tenait pas seulement à la robe qu'elle portait. La teinte bleutée des écailles qui couvraient son visage avait viré à l'indigo avec des filigranes argentés. Elle parcourut des yeux le comité d'accueil, puis son regard croisa celui de Tatou. Alors il sut. Elle détourna le visage.

Un rugissement roulait dans ses oreilles, et un tremblement imperceptible le parcourait de la tête aux pieds ; il avait l'impression d'osciller dans le vent comme un arbre sur le point de s'abattre. Il savait, et pourtant il n'arrivait pas à croire que ce pût être vrai : elle s'était donnée à Kanaï ! Toutes ces années à se fréquenter, l'intimité croissante de l'amitié, sa cour désespérée durant les derniers mois, rien de tout cela n'avait d'importance pour elle ; elle lui avait préféré Kanaï. Il s'efforça de ne pas imaginer leurs corps enlacés ; il ne voulait pas savoir si c'était elle qui avait donné le premier baiser, ni s'ils s'étaient jetés l'un vers l'autre dans une étreinte passionnée, ou, pis encore, s'ils s'étaient avancés lentement l'un vers l'autre en jouissant de l'attente.

Sans se soucier des gardiens assemblés ni des autres dragons, Gringalette se rendit au bord du fleuve pour se désaltérer, mais Tatou demeura figé, incapable de parler, tandis que ses camarades convergeaient vers le couple pour l'accabler de questions.

« Qu'est-ce qui s'est passé dans la cité hier soir ?

— C'étaient des incendies ? On a vu de la lumière partout !

— Où est Sintara ? Elle sait vraiment voler ?

— Pourquoi elle n'est pas revenue ?

— Où est-ce que vous avez trouvé ces vêtements ? »

Les interrogations pleuvaient, et Thymara et Kanaï parlaient en même temps. Tatou vit la jeune fille ouvrir un sac qu'ils portaient entre eux pour en sortir des tuniques, des robes, des pantalons et des chaussures. Nul ne parut s'apercevoir que la pluie tombait plus dru ni que le vent forcissait. Thymara distribuait les vêtements aussi vite qu'elle les tirait du sac, et les gardiens poussaient des exclamations de joie et d'enthousiasme. L'exultation était à son comble quand Alise cria soudain : « ARRÊTEZ ! Arrêtez de tirer sur ces habits et de les maltraiter ainsi ! Posez-les par terre tout de suite ! » Le brouhaha s'éteignit, et tous les regards se tournèrent vers la Terrilvillienne qui s'enfonça dans la presse des gardiens ; elle avait les pommettes rouges de colère, et c'est d'une voix qui tremblait de fureur qu'elle demanda : « Thymara et

Kanaï, êtes-vous fous d'avoir emporté toutes ces affaires de la cité ? Je dois savoir où vous les avez trouvées précisément, il faut les mesurer, et…

— Alise, je vous en prie. » Thymara s'exprimait d'un ton grave et presque posé. « Je sais l'importance que vous attachez à cette cité, je sais que vous voulez en découvrir tous les secrets et qu'il ne faudrait en déranger ne serait-ce que la poussière avant que vous ayez tout noté ; je comprends que…

— Vous ne pouvez pas comprendre. » Alise s'efforçait de se maîtriser et parlait d'une voix tendue. « Vous êtes encore à demi une enfant, sans expérience du monde, hormis de la forêt où vous avez grandi. Si vous aviez vécu à Terrilville, si vous aviez vu le flot incessant d'objets et de trésors Anciens qui passent par le marché avant d'être éparpillés, perdus dans le vaste monde… Des objets extraordinaires traités comme des farces et attrapes réservées aux plus riches et aux collectionneurs. La moitié du temps, ceux qui les acquièrent se moquent de leur provenance et n'y voient rien de plus qu'un moyen d'étonner les autres. »

Thymara ne broncha pas sous ce torrent de mots et garda une expression impassible. Tatou vit que cette attitude ébranlait Alise, et il perçut dans sa voix un léger tremblement quand elle reprit : « J'étudie les Anciens depuis des années à partir des vestiges que pillards et nécrophages laissent à l'interprétation des chercheurs. De temps en temps, à ma grande contrariété, je dois me contenter de quelques pages de manuscrit, d'un bout d'une grande tapisserie qui représentait manifestement un événement important, ou de quelques outils dont, si je savais où on les a trouvés, j'aurais pu découvrir l'usage. Nous avons une chance, qui ne durera pas longtemps, malheureusement, avant que les hordes de fouilleurs ne s'abattent sur Kelsingra et n'en laissent qu'un squelette de pierre et de gravats. Voulez-vous commencer à la détruire avant même qu'elles n'arrivent ? Votre héritage n'a-t-il aucune valeur à vos yeux ? »

Un long silence s'ensuivit. Tatou sentait un grand vide dans sa poitrine. Tout se brise, aujourd'hui, songea-t-il. Mon cœur, et la communauté de ceux qui sont venus ici ensemble. On s'éloigne les uns des autres.

Alise s'adressait aux gardiens à partir d'une histoire commune, dans laquelle son peuple à lui n'avait guère de rôle ; il ne pouvait se prévaloir d'aucun ancêtre dans le désert des Pluies. S'il se couvrait d'écailles comme les autres et prenait l'apparence d'un Ancien, il ne pouvait en remercier que l'affection de son dragon. Le discours d'Alise lui rappela qu'elle avait participé à l'expédition en tant qu'élément surnuméraire, seul gardien du groupe qui ne portât pas les marques du désert des Pluies. Tatou ne se sentait aucun droit d'intervenir, et il éprouva un nouveau coup au cœur quand il se demanda si c'était la raison pour laquelle Thymara lui avait préféré Kanaï. Une culture commune était-elle plus importante pour elle que leurs années d'amitié ?

« Personne ne détruira Kelsingra », dit tout à coup Kanaï, qui gardait tant le silence jusque-là que Tatou croyait qu'il se cachait des reproches d'Alise derrière

Thymara. Pourtant, il s'exprimait avec tant d'assurance que même la Terrilvillienne ne put que se taire. « On ne les laissera pas faire, parce que c'est notre héritage. Kelsingra est une ville Ancienne, oui, mais ce n'est pas un cadavre qu'on ne peut plus qu'étudier. La laisser dans l'état où elle est aujourd'hui, ce serait aussi mauvais que la mettre en morceaux pour découvrir ses secrets. Alise, il suffit de s'ouvrir à elle pour savoir qu'elle n'a rien à cacher ; elle est prête à vous révéler tout ce que vous voulez apprendre ; elle souhaite se partager avec vous. Elle est vivante, et elle attend qu'on y retourne. La présence des dragons l'a réveillée. Je ne sais pas ce que Sintara a fait de plus que Gringalette ; elle se rappelle peut-être mieux la cité et sa façon de fonctionner que ma petite dragonne ; elle a peut-être transmis ses souvenirs à la cité, ce qui lui a permis de sortir du sommeil. Je n'en sais rien ; mais la cité s'est réveillée et elle nous attend. Je vais vous dire ce qu'on y a trouvé, Thymara et moi, parce que je tiens à ce que vous sachiez tout. Prenez des notes si vous voulez, même si ce n'est pas utile. Je veux que vous sachiez tous ce qu'on a appris – et on en sait beaucoup plus que ce que des murs de pierre et des outils cassés peuvent révéler ! Il y a un bâtiment qui servait d'établissement de bains pour les dragons, avec des pièces chaudes et des lits moelleux ; on a découvert des habits qui avaient l'air d'épouser nos formes. Thymara et moi, on a faim, mais on est propres et on n'a pas froid, et ça fait des semaines que ça ne nous est pas arrivé. Et, quand nos dragons se sont baignés dans l'eau brûlante, ils ont encore grandi, comme lorsqu'on est tombés sur la plaque chauffante dans le fleuve, pendant le voyage. Ce matin, à son réveil, Sintara s'est envolée pour aller chasser ; elle se nourrit toute seule comme un vrai dragon, et elle vole comme un vrai dragon. »

Les gardiens n'étaient pas les seuls à se rapprocher de lui, muets, suspendus à ses lèvres : l'attention des dragons était presque palpable.

Kanaï s'efforça de prendre un ton plus doux, mais n'y parvint pas complètement. « Alise, au lieu d'essayer de préserver une cité morte, il faut réfléchir à la façon de transporter les autres dragons et les gardiens de l'autre côté du fleuve ; on doit s'installer là-bas pour devenir de vrais Anciens, et on a besoin de vous. Une fois qu'on sera établis, vous pourrez étudier notre cité vivante autant que vous voudrez, mais vous ne devez pas nous empêcher de prendre les objets dont nous avons besoin pour devenir des Anciens. Ce que vous devez observer et noter, c'est comment on est arrivés jusqu'à la cité, comment on l'a réveillée et comment on l'a ramenée à la vie ; telle doit être votre mission, maintenant. »

Tatou avait du mal à se concentrer sur le discours de Kanaï et à en percevoir le sens. En eux-mêmes, les concepts exposés n'avaient rien de complexe, mais la jalousie rugissait à ses oreilles. C'est mon ami, se répétait-il, mais cela n'apaisait guère les émotions qui le secouaient. Thymara près de lui, Kanaï se dressait devant tous, vêtu comme un roi, et, avec l'attitude calme d'un adulte, exposait à tous l'avenir qui les attendait. Ce n'était pas seulement la manière dont

Thymara le regardait ou dont Alise écoutait gravement ce qu'il disait : si Sâ en personne l'avait revêtu du manteau de l'autorité, la situation n'eût pas été plus claire ; Kanaï avait vu leur avenir et avait l'intention de les y guider. Tout ce que Tatou avait espéré posséder ou devenir, Kanaï l'avait et l'était ; Tatou avait enduré les épreuves de l'expédition dans l'espoir de trouver enfin sa place dans une société, mais cette place lui avait été ravie par un autre.

Il sentit la présence de Dente comme un effleurement léger sur son esprit. Sa reine verte, qui comptait parmi les plus petits des dragons, lui transmettait des pensées à la fois consolatrices et irritées. Tant que tu m'appartiens, tu as ta place ici. Cesse de te soucier de trouver une compagne ; tu auras des années pour le faire, des décennies, une très longue période selon les critères humains. Ce que je vois, c'est que Gringalette et Sintara ont atteint la cité et qu'elles savent maintenant voler et chasser tandis que je continue à crever de faim. Comment vas-tu m'amener à la cité pour que je puisse me baigner, grandir et enfin voler ? Voilà la question qui doit te préoccuper avant toute autre.

Une vague de calme l'envahit, teintée de plaisir et d'exaltation à l'idée que sa dragonne eût daigné s'adresser à lui ; intellectuellement, il se savait victime du charme de la créature, mais, émotionnellement, il n'éprouvait que du soulagement à se détourner de son amour-propre meurtri pour s'intéresser au but qu'elle lui fixait. Il avait bel et bien une place dans ce monde, et il avait une valeur ; Dente le lui avait assuré. Il devait oublier ses tracas humains : il lui fallait s'occuper d'une dragonne.

Alise réfléchissait au discours de Kanaï ; les autres attendaient sa réponse. Tatou profita de ce silence pour intervenir, en levant la voix pour se faire entendre des dragons. « En tant que gardiens, on a aussi une mission immédiate : conduire les dragons à la cité, c'est évident. Certains sont capables de voler quelques instants, et il faut en tout premier lieu qu'ils arrivent à voler assez longtemps pour franchir le fleuve. »

Mercor toussota. Il ne fit guère de bruit, mais tous se tournèrent vers la créature dorée. « Les gardiens ne peuvent pas apprendre aux dragons à voler ; ce sont les dragons qui doivent se rappeler ce qu'ils savaient autrefois. Mais Tatou a raison : ce doit être notre seul objectif, du matin au soir. Certains d'entre nous ont fait des essais tandis que d'autres se contentaient de se plaindre et de bouder dans leur coin ; qu'ils sachent désormais que ceux d'entre nous qui maîtriseront le vol les laisseront ici sans regrets. Commencez dès aujourd'hui ; devenez des dragons ou mourez. »

Un silence sombre suivit ces paroles ; aucun des dragons assemblés ne dit mot. Au bout d'un moment, Alise dit : « J'ai pris une décision à propos de la cité.

— Ça n'a pas d'importance. » Mercor s'exprimait d'un ton doux, presque bienveillant pour un dragon, mais aussi implacable. « La décision ne te revient pas. Kanaï a quasiment saisi la vérité : la cité est vivante, et elle nous attend ; mais ce n'est pas une cité

Ancienne. Ils l'ont bâtie, et ils y ont vécu à nos côtés, mais Kalsingra a été créée pour les dragons. Dès que nous pourrons nous y rendre, nous la ressusciterons ; si vous voulez nous accompagner, vous serez la bienvenue : il y a toujours eu des scribes, humains comme Anciens, pour décrire notre vie et nos pensées, et nous avons toujours exalté vos poètes, vos chanteurs et tous ceux qui célèbrent notre existence. Vous avez une place parmi nous, et vous êtes honorable. »

Il tourna la tête et parcourut les gardiens du regard. « Vêtez-vous comme il sied à ceux qui servent les dragons, et allez tous à la chasse aujourd'hui même. Il faudra beaucoup de viande ; donner des forces à votre dragon est dorénavant votre but premier. Nous volerons ; quand nous nous rendrons à Kelsingra, vous viendrez tous avec nous, et la cité sera de nouveau la nôtre. »

Deuxième jour de la Lune du Poisson

Septième année de l'Alliance Indépendante des Marchands

De Detozi, Gardienne des Oiseaux, Trehaug, à Reyall, Gardien remplaçant des Oiseaux, Terrilville

Reyall, quel bonheur d'avoir l'autorisation de t'envoyer des pigeons et de t'apprendre que les nouvelles sont bonnes, pour une fois ! Depuis qu'Erek et moi avons désinfecté nos nichoirs, plus aucun de nos oiseaux n'est mort des poux rouges. Je n'ai guère évoqué la mauvaise réception qui attendait Erek de la part des autres Gardiens et du Maître des Oiseaux de Trehaug quand il est arrivé ici, mais, à mon grand plaisir, ils ont tous exprimé leur admiration devant la sagesse avec laquelle il a résolu la crise à laquelle nous étions confrontés, et ils le traitent désormais comme il sied à ses talents et à sa connaissance des pigeons. Je suis très fière de ton oncle.

Car, naturellement, c'est l'autre bonne nouvelle que je voulais t'apprendre : malgré les nombreux soucis et les accidents qui assombrissent toutes les grandes occasions, Erek et moi sommes désormais mariés. La cérémonie s'est tenue sur la plate-forme la plus haute de la voûte, accompagnée de soleil, d'une brise légère qu'embaumaient les fleurs, et de papillons. Nous aurions préféré prononcer nos vœux avec beaucoup moins de chichis, mais, comme tes grands-parents s'attendaient à me voir rester vieille fille, je pense qu'ils ont voulu un mariage à grand spectacle ! Et je garderai en mémoire la beauté de cette cérémonie jusqu'à la fin de mes jours.

Et l'heure est venue maintenant pour moi de réfléchir à ce que je vais emporter à Terrilville ; plus difficile encore, je dois décider de ce que je vais abandonner, et dire adieu à mes oiseaux. Je te conseille de veiller à ce que les pigeonniers et les nichoirs de ton oncle soient en parfait état à notre arrivée ! Revoir ses pigeons : voilà tout ce dont il parle en ce moment. Je redoute les voiles que je devrai revêtir pour mon voyage, et j'ai peine à m'imaginer déambulant cachée dans les rues de cette cité de bord de mer. Mais, évidemment, vivre avec Erek vaut bien tous ces sacrifices.

Detozi

6

Achats

« Je ne vois vraiment pas ce que vous croyez que je puisse y faire, ni pourquoi je devrais faire quoi que ce soit. »

Par ces mots, il savait la réaction qu'il provoquerait chez son père ; ce dernier avait décidé depuis la naissance de son fils d'être désagréable avec lui, et, dans le courant de son adolescence, Hest s'était dit que, tant qu'à faire, autant s'amuser à l'exaspérer, puisque, même devant un fils bien élevé, le Marchand Finbok se conduisait comme un imbécile prétentieux. Et puis, après la peur que lui avait faite l'espion chalcédien, il éprouvait un grand plaisir à pouvoir se montrer provocant sans trembler. Aussi, ayant dit, il se laissa aller contre le dossier de son fauteuil, l'air parfaitement détendu.

Le visage de son père devint apoplectique, et un tic nerveux agita sa paupière gauche ; il inspira bruyamment par le nez, qu'il avait parsemé de veinules rouges. Ses traits devaient plus à sa jeunesse passée sur le pont d'un bateau à effectuer des voyages commerciaux dans les contrées du nord qu'à son penchant actuel pour le vin noir – ce qui n'empêchait pas qu'il bût ce jour-là, et un vin d'un excellent cru, qui plus est. En attendant qu'il conçût une réprimande cinglante, Hest buvait son verre à petites gorgées ; oui, superbe bouquet, avec une note de… de cerise ? Il leva son verre dans la lumière hivernale qui tombait des fenêtres. La couleur était ravissante ; mais la main qui tenait le récipient était encore bandée, et ce spectacle le priva de tout le plaisir de sa dégustation. Les entailles qu'il avait au nez et sur la poitrine étaient fines et peu profondes ; elles s'étaient refermées promptement et se dissimulaient facilement ; mais sa blessure à la main lui rappelait quotidiennement l'homme qui l'avait terrorisé et humilié. Il serra les dents, puis s'aperçut que son père avait repris la parole.

« Ce que tu peux y faire ? Tu peux aller chercher ta femme et la ramener chez toi ! Quant à la raison, eh bien, pour la réputation de ta famille, pour ton mariage, pour donner un héritier à ta lignée – et pour mettre fin aux ragots sur toute cette histoire !

— Les ragots ? » Hest haussa ses sourcils parfaitement dessinés. « Il y a des ragots ? Je n'ai rien entendu dans les cercles que je fréquente. Pour mes amis, le fait qu'Alise m'ait quitté est une vieille lune, triste, voire sordide, mais totalement indigne du moindre commérage. L'agitation autour de cette histoire s'est éteinte il y a des mois ; quand je suis revenu de mon voyage de commerce à Jamaillia, tout était retombé. Alise était partie. J'avais fait de mon mieux, mais elle s'est enfuie, et avec mon secrétaire. On s'est un peu affolé quand on a supposé qu'ils s'étaient noyés pendant la crue, mais, maintenant que nous savons qu'ils sont sains et saufs, que peut-on dire de plus ? Elle m'a quitté, et, très franchement, c'est un soulagement ; je la laisse où elle est avec plaisir. »

Hest ajusta la dentelle qui tombait de sa manche. Elle appartenait à une nouvelle chemise, à la dernière mode de Jamaillia, et il appréciait la façon dont la dentelle conservait sa forme en demi-coupe autour de sa main élégante, même si le tissu un peu rêche le gênait ; c'était parfois le prix à payer pour une apparence soignée – un peu comme le prix qu'il avait dû payer pour engager l'homme de main qui lui avait assuré être capable de retrouver le Chacédien et de l'éliminer. L'individu avait une réputation impeccable en matière de liquidation, et Hest avait éprouvé une certaine excitation à le rencontrer dans une taverne crasseuse du port. Garrod avait quelques années de plus que lui, avec les oreilles cloutées de tant de minuscules boucles d'oreilles que Hest avait eu l'impression d'avoir deux coquilles d'ormeaux devant lui. « Un pour chaque cible, avait-il dit à Hest.

— Et vous pourrez bientôt en ajouter une autre », avait répondu ce dernier en faisant glisser vers l'homme un paquet d'argent. Garrod avait acquiescé de la tête, les dents blanches, l'attitude assurée. L'homme idéal pour le travail. En d'autres circonstances, Hest eût pu le trouver séduisant. À ce souvenir, il sourit alors qu'il croisait le regard furieux de son père.

Le Marchand Finbok se pencha et posa son verre sur la table. « Es-tu stupide ? lança-t-il, méprisant. Tu la laisses où elle est ? Tu renonces à la plus belle aubaine que le sort t'ait jamais placée entre les mains ? » Il se leva avec un grognement d'effort et se mit à faire les cent pas.

La salle dans laquelle ils se trouvaient était grande et bénéficiait d'un excellent éclairage en hiver, et Hest était impatient d'en devenir propriétaire ; naturellement, quand il en hériterait, il l'améliorerait en y ajoutant des couleurs à la mode : c'étaient les mêmes rideaux d'un marron sans imagination qui pendaient aux fenêtres depuis dix ans. Ils étaient sans doute de très bonne qualité pour avoir duré si longtemps, mais il fallait aussi savoir vivre avec son temps si on voulait avoir l'air vraiment prospère ; or, chez les Marchands de Terrilville, avoir l'air prospère, même en temps de crise, c'était la clé pour être prospère : nul n'avait envie de conclure des marchés avec un homme que la chance avait abandonné. En achetant chez lui, on n'obtenait sûrement que des marchandises de basse qualité, les seules qu'il pouvait s'offrir. Quant à lui vendre quoi que ce fût, Sâ vous en préserve ! Il passerait son temps à se plaindre des coûts au lieu de négocier honnêtement et avec finesse. Oui, il commencerait par changer les rideaux quand la pièce serait à lui.

« M'écoutes-tu seulement ? aboya son père avant d'être pris d'une quinte de toux.

— Pardon ; la vue du jardin m'a distrait. Mais je suis tout ouïe à présent ; vous disiez ?

— Je ne me répéterai pas, répondit son père d'un ton hautain, et il se contredit aussitôt. Si tu ne te rends pas compte de ce que tu refuses, tout ce que je pourrai dire n'y changera rien ; en revanche, mes actions modifieront peut-être ton point de vue. Soyons donc bien clairs, mon fils et héritier : si tu souhaites garder ces deux titres, va dans le désert des Pluies, retrouve ton épouse, découvre ce qui l'a rendue malheureuse et fais ce qu'il faut pour que ça cesse. Arrange-toi pour faire le moins de bruit possible. Si tu agis rapidement, si tu parviens à la ramener satisfaite chez toi, il ne sera peut-être pas trop tard pour que notre famille prétende à une part de ce que l'expédition a découvert.

— Pardon ? » Malgré lui, Hest éprouvait à la fois de la stupeur et de l'étonnement.

Son père poussa un soupir d'agacement. « Ta réputation de négociant roué est grandement exagérée, je le sais depuis des années. Mais as-tu pu vraiment négliger le fait qu'avec ou sans ton consentement Alise s'est enrôlée comme membre de l'expédition du *Mataf* ? Cette expédition a, selon les rumeurs, découvert des richesses qui dépassent l'imagination en amont du fleuve du désert des Pluies – non seulement des habitations Anciennes, avec les objets et les trésors qu'elles renferment, mais de vastes étendues de terre arable. C'est du moins ce qui se dit en ville. Tout le monde sait que la vivenef *Mataf* et le capitaine Leftrin sont passés à Cassaric ; d'après ce que j'ai entendu, il s'est querellé avec le Conseil et a refusé de lui remettre ses cartes du fleuve ; il l'a accusé d'avoir fait embarquer un espion sur son bateau, et même insinué que certains membres étaient en cheville avec les Chalcédiens, qui s'intéressaient plus à dépecer les dragons qu'à tenir le marché qui nous lie à Tintaglia.

— Les Chalcédiens… » Le mot tomba des lèvres de Hest comme un bloc de plomb, et une vague d'angoisse le submergea.

« Eh bien, c'est ridicule ! continua son père. Comment peut-on croire que des Marchands puissent conspirer avec les Chalcédiens, et, pire encore, se dérober à un contrat honorable ! À juste titre, le Conseil a donc refusé de le payer. Néanmoins, le lendemain même, Leftrin a complètement réarmé son bateau en tirant sur une ligne de crédit allouée par la famille Khuprus ; je n'ai pas besoin de te rappeler que la famille Khuprus a contrôlé la plus grande partie du marché de bois-sorcier en provenance de Trehaug pendant des années. Depuis que ce commerce lui a été retiré, Jani Khuprus cherche sans doute un nouvel investissement ; or, ce n'est pas une idiote ; par conséquent, je pense qu'elle a conclu un marché avec ce Leftrin et qu'elle espère faire main basse sur une nouvelle découverte. En outre, j'ai appris que le capitaine Leftrin a envoyé des pigeons à Terrilville pour passer commande de bétail ! D'animaux d'élevage, moutons, chèvres et poules, et de semences, de céréales entre autres, de pieds de vigne et de deux douzaines de jeunes arbres fruitiers. Si on assemble tout ça avec certains indices lâchés par des hommes d'équipage, on obtient de la terre arable. Il est très possible qu'ils aient fait la découverte la plus importante depuis celle de la cité enfouie de Trehaug. »

Hest resta coi. Il savait que son père avait des espions, des gens enclins à lire les messages que recevaient leurs maîtres, à Trehaug et à Cassaric, et prêts à envoyer un oiseau à la plus petite rumeur d'une bonne affaire. Mais ce que décrivait son père dépassait tout bruit de fortune sur lequel il eût jamais misé.

« Bien, je vois à ta bouche ouverte que tu m'écoutes enfin ! Alors, permets-moi d'assembler les dernières pièces : Alise, en tant que membre de l'expédition, a droit à une part de ce qui a été découvert, parce que l'expédition se prétend propriétaire non seulement de la connaissance de l'itinéraire mais aussi de la découverte elle-même. Les Conseils de Trehaug et de Cassaric disputent ce point sous prétexte que c'est eux qui ont engagé le bateau et les chasseurs, et que tout fruit du voyage leur revient donc. Le capitaine et les gardiens qui l'ont accompagné contestent cette affirmation, naturellement… Mais regarde-toi, la bouche ouverte comme un poisson rouge ! Tu n'as prêté attention à rien, n'est-ce pas ? Tout ce qui t'intéressait, c'était que ta femme soit partie et que tes amis célibataires et toi puissiez boire et faire la fête chez elle comme il vous chantait ! »

Cette réflexion piqua Hest au vif. Son père avait examiné de près cet aspect de la situation tandis que lui-même n'y avait pas songé, et il devait encore endurer les moqueries de son père devant son étonnement. « Chez elle ? Il se trouve que c'est chez moi, et j'ai quand même encore le droit de faire ce qui me plaît sous mon toit, d'y inviter qui bon me semble et de m'y amuser comme il me chante.

— Ce que tu ne manques pas de faire depuis des années, répliqua son père. Je sais à quels divertissements tu aimes te laisser aller, et je me demande si ce n'est pas la raison pour laquelle ta femme préfère à ta compagnie celle de ton secrétaire. »

Hest imposa à son visage de rester impassible, et but une gorgée de vin pour recouvrer son aplomb. Surtout, ne pas laisser la conversation partir dans cette direction, ne pas confirmer, ne pas nier, ne pas s'opposer.

« À la vérité, j'ignore si Sédric était l'objet de son attention et même s'il a une relation avec sa disparition. Certes, le fait qu'il ne rentre pas, avec ou sans elle, est très curieux et ne lui ressemble pas ; mais elle ne s'est pas "enfuie avec lui", comme certains le laissent entendre, car c'est moi qui ai décidé qu'il l'accompagnerait. La perspective de voyager dans le désert des Pluies ne l'enchantait pas du tout. » Hest but une nouvelle gorgée de vin puis se leva et se dirigea d'un pas nonchalant vers la fenêtre. « Il pleut trop cette année ; j'ai peur que les rosiers ne souffrent de la terre détrempée et de la succession trop rapide de gels et de dégels. »

Il attendit d'entendre son père prendre son souffle pour parler, et l'interrompit : « Vous le savez, je ne suis rentré que depuis douze jours de mon dernier trajet commercial ; j'ai passé les trois premiers à revendre ce que j'avais acheté, puis à rattraper mon retard de sommeil et à me remettre du voyage ; je n'ai guère eu le temps d'en faire davantage. Et je vous ai parlé du terrible accident où je me suis blessé à la main ; c'est très douloureux, et ça m'empêche de m'occuper de mon travail aussi efficacement que d'habitude. Peut-être devriez-vous alors me mettre au courant de tout ce que vous savez de cette soi-disant expédition ; les pigeons que vous m'avez envoyés m'en ont appris une partie, mais un compte rendu complet ne tient pas sur un petit rouleau de parchemin. »

La ruse eut le résultat désiré, comme toujours ou presque : céder un peu d'autorité à son père, flatter sa vanité en lui faisant croire qu'il était l'expert, et il se calmait aussitôt. Hest retourna s'asseoir dans son fauteuil et se pencha en avant, l'air intéressé, en espérant être capable de faire le tri des faits dans les explications généralement surabondantes de son père. Il s'attendait à ce que ce dernier commençât par le critiquer, et il ne fut pas déçu.

« Ma foi, je ne comprendrai jamais pourquoi tu as laissé Alise partir seule pour le désert des Pluies, mais il faut sans doute commencer par là. »

Hest l'interrompit avec audace. « Je n'ai pas pu la retenir, père ; c'était inscrit dans les termes de notre contrat de mariage : si elle le souhaitait et quand elle le souhaiterait, je devais lui permettre de se rendre dans le désert des Pluies pour y poursuivre son étude des Anciens et des dragons. À l'époque, j'ai cru à une simple excentricité, un rêve qui subsistait de sa vie solitaire de célibataire, et je pensais qu'elle oublierait ces ambitions une fois mariée, avec une maison à tenir. Et c'est ce qui s'est passé pendant des années. Mais, au printemps dernier, elle a exigé de partir, et je n'ai pas pu le lui refuser, pas plus que je n'ai pu annuler mon voyage de commerce dans les îles aux Épices ; j'ai donc agi selon ce qui me paraissait le mieux, et je l'ai remise à Sédric Meldar ; c'était mon bras droit depuis des années, et il était ami d'enfance avec Alise. Ils se sont toujours bien entendus, et je comptais sur Sédric pour être des deux celui qui saurait garder la tête froide. Je pensais qu'Alise ferait son voyage, se rendrait compte que Trehaug est une ville sans confort et provinciale, et qu'elle rentrerait aussitôt. Je vous le jure, père, je pensais qu'ils seraient de retour bien avant la fin de mon propre voyage.

— Si tu as terminé, dit son père d'un ton sec quand Hest se tut pour reprendre son souffle, je vais continuer ce que j'essayais de te dire. »

Son fils détestait le ton condescendant qu'il employait, sa certitude d'être beaucoup plus matois et avisé que Hest ne le serait jamais ; mais, en l'occurrence, il détenait des renseignements que Hest n'avait pas encore. Donc, il écouterait en silence.

« Alise et Sédric étaient à Cassaric quand l'expédition du *Mataf* s'est constituée. Si je lis bien les contrats, car j'ai pu m'en procurer des copies, les Conseils des Marchands de Cassaric et de Trehaug ont embauché une dizaine ou une douzaine de jeunes gens, lourdement marqués par le désert des Pluies, pour accompagner les dragons en tant que gardiens et soigneurs ; ils ont aussi engagé deux chasseurs et affrété la gabare *Mataf*, qui est, je te le signale, la plus ancienne vivenef existante, pour les escorter et les soutenir. Les Conseils ont payé pour les provisions embarquées sur le bateau. Gardiens, chasseurs et propriétaire de la gabare ont reçu la moitié de leur paie d'avance, le reste devant être versé à leur retour à Cassaric, une fois les dragons installés quelque part. » Il éclata d'un rire bref et dédaigneux. « Je parie qu'ils n'imaginaient pas payer grand-chose sur cette deuxième partie !

— Comment Alise s'est-elle retrouvée partie prenante ? C'est ça que je ne comprends pas. » Hest s'exprimait avec gravité dans l'espoir d'inciter son père à révéler des informations moins évidentes.

« J'y arrive. L'important, c'est que le contrat ne mentionne pas le nom de Kelsingra et ne parle pas non plus précisément d'une cité Ancienne ; il dit seulement que les gardiens doivent trouver une zone sûre pour y installer les dragons, et que, si les créatures meurent avant, les Conseils considéreront le contrat comme rempli. Non pas nul, mais rempli.

— Et en quoi est-ce important ? »

Les yeux du Marchand Finbok, naturellement dissimulés sous de lourdes paupières, s'étrécirent encore avec une expression méprisante. « Je pensais que c'était évident : si le contrat prévoyait seulement que le but de l'expédition était de reloger les dragons, alors les gardiens, les chasseurs et l'équipage du bateau ont rempli leur part du marché ; une fois que les Conseils les ont payés, leurs obligations prennent fin. Aucun des deux Conseils ne peut prétendre à rien de ce qu'ils ont découvert, terre arable, cité déserte ni informations recueillies pendant le voyage, comme des cartes de navigation. Maintenant (le père de Hest leva une main quand son fils voulut l'interrompre), les Conseils s'efforcent d'introduire l'idée que, l'existence de Kelsingra ayant été discutée verbalement durant la séance de négociation, et que le seul vote contraire, celui de Malta Khuprus, procédant des arguments d'une certaine Alise Kincarron Finbok, il était implicite pour toutes les parties que la découverte de Kelsingra était incluse dans la mission de l'expédition et que, par conséquent, les Conseils peuvent prétendre aux cartes du capitaine, à la cité et à tout ce qu'elle renferme.

— Ça me paraît une position raisonnable », dit Hest.

Son père lui jeta un regard noir. « Non, idiot. Il faut que le jugement tombe dans l'autre sens ; nous devons affirmer qu'Alise a été embauchée uniquement comme spécialiste des dragons pour participer à leurs soins pendant le voyage. Il faut qu'il soit tranché que le contrat portait seulement sur le déplacement des dragons, parce que dans ces conditions Alise a autant de droits sur sa part de la cité et de ce qu'elle renferme que n'importe quel gardien, chasseur ou homme d'équipage. J'ignore le nombre exact de personnes que comptait l'expédition et si les revendications des gardiens seront considérées comme légitimes ; mais j'estime à moins de trente les individus qui se sont mis en route le jour du départ ; par conséquent, Alise pourrait détenir jusqu'à un trentième de Kelsingra et de tout ce qu'elle contient. ET… (Une fois de plus, la main se leva pour interdire à Hest de poser une question.) Et, comme Sédric était employé chez toi à l'époque, payé par toi et à tes ordres, il est juste que l'intéressement qu'il peut avoir dans la cité soit aussi ton intéressement, puisque tu étais son employeur à l'époque, que tu l'es toujours, et que tu as donc droit au fruit de tout son travail tant que tu paies son salaire. Ce qui signifie que les Marchands Finbok peuvent très bien avoir la mainmise sur deux trentièmes ou un quinzième des richesses d'une cité Ancienne, c'est-à-dire d'une fortune substantielle si Kelsingra ressemble peu ou prou à Trehaug, voire à Cassaric. »

Hest réfléchissait à toute allure. Malgré sa finesse de Marchand, il n'avait jamais envisagé l'affaire sous cet angle, trop furieux de l'humiliation que lui avaient infligée Alise et Sédric. Un quinzième d'une cité Ancienne tout juste découverte, sous son contrôle ? Cette idée lui coupa le souffle, alors qu'une autre lui brûlait l'estomac et faisait tonner son cœur. Il disposait d'un renseignement qu'ignorait son père : quand il avait appris qu'Alise l'avait apparemment abandonné et qu'elle s'était enfuie avec Sédric, il avait cru la première proposition exacte et la seconde pur ragot. Néanmoins, il avait confié sa femme aux bons soins de Sédric ; le fait que son « secrétaire » et amant n'avait pas ramené son épouse à la maison était à la fois un échec et une insulte dirigée contre Hest.

Ce dernier avait envoyé un pigeon pour annoncer qu'il ne saurait être tenu pour responsable des dettes encourues pendant l'expédition et qu'il n'autorisait pas l'usage de son crédit pour avancer des fonds aux deux fuyards. Cela signifiait-il qu'il avait licencié Sédric ? Celui-ci pouvait-il prétendre à une part de la cité pour lui-même ?

Quelques minutes plus tôt, Hest ne songeait pas qu'il pût se prévaloir d'une part de Kelsingra ; à présent, l'idée que cette part risquât de se révéler de moitié inférieure à ce qu'elle eût pu être le faisait blêmir. Son père allait être furieux contre lui – mais seulement s'il découvrait le fond de l'affaire. Si Hest retrouvait Sédric, il avait la certitude de parvenir à le soumettre et à réveiller son adoration pour lui ; il était amoureux de Hest depuis l'adolescence, et il suffisait que son amant lui donnât l'assurance qu'il ne l'éconduirait pas pour le ramener à sa botte.

Quant à Alise… Ma foi, un contrat de mariage, c'était d'abord et avant tout un contrat, et ce qu'elle pensait de la situation n'avait guère d'importance : elle était tenue par sa parole et par sa signature de fille de Marchand de Terrilville, et il l'obligerait à les respecter. Voilà tout. Si elle revenait de son plein gré, il la réinstallerait chez lui avec ses manuscrits, ses bouquins et ses paperasses ; si elle renâclait, elle reviendrait quand même, mais dans un rôle à peine supérieur à celui d'une servante. Il avait grandement amélioré la position sociale d'Alise en l'épousant, et il faudrait que ses parents fussent fous pour ne pas l'inciter à retrouver la place qui était la sienne. C'était d'ailleurs un moyen de pression dont il pourrait se servir : si elle manifestait la moindre résistance, il pourrait menacer la dignité et la fortune de ses parents ; elle plierait alors.

« Est-ce que tu m'écoutes ? demanda brusquement son père.

— Bien sûr ! répondit Hest en mentant d'un ton indigné.

— Dans ce cas, quel bateau et quelle date de départ préfères-tu ? La nouvelle de la découverte de cette nouvelle cité a porté l'intérêt pour le désert des Pluies au plus haut point ; tous ceux qui ont un cousin à Trehaug ou à Cassaric vont s'efforcer d'embarquer sur des bateaux pour voir s'il y a moyen de faire fortune. Si tu veux une place sur un des navires qui remontent le fleuve, tu ferais bien d'aller l'acheter aujourd'hui même.

— Demande à ton domestique de s'en occuper, veux-tu ? Avec Sédric dans la nature, je dois faire moi-même tout le travail de secrétariat…

— Non. Rends-toi aux quais et achète-toi une place toi-même. » Son père s'était exprimé d'un ton sec, teinté de tout le mépris d'un homme qui fait tout lui-même et juge inconcevable que son fils délègue ces tâches à un sous-fifre.

Hest conservait un visage impassible. Une fois, des années plus tôt, il avait tenté d'expliquer à son père qu'il avait une certaine importance à Terrilville, Marchand à la tête d'une belle fortune et d'une flotte de bateaux, et que les personnages comme lui ne s'occupent pas de prendre eux-mêmes leurs billets ni de choisir eux-mêmes leur jambon au râtelier de fumage d'un boutiquier. La dispute qui s'en était suivie avait été longue et assommante ; son père avait argumenté que c'était ainsi qu'il avait atteint la position qui était la sienne, et qu'il refusait de laisser la responsabilité des détails de sa vie à quelqu'un d'autre. Hest se préparait à un nouveau sermon du même acabit quand sa mère fit son entrée.

Comme toujours, elle arriva comme un navire sous pleine voilure. Sealia Finbok avait ramené ses cheveux en chignon au sommet de sa tête et couronné le tout par un arrangement floral que Hest jugeait plus à même d'orner une table qu'une coiffure féminine. Elle avait toujours eu une poitrine généreuse, et le temps n'avait fait qu'accroître cette abondance. Elle portait comme d'habitude ou presque une robe taillée à l'ancienne mode, au violet profond distinctif de la famille, et, selon Hest, elle pensait ainsi rappeler leur position à tous ceux qu'elle croisait ; en outre, c'était un vêtement moins serré que ne l'eût été une robe moderne. Toutefois, la simplicité de sa tenue était contrariée par le prix du tissu qu'elle avait choisi. Elle s'avança, les bras grands ouverts pour y engloutir son fils.

« Mon pauvre garçon ! Comment ton père peut-il espérer quoi que ce soit de toi alors que tu souffres tant ? Qui aurait cru ça de la part d'Alise ? On aurait dit une petite souris toute satisfaite de rester à la maison. Je suis convaincue que, quand nous saurons le fin mot de l'affaire, de nouveaux détails apparaîtront ; une femme sensée ne t'aurait jamais abandonné ! Quel homme soutiendrait la comparaison avec toi ? Et Sédric, qui a été ton ami pendant si longtemps, comment aurait-il pu te trahir ? Non, mon cher, cher enfant, non ! Il leur est arrivé malheur dans cet horrible pays ; ils ont été victimes de quelque magie du désert des Pluies. »

Elle marchait en faisant des gestes tout en parlant, dansant presque comme si elle était encore la gracieuse jeune femme aux cheveux bruns qui souriait d'un air doux sur le portrait de mariage fixé au mur derrière le bureau de son mari. Celui-ci souriait à son épouse, comme toujours quand elle faisait irruption dans son bureau, mais un léger rétrécissement de ses yeux indiquait, comme toujours également, qu'il n'appréciait pas la compassion mélodramatique qu'elle affichait pour leur fils.

Hest l'appréciait, lui ; ce petit jeu avait toujours tourné en sa faveur. Trois fils étaient morts avant lui, emportés par la Peste sanguine, et lui avaient permis d'endosser le rôle d'aîné et d'héritier. On supposait que la maladie venait du désert des Pluies, malédiction ou infection causée par la manipulation d'objets Anciens. La mère de Hest en était persuadée et n'avait jamais pardonné au désert des Pluies le décès de ses trois petits enfants ; elle était donc tout à fait prête à lui faire porter la responsabilité de l'échec du mariage de son fils et de la défection de son « meilleur ami » – et Hest était tout à fait prêt à la laisser à ses illusions. Il posa sur elle un regard empreint d'émotion, et il la vit exsuder la sympathie par tous les pores. « J'aimerais qu'il en soit ainsi, mère, dit-il à mi-voix. Mais je crains qu'un autre n'ait volé son cœur.

— Alors reprends-le ! s'exclama-t-elle, la voix montant face au défi. Va la voir, montre-toi face à ton rival, rappelle à Alise tout ce qu'elle te doit : une maison magnifique, son propre bureau, les manuscrits inestimables, et les soirées que tu as dû passer seul pendant qu'elle les examinait. Elle te doit fidélité ; rappelle-lui les serments de votre contrat de mariage. » D'une voix plus grave et plus lente, elle ajouta : « Et aussi ce que coûte, socialement et financièrement, de rompre ces serments. »

Son époux soupira. « Ma chère, ne craignez-vous pas qu'à son tour Alise ne lui rappelle toutes les semaines qu'elle a passées seule pendant qu'il effectuait ses voyages commerciaux ? Toutes les soirées où il traitait ses amis ailleurs que chez lui ? Et l'absence d'enfant à chérir…

— Comment osez-vous faire ce reproche à notre fils ? » Sealia avait pris la défense de Hest avant que celui-ci eût le temps de répondre. « Peut-être est-ce elle qui est stérile ! Et, dans ce cas, c'est notre fils qui subit un double tort ! Et, si elle lui a été infidèle dans l'espoir de démontrer qu'il était le fautif, qu'elle élève seule son petit bâtard ! Les Finbok ne sont pas perdus d'honneur au point d'accepter une telle indignité. En quittant la maison, Alise a fourni à Hest toutes les raisons du monde pour la répudier s'il le désire : assurément, une aussi longue absence est en violation avec son contrat de mariage. En outre, Terrilville ne manque pas de jeunes femmes éligibles, ravissantes et bien élevées, qui ne demanderaient pas mieux que d'épouser Hest ; quand on a annoncé qu'il allait se marier, je n'ai entendu de toutes parts que des cris de désespoir ! Chacune de mes amies les plus proches avait en tête une jeune fille qu'elles espéraient lui présenter ! Si seulement j'avais su qu'il était prêt à s'installer, j'aurais pu lui présenter dix, non, vingt femmes propres à répondre à ses attentes ! Et toutes des meilleures maisons et des plus grandes fortunes, dois-je ajouter ! »

Et elle croisa les bras sur sa poitrine comme si elle venait d'achever une démonstration incontestable – ce qui était peut-être le cas. Hest n'avait pas songé que la fuite de sa femme pouvait donner à sa mère l'occasion de l'affliger d'une nouvelle et malcommode épouse, qui risquait de ne pas se laisser aussi aisément dominer qu'Alise. S'étant débarrassé d'une, il n'avait aucun désir d'en prendre une autre. En vérité, il n'avait aucune envie de récupérer Alise... à moins, naturellement, qu'elle ne revînt avec un quinzième d'une cité Ancienne encore vierge.

Son père avait une expression à la fois lasse et obtuse ; sa mère, décidée. C'était une attitude classique chez l'un et l'autre. Quand, enfant, Hest cassait ou perdait un jouet, son père partait du principe qu'il devait affronter seul la situation, tandis que la stratégie de sa mère consistait à remplacer rapidement le jouet par un autre plus cher ou plus intéressant. Hest appliqua cette stratégie à son épouse et sentit une vague d'angoisse l'envahir. Il fallait l'arrêter, détourner son attention : si son père cherchait à la contrecarrer, elle ne céderait jamais !

« J'ai choisi Alise, dit-il d'un ton grave alors que sa mère s'apprêtait à reprendre la parole. Je l'ai choisie, mère, et je l'ai épousée ; j'ai signé un contrat. Et père a peut-être raison : je serais sans doute plus avisé de faire la paix avec celle que j'ai choisie avant d'en chercher une nouvelle. J'ai passé de nombreuses nuits loin d'elle à cause de mon ambition d'accroître notre fortune ; c'était pour elle que je travaillais, mais elle ne l'a peut-être pas compris et s'est sentie négligée. Et, bien que nos efforts pour avoir un enfant soient restés infructueux, je n'ai pas le cœur assez dur pour le lui reprocher. Comme vous l'avez dit, qui sait si elle n'est pas stérile ? Mais peut-on l'en condamner ? La malheureuse, elle a peut-être honte de sa condition, et c'est ce qui l'aura poussée à s'enfuir. Je vais d'abord suivre le conseil de père et voir si je puis la reconquérir ; ensuite, si je n'arrive à rien, quand mon cœur sera guéri, nous pourrons réfléchir à d'autres solutions. »

Sa mère fondit. « Hest, Hest ! Tu as toujours eu le cœur tendre. » Un sourire doucement résigné gagna ses lèvres.

Son mari se laissa aller contre le dossier de son fauteuil, les bras croisés sur la poitrine, avec une expression d'amusement froid sur le visage. La sagesse acquise au cours de nombreuses années de mariage lui intimait de garder le silence.

Sealia Finbok joignit les mains dans un cliquetis de bagues et pencha la tête. « Ma foi, je pense qu'elle n'en vaut pas la peine, mais je ne puis nier la noblesse de tes intentions ; je vais donc suspendre mon jugement et faire tout pour soutenir le tien. Et maintenant, attends-moi ; je vais passer quelque chose de plus approprié pour la journée puis je vais demander à Bates de dire au palefrenier d'atteler et de se tenir prêt ; nous allons au marché, mon cher, et pas seulement pour trouver des présents convenables pour regagner ton épouse vagabonde ; non, non ! Nous allons te parer de plumes plus belles qu'elle n'en a jamais vues. Il faut qu'elle te voie d'un œil neuf, qu'elle se rende compte que tu fais des efforts pour attirer de nouveau son attention. Elle ne pourra pas te résister ! Non, ne lève pas les yeux au ciel, ne regarde pas ton père. Tu dois me faire confiance, mon chéri ; je suis une femme, et je sais ce qui peut ébranler le cœur d'une autre femme ! Et, si ça coûte cher, tant pis ! Ton tendre cœur si loyal ne mérite rien de moins. »

Elle haussa ses mains jointes jusqu'à son petit menton potelé, secoua la tête pour repousser les protestations éventuelles de son fils, puis sortit majestueusement du bureau en appelant son valet, Bates.

Le Marchand Finbok se leva de son fauteuil, traversa la pièce et ferma la porte derrière elle. « Et une part d'une cité Ancienne inexplorée peut bien valoir le tracas de supporter une femme indocile ; je le comprends. Mais on ne peut négliger plus longtemps la question d'un héritier, Hest ; je regrette de devoir amener à nouveau ce sujet sur le tapis, mais...

– Mais tant que je n'ai pas reconduit Alise à Terrilville et que je ne l'ai pas mise dans mon lit, il n'y a aucun intérêt à en discuter. Je ne connais aucun homme qui soit capable d'engrosser une femme à une telle distance, quelle que soit son ardeur ; même votre fils n'est pas aussi bien monté. »

Hest avait parfaitement jugé l'effet : malgré l'exaspération de son père, la plaisanterie crue fit naître un sourire sur ses lèvres. Il secoua la tête et abandonna le sujet. « Je dois te rapporter ce que j'ai encore appris sur le *Mataf*. C'est une vivenef, et, comme je te l'ai dit, une des premières qu'on ait bâties, sinon la première. Tout le monde croyait qu'elle n'avait jamais atteint la conscience puisqu'elle avait été fabriquée en tant que gabare, sans figure de proue ; mais, quand le *Mataf* a décidé de quitter Cassaric sans laisser le temps au Conseil de contester l'interprétation par Leftrin de son contrat, on a cherché à retenir le bateau de force. L'équipage a résisté et fait tomber pas mal de gens dans le fleuve sans se soucier de leur sécurité ; puis, quand la gabare s'est mise en mouvement et que des esquifs plus petits l'ont prise en chasse dans l'espoir de la suivre jusqu'au lieu de sa découverte, il s'est produit d'étranges turbulences dans le fleuve. Selon la rumeur, c'est comme si la vivenef avait eu des pattes, ou une queue, et qu'elle s'en soit servie pour battre l'eau et faire chavirer nombre de petits bâtiments. D'autres ont continué à la suivre, naturellement, mais à distance, et, à la tombée de la nuit, le *Mataf* a éteint toutes ses lanternes et a poursuivi sa course vers l'amont, comme s'il choisissait lui-même sa route. La plupart des poursuivants l'ont rapidement perdu de vue, et, au matin, il était déjà très loin. Certains ont persisté à le poursuivre, y compris un des nouveaux bateaux, mais jusqu'ici on n'a reçu aucune indication que l'un d'eux ait revu le *Mataf*. Il me paraît donc logique de penser qu'il s'agit de magie Ancienne à l'œuvre, preuve supplémentaire qu'ils ont trouvé quelque chose.

— Et, de ce quelque chose, un quinzième est à moi.

— À ta famille, Hest, par le biais de ton épouse. Elle est la clé de tout. Alors, va réserver ta place sur un bateau en profitant des courses que tu vas faire avec ta mère. Et fais en sorte de ne pas nous réduire à la mendicité cet après-midi ; tant que tu n'as pas ramené Alise chez toi, la part de Kelsingra qui nous revient n'est qu'un rêve.

— J'irai en priorité prendre des places pour Rédine et moi. »

Il arrivait à la porte quand son père déclara à mi-voix mais d'un ton sévère : « Ne prends qu'une place pour toi, mon fils ; laisse Rédine. Quand on court après une épouse qui s'est enfuie, on le fait seul ; on n'emmène pas son secrétaire, ou son assistant, ou… enfin, bref, peu importent les relations que tu entretiens avec Rédine. »

Hest ne tressaillit même pas. Par moments, il se demandait si son père n'en savait pas plus qu'il n'en laissait paraître ; mais, s'il n'avait que des soupçons, Hest n'irait pas les confirmer. « Comme vous voulez », répondit-il d'un ton détaché.

Il sortit et referma la porte derrière lui, puis il rajusta la dentelle de ses manchettes en songeant à certain tissu rouge vin qu'il avait vu chez le tailleur la veille ; parviendrait-il à convaincre sa mère qu'une veste coupée dans cette matière lui permettrait peut-être de reconquérir Alise ? À cet instant, la dentelle de sa manche s'accrocha à son pansement, et un mélange de colère et de peur l'envahit ; l'espace d'un instant, il resta le souffle coupé par cette sensation qu'il ne connaissait que trop bien.

Comme il parcourait le couloir du regard, il prit conscience que c'était Sédric qu'il cherchait, et il poussa un soupir d'agacement et de mépris pour lui-même. Cette saleté de Chalcédien avait ramené son ancien compagnon à son esprit précisément quand Hest croyait avoir réussi à le chasser de ses pensées. Il songea au réconfort, au grand réconfort qu'il eût éprouvé à savoir Sédric à ses côtés, puis il se reprit : Sédric tel qu'il était naguère. Pas le Sédric qui discutait et s'opposait à lui au point de provoquer sa fureur et de pousser Hest à l'envoyer faire ce voyage ridicule, mais le Sédric docile, en admiration devant lui, toujours à sa disposition, compétent, calme, voire astucieux. Hest sentit une émotion qui ressemblait fort à du regret le traverser, et il faillit se rendre lui-même responsable de la façon dont son compagnon avait changé : il l'avait poussé trop loin.

Puis il secoua la tête et un sourire lui vint aux lèvres au souvenir d'un certain plaisir ; Sédric aimait qu'on le bousculât. Hest avait peut-être été trop loin, mais Sédric y avait contribué. Ce n'était pas la faute de Hest ; tout avait un terme, et ils avaient simplement trouvé le leur. Hest eût pu l'accepter avec équanimité si Sédric n'avait pas pris la fuite avec sa femme, causé un scandale et peut-être mis en péril le quinzième qui lui revenait d'une cité Ancienne encore inexplorée.

« Y allons-nous ? » proposa sa mère.

Il se tourna vers elle ; il ne s'attendait pas à ce qu'elle fût prête aussi vite. La rapidité avec laquelle

elle avait passé une robe plus élégante laissait supposer qu'elle s'ennuyait terriblement et était ravie de ce prétexte de sortie ; or, une mère qui s'ennuie a des chances d'être une mère généreuse. À l'évidence, la sortie comprendrait un déjeuner, peut-être dans un des meilleurs restaurants de Terrilville. Hest l'encouragerait à se faire plaisir et la complimenterait sur tous ses achats, sachant que la réciprocité jouerait à plein. Il sourit. « Oui, allons-y. »

Bates avait agi avec son efficacité coutumière. La petite calèche familiale avec son attelage de chevaux blancs, le préféré de Sealia, les attendait devant la porte d'entrée. Hest lui donna la main pour l'aider à s'installer sur les sièges tendus de tissu puis la suivit ; ils n'allaient pas loin, et le temps n'était pas si désagréable, mais la mère de Hest aimait être vue descendant de sa calèche dans le marché affairé. Le cocher les attendrait, signalant à tous que l'épouse du Marchand Finbok était là.

Dès que le véhicule se fut ébranlé, Hest s'éclaircit la gorge. « Père a proposé que nous passions réserver mon billet de bateau pour le désert des Pluies avant toute chose. »

Sa mère se rembrunit ; Hest savait que cet arrêt ne lui plairait pas. Ils devraient descendre jusqu'aux quais, et elle devrait patienter sans rien faire tandis qu'il échangeait des formules de politesse, demandait quelles vivenefs s'apprêtaient à remonter le fleuve, à quelles dates, et décidait de celle à bord de laquelle il embarquerait. Toutes ne prenaient pas de voyageurs : elles gardaient la majeure partie de leur volume pour leurs précieuses cargaisons. Elles transportaient en amont tous les biens nécessaires que les habitants du désert des Pluies ne pouvaient fabriquer ou récolter eux-mêmes, et en aval les objets magiques rares tirés des antiques cités Anciennes que les Marchands pillaient depuis des générations. Les cités enfouies depuis des siècles étaient difficiles à excaver, et dangereuses, mais c'était la valeur des trésors qu'on en extrayait qui avait donné à Terrilville sa réputation de ville où, « si on peut l'imaginer, on peut l'acheter ». Avait-on bientôt épuisé Trehaug ? Des rumeurs prétendaient que la réserve de merveilles pourrait se tarir rapidement ; la découverte de nouvelles ruines ensevelies à Cassaric avait été annoncée comme le renouveau de la source d'objets Anciens, mais Hest savait ce dont peu avaient le courage de parler : Cassaric était une cité beaucoup moins étendue, et elle paraissait avoir supporté les ravages du temps et de l'humidité moins bien que Trehaug. Tout cela rendait la découverte théorique de Kelsingra d'autant plus appétissante.

« Non, c'est ridicule. »

Plongé dans ses réflexions, Hest avait presque oublié le début de la conversation. « Ridicule ? répéta-t-il.

— Comment peux-tu réserver une place sur un bateau alors que tu ne sais même pas quand ta garde-robe sera prête ? Ni quand tu trouveras les cadeaux idéaux pour reconquérir ton écervelée d'épouse ? Non, Hest, nous irons d'abord au grand Marché et poserons les bases de ta reconquête. Plus tard, quand nous aurons la date où les tailleurs auront fini, tu pourras t'occuper de ton voyage. Ce sera beaucoup plus pratique ainsi.

— Comme vous voudrez, mère ; j'espère seulement que père sera d'accord avec vous. » Comme il se devait, il avait pris un ton inquiet à la perspective de contrarier les ordres paternels.

« Bah, laisse-moi m'en occuper ! Je lui demanderai s'il aurait préféré que tu achètes ton billet pour t'apercevoir que tu ne pouvais pas partir à la date prévue. Ton père a toujours tendance à foncer tête baissée, et il ne m'écoute pas, sans quoi il saurait qu'il existe aujourd'hui des moyens plus rapides pour remonter le fleuve du désert des Pluies : les nouveaux bateaux fabriqués à Jamaillia, à la coque spécialement traitée pour résister à l'acidité de l'eau. Ce ne sont pas de grands bâtiments à voile comme nos vivenefs, mais d'étroits esquifs faits pour le fleuve, avec un faible tirant d'eau, conçus pour avancer vite quand on les mène à la rame contre le courant, mais avec assez de place pour du fret et des passagers. Comment les appelle-t-on, déjà ? Les bateaux étanches, à cause de leur coque. Ton père y voit une mauvaise idée sous prétexte que nos vivenefs doivent conserver le monopole du commerce sur le fleuve si l'on veut que Terrilville survive. Heureusement, d'autres Marchands regardent plus loin que le bout de leur nez – et tu seras l'un d'entre eux quand tu réserveras ta place à bord d'un de ces bateaux. C'est donc décidé. Et maintenant, voici la journée qui nous attend : nous ferons quelques emplettes, puis nous nous arrêterons pour prendre une tasse de thé ; un nouveau salon vient de s'installer qui, paraît-il, est merveilleux, et qui propose des thés venus d'au-delà des îles Pirates ! On y moud les épices devant les clients, et on verse l'eau bouillante dans de petites théières qui contiennent exactement deux tasses. La Marchande Morno m'en a parlé, et je meurs d'envie de le voir de mes propres yeux. Ensuite, nous pourrons aller chez ton tailleur.

— À votre gré », répondit Hest, satisfait. Il était ravi à l'idée d'être parmi les premiers à essayer le nouveau mode de transport, et il n'avait aucune envie de prendre son billet avant d'avoir discuté avec ses propres spécialistes en rumeurs. En tout premier lieu, il leur demanderait pourquoi son père en savait plus que lui.

Parce que Sédric n'était pas là pour attirer mon attention sur ces informations et discourir à l'infini au petit déjeuner sur ce que je devais impérativement savoir. Il chassa cette pensée avec un froncement de sourcils.

Le grand Marché de Terrilville avait été construit sur une immense place circulaire, et il avait beaucoup changé depuis l'époque où les Chalcédiens avaient tenté avec enthousiasme d'envahir et de détruire la cité en une seule nuit. Certaines modifications plaisaient à Hest : les vieux entrepôts, avec leurs hautes façades, empêchaient de voir la mer ; nombre d'entre eux avaient brûlé pendant l'attaque, et le Conseil avait jugé bon d'obliger par décret à les rebâtir avec une silhouette plus basse. Désormais, le grand Marché jouissait d'une vue magnifique sur le port. Beaucoup de boutiques et d'établissements détruits ou endommagés pendant les combats avaient été reconstruits, et la reprise de prospérité des dernières années avait donné au Marché un aspect rénové.

Hest était né à Terrilville. Quittant la calèche, il parcourut les alentours du regard avant d'aider sa mère à descendre les marches tout en songeant que, dans son enfance et dans son adolescence, sa ville lui paraissait parfaitement normale ; ce n'est qu'une fois assez âgé pour voyager que les cités de l'étranger lui avaient démontré la supériorité de la sienne.

« Par ici », dit sa mère d'un ton décidé, et il se laissa guider parmi la foule du Marché. Il souriait ; le monde entier venait commercer à Terrilville, car il n'y avait que là qu'on trouvait les merveilleux objets magiques des Anciens ; les Marchands qui y venaient savaient devoir apporter leurs plus beaux articles s'ils souhaitaient acquérir des artefacts Anciens, si bien que les boutiques de la ville renfermaient toujours un inventaire riche et varié, et que les Marchands jouissaient d'un style de vie sans rival dans le monde connu. Cela convenait admirablement à Hest.

Il aimait les voyages et les plaisirs exotiques qu'offraient les villes étrangères, mais il appréciait toujours de retrouver Terrilville et son luxe ; c'était de loin la cité la plus civilisée de toutes, car le commerce y était de première importance, et un marché était un marché. Lui-même était né dans une des vieilles familles Marchandes, ce qui signifiait qu'il hériterait un jour de la fortune de ses parents et de leur voix au Conseil. Les meilleures marchandises du monde arrivaient à sa porte, et il avait le bonheur de pouvoir acheter ce qu'il désirait, dans la seule limite de la parcimonie paternelle ; mais son père ne vivrait pas éternellement, un jour tout reviendrait à Hest, et il en disposerait à sa guise. Il hériterait de tout... à condition de fournir un héritier à son père, soucieux qu'il y eût un Finbok pour succéder à son fils.

« Tu as dit quelque chose ? » Sa mère le regardait par-dessus son épaule, arrêtée devant un des minuscules éventaires qui encombraient les ruelles entre les boutiques.

« Non, une petite quinte de toux, c'est tout. » Il lui sourit et, non sans effort, conserva cette expression : derrière sa mère, le Chalcédien qui l'avait attaqué se fondait dans la presse. Il ne regardait pas vers Hest, apparemment intéressé par l'achat d'un peu de poisson fraîchement grillé, mais on ne pouvait se tromper sur son profil, pas plus que sur le fait qu'il était bel et bien en vie. Or il n'aurait pas dû l'être ; Hest avait engagé le meilleur, au prix fort, pour s'occuper de lui. L'agacement de s'être fait posséder ne venait que très loin derrière la peur qui l'envahissait.

Il se tourna vers sa mère. « Et le salon de thé dont vous m'avez parlé ? demanda-t-il en la tirant par le bras comme il ne l'avait plus fait depuis l'enfance. Je vous en prie, allons le visiter en premier, et nous pourrons nous promener parmi les boutiques ensuite.

— Ah, quel gamin tu fais encore ! » Elle lui sourit, manifestement ravie de sa requête. « Eh bien, allons-y. Viens ; l'établissement que je veux essayer est par là, près du carrefour entre la Première rue et celle du désert des Pluies. »

Hest pressa le pas. Il avait envie de se retourner pour voir si l'homme l'avait aperçu et le suivait, mais il n'osait pas : cela pourrait attirer sur lui l'attention de l'assassin. Son sourire se crispait. « Vous savez, il y a longtemps que je n'ai plus mis les pieds dans la rue du désert des Pluies ; faisons-y quelques courses avant de prendre le thé.

— Mais quelle girouette ! Eh bien, nous commencerons par la rue du désert des Pluies, si tu le souhaites », répondit-elle.

Ce qu'il souhaitait, c'était quitter le grand Marché et mettre de la distance entre lui et le Chalcédien, et il avait soudain songé que le foisonnement de petites boutiques élégantes qui bordaient la rue en question était l'idéal pour disparaître. Ils tournèrent dans la rue du désert des Pluies, et, tandis que sa mère ralentissait pour examiner les différents magasins et les articles qu'ils proposaient, il regarda derrière lui. Aucun signe de l'homme. Parfait. Mais cela ne l'empêcherait pas de dire deux mots à son soi-disant liquidateur ; l'individu lui avait promis un travail rapide et discret, et, pour cet échec, Hest lui réclamerait le remboursement de la somme versée. Encore une chance qu'il eût l'œil et l'esprit assez vifs pour éviter le danger !

Tout péril écarté, il se laissa séduire par les marchandises magiques ; c'était sur la rue du désert des Pluies que la renommée de Terrilville se fondait ; c'était là qu'on venait acheter les produits du désert des Pluies : pierres à parfum aux effluves éternels, carillons éoliens jouant sans cesse des mélodies qui ne se répétaient jamais, objets faits de jizdine brillante, et cent autres articles magiques. On pouvait y faire des découvertes uniques, souvent à des prix uniques eux aussi : des récipients qui réchauffaient ou refroidissaient ce qu'on y plaçait, une statue qui ressemblait à un nourrisson le matin, prenait de l'âge au cours de la journée et « mourait » le soir sous l'aspect d'un vieillard, pour renaître à l'aube suivante, des tapisseries estivales qui embaumaient les fleurs et irradiaient de la chaleur dans les pièces où on les suspendait, tous objets qui n'existaient nulle part ailleurs dans le monde, et impossibles à dupliquer.

Sans oublier les manuscrits et les livres, naturellement. Hest ne comptait plus tous ceux qu'il avait dû payer quand Alise les avait découverts dans ce même marché. Fichue femelle et son obsession des dragons et des Anciens ! Quels ennuis elle ne lui avait pas créés ! Mais, si elle pouvait vraiment revendiquer une part de la nouvelle cité, peut-être valait-elle finalement tous les tracas qu'elle avait causés.

Hest déambulait dans la rue en échangeant avec sa mère des commentaires sur les produits qu'ils voyaient ; celle-ci acheta une bague dont la pierre changeait d'aspect avec les phases de la lune, et une écharpe avec un côté chaud et un côté frais. Hest frémit devant les prix, mais ne chercha pas à la dissuader. Ils finirent par trouver le salon qu'elle cherchait, et ils partagèrent un excellent repas ; le thé était en tout point aussi excellent que promis, et Hest en commanda plusieurs variétés à livrer chez lui. Rafraîchis, ils se mirent à leurs emplettes pour de bon ; ils passèrent chez plusieurs tailleurs, et Hest laissa à sa mère le soin de choisir ses tenues à sa place ; à chaque fois, l'artisan savait d'expérience passée devoir s'attendre ultérieurement à des changements de tissu, de couleur et de coupe : Hest était pointilleux sur ses vêtements, et, comme il ne passait pas souvent du temps avec sa mère, elle ne s'attendait pas à le voir porter ceux qu'elle avait choisis.

Ils visitèrent un nouveau marché aux fromages dont elle avait entendu parler, et cette fois tous deux firent des commandes à envoyer chez eux. Sealia insista alors pour faire l'emplette de « cadeaux pour cette inconstante que tu as épousée », et manifesta le dédain dans lequel elle tenait sa bru en jetant son dévolu sur des écharpes voyantes, couvertes de fausses pierres précieuses et clinquantes, et sur des chapeaux mieux faits pour une douairière que pour une femme de l'âge d'Alise. Là encore, Hest la laissa faire ; il n'avait aucune intention d'emporter toutes ces fanfreluches en voyage : Alise ne méritait nul présent. Il se rendrait dans le désert des Pluies, ferait valoir ses droits sur elle, et tant pis pour ceux qui chercheraient à lui faire obstacle. Ses exigences étaient parfaitement légitimes : Alise était sa femme, et il avait bien l'intention de faire jouer toutes les clauses du contrat de mariage qu'ils avaient signé ; il mettrait un terme à sa ridicule déclaration de liberté et ferait valoir son droit sur toute part qu'elle pût avoir sur la cité, point final.

« Ne grince pas des dents, mon chéri ; ça fait un bruit insupportable, dit sa mère.

— Je dois être un peu fatigué. Rentrons à la maison, voulez-vous ? »

Elle le déposa devant chez lui, et, quand il entra, il constata que certaines de ses commandes avaient déjà été livrées. Il fit porter le thé et le fromage à la cuisine, avec ordre de lui préparer aussitôt une pleine théière. Puis il se rendit dans son bureau, fit une liste pour chaque tailleur des modifications à apporter à ses vêtements et appela un domestique pour la livrer à chaque destinataire ; il n'aimait pas s'occuper de ces menues tâches, mais Rédine était incompétent dans ce domaine, et Ched, au garde-à-vous, n'eût cessé de poser des questions sur chaque détail. Sédric, lui au moins, savait souvent ce que Hest avait à l'esprit avant même que ce dernier le sût. Crétin de Ched !

On frappa à la porte : Ched apportait le thé accompagné de biscuits. « Je dois vous rappeler, monsieur, que le guérisseur passera dans la journée pour voir l'état de votre main.

— Très bien. Laissez-moi. »

La brève journée d'hiver s'achevait, et la pluie qui menaçait depuis le début de l'après-midi commençait à tomber. Hest se servit une tasse d'un des thés qu'il venait d'acheter et s'approcha de la fenêtre pour contempler le jardin : sale, marronnasse, déprimant ; il tira un cordon, et le rideau tomba. Il alla s'installer dans son fauteuil préféré près du feu et savoura son thé. Le goût était plaisant, mais pas aussi exceptionnel qu'au marché ; il y avait un arrière-goût, une tonalité sucrée qui n'était pas absolument agréable. Il but encore une gorgée puis secoua la tête : cet imbécile de cuisinier l'avait gâté en y ajoutant du miel ou quelque chose de semblable ! Il souleva le couvercle de la théière et huma la vapeur : oui, il y avait un élément étranger là-dedans. Soudain, il sentit un goût déplaisant dans sa gorge.

Il fronçait les sourcils quand on frappa de nouveau à la porte.

« Entrez ! » cria-t-il. Quand Ched apparut, il lui ordonna aussitôt : « Rapportez le plateau en cuisine et dites au cuisinier que le prix du thé qu'il a gâché sera retenu de ses gages. Qu'il en refasse, dans une théière propre, et qu'il n'y mette rien d'autre que le thé que j'ai acheté.

— Certainement, monsieur. » Ched s'inclina, posa un petit paquet sur le bureau et prit le plateau. « Ceci vient d'arriver pour vous, et le messager a reçu instruction de vous dire qu'il faut l'ouvrir tout de suite, sinon le contenu risque de se gâter. Ah, et il y a aussi une livraison d'un vendeur de thé. »

Le domestique retournait déjà à la porte. Hest plissa le front. Le paquet renfermait sans doute le reste de sa commande de fromage ; Ched devait le porter à la cuisine. Et une nouvelle livraison de thé ? Avait-on doublé sa commande par erreur ? Son estomac émit un grondement mécontent tandis que la porte se refermait derrière Ched.

Il prit le petit paquet soi-disant urgent. Beaucoup trop petit pour renfermer du fromage ; sans trop de soin, on avait emballé dans du papier chiffonné un objet de taille réduite, et fermé le tout avec un cordon.

Tout en s'acharnant sur les nœuds, il jeta un coup d'œil au paquet de thé ; joliment enveloppé d'un ravissant papier bleu, il portait le cachet de cire du Marchand. Il ne ressemblait en rien au premier qu'il avait reçu...

Une oreille tomba du paquet qu'il tenait. Hest poussa un cri d'horreur et de dégoût mêlés et s'écarta de son bureau ; puis, pris d'une effrayante fascination, il se rapprocha pour examiner la chose. Elle ne portait nul bijou, mais on distinguait plusieurs trous permettant d'en fixer. Par réflexe, Hest lâcha le papier d'emballage qui tomba dans son autre main, et il vit qu'une écriture en pattes-de-mouche le couvrait. Avec un effort, il l'aplatit et lut le mot :

« Vous feriez bien de retrouver votre esclave et ma marchandise. Ne croyez pas que vos oreilles ou votre vie aient moins à craindre que ceux de votre homme de main. Votre thé vous a-t-il plu ? Je peux vous tuer quand bon me semble ; que ceci vous soit une préfiguration de ce qui vous attend si vous persistez à me défier. »

Une crampe terrible lui déchira le ventre, et il tomba à genoux, convulsé de haut-le-cœur. La pièce tournoyait devant ses yeux. « Empoisonné ! fit-il en hoquetant. Empoisonné ! »

Mais nul ne l'entendait.

Septième jour de la Lune du Poisson

Septième année de l'Alliance Indépendante des Marchands

De Erek, Trehaug,
à Reyall, Gardien remplaçant des Oiseaux, Terrilville

Un petit message privé à ton intention, mon neveu – quelle impression bizarre de t'appeler ainsi !

Apparemment, notre Maître des Oiseaux admet enfin que j'ai certaines connaissances en ce qui concerne les soins et l'alimentation des pigeons ; hier, il m'a proposé de transférer ma cote de gardien ici, à Trehaug, et j'envisage d'accepter son offre. Detozi s'efforçait de n'en rien laisser voir, mais je sais qu'elle redoutait de déménager à Terrilville ; et, pour ma part, j'avoue que je trouve beaucoup plus de charme et d'intérêt que je ne m'y attendais à Trehaug et à ses nombreux pigeonniers !

Mais si j'accepte ce poste ici, cela laissera libre celui que j'occupais à Terrilville ; or j'ai le droit de nommer un apprenti à ma place pour s'occuper de mes oiseaux.

Je songe à toi, évidemment.

Envoie-moi un message privé pour me dire ce que tu en penses. Si tu prends ce poste, il te faudra demeurer à Terrilville pour une durée indéfinie.

N'oublie pas que rien n'est encore réglé, aussi, n'en parle à personne. Et réfléchis bien avant de me donner ta réponse.

Ton oncle, Erek

7

Un curieux tandem

« Je suis là, et je t'écoute. » Leftrin croisa les mains sur la table éraflée de la coquerie. Il tâchait de se rappeler si Belline avait déjà demandé à lui parler en privé ; il ne le pensait pas. Malgré son calme apparent, il redoutait ce que la femme risquait de lui dire. Était-elle malade ? Souarge était-il souffrant et cherchait-il à le cacher ? Tous deux étaient solides, et l'idée que la santé de l'un d'eux pût être menacée l'inquiétait vivement, non seulement par égard pour eux, mais aussi pour son bateau ; l'équipage d'une vivenef passait généralement toute sa vie à son bord, et la disparition d'un de ses membres perturberait gravement Mataf. Leftrin ne voulait pas tirer de conclusion hâtive, surtout pessimiste, mais, quand Belline mit le verrou aux deux portes et apporta des chopes de café sur la table, l'angoisse lui tordit le ventre.

« J'ai deux choses à te dire, déclara-t-elle sans préambule. Ni l'une ni l'autre ne me regardent, et il y en a peut-être une qui ne te regarde pas non plus. Mais ce qui se passe sur le pont de Mataf nous touche tous, et, comme membre de l'équipage, je me sens le droit de dire ce que je pense, peut-être même le devoir. »

Une nouvelle vague d'inquiétude le parcourut. « Quelqu'un est malade ? demanda-t-il d'une voix tendue.

— Ha ! » Le rire jaillit de sa gorge comme involontairement ; un grand sourire apparut sur ses lèvres, et elle répondit : « On peut appeler ça comme ça ; pour y être passée moi-même, je ne peux pas dire le contraire. Toi aussi, tu l'as attrapée, cette maladie, il n'y a pas si longtemps.

— Belline… fit-il d'un ton menaçant, et elle effaça son sourire.

— Cap'taine, Hennesie est amoureux – de Tillamon Khuprus, qui est une femme bien, bien au-dessus de sa position. Je crois qu'il faut que tu sois au courant, en tant que commandant ; je ne sais pas ce que Reyn Khuprus penserait en voyant sa sœur batifoler avec un simple batelier. On se serre les coudes, ici, et, même quand ça va mal, on reste soudés ; alors, quand il y a des ennuis qui essaient de s'inviter à bord, mon avis, c'est qu'il faut les rejeter à l'eau avant qu'ils ne mettent le pied sur le pont. »

Leftrin la regarda un long moment sans rien dire, puis baissa les yeux sur la surface noire de son café en s'efforçant de réfléchir. Il ne s'attendait pas à une telle nouvelle : Hennesie, amoureux ? C'était déjà grave ; mais Hennesie s'en prenant à une passagère de son bateau, c'était pire, surtout s'il s'agissait d'une aristocrate dont la famille venait de financer le ravitaillement de la gabare.

Il prit une grande inspiration et déclara d'un ton grave : « Je m'en occupe. » C'était son rôle, il le savait ; il eût aimé cependant savoir aussi comment s'y prendre, quelle attitude adopter. Il commencerait sans doute par sonder Hennesie ; s'il se laissait seulement guider par son biniou, Leftrin n'hésiterait pas à y mettre sérieusement le holà ; mais si Hennesie était vraiment amoureux… Il songea à ce qu'il ressentait pour Alise, et il se remémora le discours sévère que lui avait tenu Sédric pour lui interdire d'aimer son amie. Cela n'avait pas arrêté Leftrin.

« Il y a autre chose à prendre en compte, cap'taine : elle l'aime, elle aussi ; en tout cas, elle l'apprécie beaucoup. Je l'ai vue en compagnie de Skelli sur le pont, hier soir, très tard ; on aurait dit qu'elles avaient le même âge, dans la pénombre, et, quand je me suis approchée, elles parlaient comme des gamines – elles parlaient des garçons. » Belline secoua la tête avec un sourire bienveillant. Puis elle ajouta avec un soupir : « Et ça m'amène au deuxième point. Il faut qu'on parle de Skelli. »

Leftrin voulut répondre, mais elle leva une main. « Cap'taine, tu as promis de m'écouter jusqu'au bout. Je sais qu'elle est de ta famille ; pour moi aussi, elle est de la famille. On dirait bien que Souarge et moi on n'aura jamais d'enfant, et, cette petite, on l'a dans le cœur. On a discuté plus d'une fois d'elle le soir, et on ne voit pas comment ça pourrait se terminer bien pour elle. Tu sais ce qu'elle espère : que la famille de son fiancé de Trehaug rompe leur engagement maintenant qu'elle risque de ne plus hériter de toi ; mais, si ça se produit et qu'elle rejoint le petit Alum, ça finira mal. Pour parler sans détour, lui, c'est un Ancien, et elle non ; il n'embarquera jamais sur Mataf, il n'apprendra jamais à travailler à bord : il doit rester avec son dragon ; Skelli, elle, croira qu'elle peut quitter le pont de Mataf et trouver son bonheur à terre, mais elle se trompe. Elle sera peut-être heureuse un mois ou deux, mais à long terme… »

Leftrin l'interrompit. « Je sais. » Il la regarda d'un air las. « Tu crois que je n'y ai pas pensé, Belline ? J'espérais qu'elle aurait l'occasion de voir son fiancé à Cassaric, qu'il se passerait quelque chose entre eux. Elle est jeune, et peut-être qu'elle a juste un petit béguin pour Alum. On verra. Mais, ça aussi, je m'en occuperai. »

Elle pencha la tête, parut s'apprêter à répondre, puis acquiesça brièvement. « Je sais, cap'taine ; tu prends bien soin de nous, et de Mataf aussi. Je ne t'envie pas, mais je sais que tu feras ce qu'il faut. »

Belline se leva lourdement, finit son café et raccrocha sa chope au râtelier. Elle déverrouilla la porte qui donnait sur les quartiers de l'équipage et sortit. Le vent referma brutalement le battant derrière elle.

Leftrin resta assis à table, les mains autour de sa chope. Il entendit une voix de femme sur le pont ; celle de Tillamon. Il regarda par le hublot et la vit qui souriait ; elle ne portait pas de voile, et ses cheveux dansaient librement dans la brise. Il ne pleuvait pas ce jour-là, et il y avait même du soleil sur le pont.

« Mais comment savez-vous où il y a assez de fond pour lui, et où il y en a trop ? demandait-elle.

— Eh bien, il suffit d'observer la surface de l'eau, et on le sait. » Hennesie, avec une mélodie dans la voix que Leftrin ne lui connaissait pas. « Quand on a pratiqué aussi longtemps que moi, on s'en rend compte rien qu'en regardant. »

Leftrin se déplaça pour apercevoir son visage. « Oui, il y a des fois où il suffit de regarder pour se rendre compte de la profondeur de certaines choses, Hennesie, murmura-t-il. Il faut que je te dise d'aller parler à Reyn ; mieux vaut lui demander la permission de faire la cour à sa sœur maintenant que plus tard. »

Que répondrait l'Ancien à son second ?

On frappa à la porte de la cabine. Avec un soupir, Hest se retourna sur son étroite couchette. « Qu'y a-t-il ? lança-t-il sèchement.

— Ce n'est que moi ! » répondit Rédine avec entrain. La porte s'ouvrit, et il entra d'un pas prudent, un plateau entre les mains. Du talon, il tenta de refermer le battant derrière lui, mais il trébucha et parvint tout juste à poser le plateau sur la table en reprenant son équilibre. Légèrement voûté, il prit appui sur la table. « On approche de Trehaug, et je n'ai toujours pas le pied marin, dit-il avec un pâle sourire.

— Marin ? Nous sommes sur un fleuve, mon cher, et le bateau danse à peine ; ce ne sont pas des vagues que nous affrontons. » Hest se mit sur le dos pour contempler le plafond bas. Ces nouveaux bâtiments étaient peut-être insensibles à l'acidité de l'eau, mais l'architecte, bien que jamaillien, n'avait vraiment pas assez songé au confort des passagers. Certes, le capitaine lui avait expliqué que ces bateaux étaient conçus pour transporter rapidement du fret, mais quand même ! Hest trouvait scandaleux que le commandant, le second et le lieutenant du *Nouvelle Gloire* jouissent de conditions de vie plus luxueuses que lui ; à coup sûr, ils se moquaient de ses souffrances. Il n'existait même pas à bord de salle commune où partager un repas ni une partie de cartes amicale : Rédine et lui étaient contraints de manger dans leur minuscule cabine, et, en guise de divertissement, de se contenter d'une promenade sur le pont. La majeure partie du bateau était interdite d'accès aux passagers. Il faudrait changer cela si les armateurs souhaitaient développer un système de transport rapide de clients dans l'avenir !

« Non – enfin, si, vous avez raison. Je ne m'habitue pas à sentir le plancher bouger sous mes pieds, c'est tout. » Rédine attendit une réponse, puis, comme Hest gardait le silence, il eut un sourire trop rayonnant et dit : « Bon, eh bien, ce sera sans doute notre dernier repas pour cette partie de notre aventure ; nous devrions nous amarrer avant la tombée de la nuit. J'avoue être impatient de voir Trehaug. Pourvu que le temps s'améliore un peu et que nous ayons enfin l'occasion de rencontrer des gens du cru ! C'est la première fois que je me rends dans le désert des Pluies, vous savez.

— N'espérez pas trop, et vous ne serez pas déçu », répondit Hest d'un ton aigre. Il posa les pieds par terre et se leva précautionneusement. « Il ne faut pas s'attendre à ce que le ciel se dégage ; il pleut depuis des jours, et ça ne s'arrêtera pas, à mon avis. Quant à visiter Trehaug... Ha ! Les cités du désert des Pluies n'ont de cités que le nom. Il existe quelques bâtiments de quelque importance sur les basses branches, et des résidences suspendues dans les arbres comme des fruits, mais on ne trouve guère les commodités de la civilisation. Ils méprisent les gens des Six-Duchés et des autres pays du Nord, mais, en vérité, les habitants du désert des Pluies sont tout aussi attardés et provinciaux. La seule raison qui vaille pour venir ici, c'est l'achat d'objets Anciens et de produits magiques ; c'est tout ce qui maintient en vie ces cités. »

Hest s'approcha de la petite table et s'assit sur une chaise. Rédine l'imita aussitôt et déplia sa serviette ; il mourait manifestement de faim, comme à chaque repas, et il se lécha les lèvres avec un frisson de plaisir anticipé en couvant des yeux les plats couverts. Il se laissait aller à ses plaisirs sans même feindre de discipliner ses appétits ; sa cupidité et sa vénalité ostentatoires avaient d'abord intrigué Hest après les années passées auprès d'un Sédric aux manières déli cates et réservées, mais, depuis quelque temps, l'obséquiosité de Rédine et ses sous-entendus sans subtilité pour lui soutirer de l'argent et des cadeaux commençaient à l'agacer : cet homme n'avait aucune vergogne, et, du coup, il était plus difficile à manipuler que

Sédric. La meilleure façon de le motiver qu'avait trouvée Hest était de le menacer implicitement de le faire souffrir, mais même ce divertissement perdait peu à peu de son intérêt : c'était un piètre remplaçant pour Sédric, et, si Hest l'avait emmené, c'était parce qu'il n'avait personne d'autre de disponible sur-le-champ, et aussi parce qu'il savait que son père serait contrarié en découvrant le prix du billet de Rédine prélevé sur son compte.

Hest se versa du thé, puis souleva le couvercle d'un plat et secoua la tête : pourquoi prenaient-ils la peine de couvrir les mets ? De toute manière, ils n'étaient pas chauds, et on lui servait la même chose depuis le début du voyage : une miche de pain marron coupée en tartines beurrées et couvertes de mélasse, des tranches de jambon fumé dans un autre plat, un bout de fromage médiocre et une demi-douzaine de petites saucisses. Il ne découvrit pas le troisième plat, qui contenait à coup sûr des pommes de terre cuites à l'eau. Il était si las de ce régime qu'il dut se forcer pour manger, mais Rédine n'avait apparemment pas ce problème : il se servit vivement, comme s'il craignait que Hest ne prît plus que sa part, et se mit aussitôt à bâfrer. Hest but son thé à petites gorgées : tiède et non chaud ; mais se plaindre était inutile.

Enfin, ils arriveraient dans quelques heures, et il trouverait un logement décent à Trehaug. Encore un jour, et il serait sorti de cette effrayante pagaille dans laquelle Sédric l'avait laissé. À Trehaug, il prendrait un bon repas, il dormirait tout son soûl, et puis il s'attellerait à la mission désagréable à laquelle le contraignait l'assassin chalcédien. Il sentait son ventre se crisper chaque fois qu'il pensait à cet homme. La douleur, l'ignominie, l'humiliation…

Le poison avait terrassé Hest. Malgré ses faibles appels au secours, Ched n'était pas venu, mais quelqu'un d'autre avait répondu ; le Chalcédien était entré dans le bureau comme s'il était chez lui et il s'était arrêté près de Hest, un sourire aux lèvres. « Je viens vous voir mourir », avait-il dit en tirant à lui un fauteuil avant de s'y installer afin de regarder sa victime se tordre sur le plancher. Il n'avait alors plus prononcé un mot et s'était contenté d'observer Hest alors que celui-ci vomissait jusqu'à ce qu'il ne restât plus une goutte de bile ni même d'humidité dans son organisme ; il avait regardé Hest supplier qu'on vînt à son secours jusqu'à ce qu'il ne fût même plus en état d'articuler.

Alors seulement il s'était levé et avait tiré de la poche de sa veste un petit flacon au fond duquel dansait un liquide bleuâtre. « Il n'est pas trop tard, avait-il dit en faisant tourner le liquide dans son contenant. Pas tout à fait ; mais presque. Je peux vous rattraper au bord du précipice si je pense que vous avez cessé de jouer les imbéciles, ce qui n'est pas le cas. Réfléchissez bien, Marchand de Terrilville : que pouvez-vous faire, dès maintenant, qui me pousse à vouloir vous sauver la vie ? »

Hest était roulé en boule, les bras crispés sur son ventre ; des poignards rougis au feu lui lacéraient l'estomac de l'intérieur. Il s'était souillé sur le tapis ;

il puait, il agonisait, et c'était douloureux. Il ne voyait pas que répondre au Chalcédien, alors même qu'il eût été prêt à tout pour faire cesser la souffrance.

L'homme l'avait poussé du bout de sa botte. « Je vous connais, Marchand, raffiné, toujours tiré à quatre épingles ; je sais qui vous fréquentez, et je sais quels sont vos divertissements. Je ne comprends pas en quoi ils vous amusent, mais ça n'a pas vraiment d'importance. Vous aimez vous croire le maître, n'est-ce pas ? » Il s'était accroupi, avait saisi Hest par les cheveux et l'avait forcé à le regarder. « Ça vous excite, n'est-ce pas ? avait-il demandé d'un air entendu. Ça vous plaît de vous sentir en position de force, d'obliger les autres à se traîner à vos pieds avant de profiter d'eux pour votre plaisir. Mais aujourd'hui je vous fais découvrir quelque chose d'important, n'est-ce pas ? » L'homme s'était penché pour se placer au niveau de Hest, et il avait poursuivi avec un sourire : « Vous n'êtes pas le maître : vous faites semblant. Et les gens avec qui vous jouez, eux aussi font semblant, mon petit ami. Comme moi, ils savent que vous n'êtes pas le maître : c'est moi. Vous n'êtes qu'un chien, comme eux ; un chien qui passe son temps à renifler des étrons et à lécher des bottes. »

Il avait lâché les cheveux de Hest, laissé sa tête heurter le tapis souillé, puis il s'était écarté de trois pas et avait dit à mi-voix : « Pourquoi ne me montrez-vous pas que vous savez ce que vous êtes, Marchand Finbok ? »

Hest n'aimait pas se rappeler ce qui s'était passé ensuite. Malgré les coups de poignard qui lui fouaillaient le ventre, malgré l'orgueil qui lui hurlait aux oreilles, il voulait vivre. Il s'était traîné dans son propre vomi jusqu'aux pieds de l'assassin qui l'attendait, un petit sourire aux lèvres, et il lui avait léché les bottes – non une fois ni deux, mais comme un chien, sans s'arrêter jusqu'à ce que le Chalcédien s'écartât. L'homme avait pris un tissu brodé sur un guéridon et s'en était servi pour essuyer la bave de Hest sur sa botte avant de le jeter dédaigneusement par terre.

« Vous vivrez peut-être », avait-il enfin annoncé, et il avait lancé le flacon à Hest ; mais, en heurtant le sol, le bouchon avait sauté, et le précieux liquide avait jailli tandis que la fiole roulait sur le tapis. Les mains tremblantes et sans force, Hest l'avait saisie en renversant encore du liquide, si bien que, lorsqu'il l'avait portée à ses lèvres desséchées, il ne restait plus que quelques gouttes au fond du récipient. Il les avait aspirées goulûment, et il avait compris qu'il avait été possédé en entendant le Chalcédien éclater de rire. Mais il refusait de se faire rouler, il refusait de mourir ! Il s'était avancé à plat ventre pour lécher les gouttes qui étaient tombées sur le tapis, alors que l'hilarité du Chalcédien redoublait. Sur sa langue, il n'avait senti que le goût de la poussière et de la fibre du tapis, et seulement une vague impression d'humidité. Il s'était retourné sur le dos, les lèvres sales, et des larmes avaient perlé à ses yeux.

Elles avaient roulé sur ses joues, et le Chalcédien avait dit : « De l'eau ; de l'eau avec une tombée de teinture : voilà mon "antidote". Vous n'êtes pas en train de mourir ; tout au plus, vous allez souffrir encore quelques heures, vous vous sentirez mal une journée, mais vous sortirez ensuite pour réserver votre place pour Trehaug à bord d'un bateau qui s'appelle le *Nouvelle Gloire*. Ce n'est pas une vivenef, mais une nouvelle sorte de navire, venu de Jamaillia, et c'est celui-là que vous choisirez. Vous aurez de mes nouvelles une fois avant votre départ : vous aurez des messages à délivrer. Et, à mon retour, vous vous rappellerez que vous êtes non seulement un imbécile mais aussi mon chien, et que je suis votre maître. »

Il s'était approché de Hest et avait posé le pied sur son ventre. Sous la pression, Hest avait souffert le martyre, et il avait acquiescé de la tête, incapable de parler, et consumé par une rage impuissante.

Et il avait obéi.

Les affreux trophées enfermés dans de jolis écrins étaient toujours emballés dans les bagages de Rédine : Hest ne voulait pas risquer que l'odeur imprégnât ses vêtements. Rédine ignorait ce qu'il transportait.

Le Chalcédien avait tenu parole : au milieu de la nuit, il était apparu dans la chambre de Hest et l'avait forcé à s'agenouiller devant lui tout en mémorisant une liste de contacts à Trehaug et à Cassaric. Hest avait tenté de noter les noms, mais le Chacédien avait menacé de les lui graver au couteau sur les cuisses afin de lui permettre de les consulter sans risquer de perdre une liste qui pouvait l'incriminer. Hest avait préféré apprendre la liste par cœur.

Quand il avait essayé de poser des questions pour en apprendre davantage sur sa mission, l'homme l'avait giflé brutalement. « Un chien n'a pas besoin de connaître les pensées de son maître. Il s'assoit, il va chercher, il rapporte le gibier à son maître. Il n'a pas à en savoir plus. On lui dit ce qu'il doit faire au moment où il doit le faire. »

Cette ignorance rongeait Hest comme un cancer. Qui étaient les hommes qu'il devait contacter, et qu'exigeraient-ils de lui en échange ? Un seul des noms lui disait quelque chose : celui de Begasti Cored, le marchand chalcédien que connaissait Sédric, et il s'accrochait à cette information de toute la force de sa colère. Le négociant chalcédien le conduirait à Sédric.

Il était pressé d'y être, pressé d'humilier Sédric comme il l'avait été lui-même, de le menacer comme il l'avait été. Chaque fois qu'il y songeait, son cœur battait plus vite et son ventre se crispait : il n'y avait qu'une façon de se purger de la terreur et de l'humiliation que le Chalcédien lui avait infligées.

Il fallait les reporter sur Sédric.

Et, à coup sûr, une fois qu'il aurait trouvé Sédric, il mettrait aussi la main sur Alise. Avec ou sans les prélèvements de dragon, il avait bien l'intention de les ramener à Terrilville de gré ou de force, de reprendre Alise comme épouse légitime et dévouée, puis de formaliser la revendication familiale sur un pourcentage substantiel de la cité Ancienne récemment découverte. C'était le seul aspect de sa mission qui lui procurait quelque plaisir par anticipation.

Et la seule partie de la mission dont Rédine fût au courant était qu'il fallait rapatrier Alise ; il ignorait que Hest avait peut-être l'intention de le remplacer une fois Sédric redevenu docile. À plusieurs reprises pendant le voyage qui les emmenait vers l'amont, Hest avait joué avec l'idée de laisser Rédine à Trehaug ou à Cassaric ; quelle satisfaction d'abandonner ce petit bonhomme cupide sans un sou dans une ville inconnue, et quelle belle anecdote à raconter à ses meilleurs amis à son retour à Terrilville ! Au contraire de Sédric, Rédine n'avait guère su se faire apprécier des intimes de Hest, et ils ne le regretteraient pas. Hest non plus, hormis quelques petites choses. En le regardant se tapoter les lèvres avec sa serviette, le jeune Marchand sentit s'éveiller en lui un vague intérêt. Sédric avait une beauté classique, mais Rédine jouissait dans certains domaines d'une imagination bien plus grande.

Le petit homme s'aperçut de l'attention que lui portait Hest ; un sourire incurva sa bouche, et il se passa la langue sur les lèvres d'un air songeur. « Avant cela, dit-il d'un air faussement réservé, j'ai quelque chose qui pourrait t'intéresser ; quelque chose que j'ai appris sur le pont. »

Hest se pencha en avant, intrigué. « Sur le pont ? Nous aurais-tu trouvé un nouveau camarade de jeu, Rédine ? »

L'autre eut un petit rire. « Mon cher, réfrène tes ardeurs ! Il s'agit d'une rumeur, non d'un nouveau divertissement au lit ! Je suis sorti sur le pont prendre un peu l'air, et j'y ai trouvé deux gaillards qui bavardaient en fumant ; comme je ne les connaissais pas, je suis resté à l'écart, et, je l'avoue, j'ai écouté discrètement leur conversation. L'un d'eux parlait de son cousin de Chalcède qui prétend avoir vu deux dragons dans le ciel, un grand bleu, et un autre, encore plus grand, et noir ; je me suis alors dit que c'étaient sans doute Tintaglia et son compagnon. » Il s'interrompit en haussant les sourcils, attendant que Hest le complimentât sur son intelligence.

Mais le jeune Marchand n'avait pas de temps à perdre en formules de courtoisie. « En Chalcède ?

— Je suppose, répondit Rédine d'un ton enjoué. Du coup, j'ai songé que, si Tintaglia revenait à Trehaug et s'enquérait de ses dragonneaux, ma foi, les habitants du désert des Pluies pourraient bien avoir quelques soucis, non ?

— En effet. »

Que se passerait-il ? La fureur de la dragonne s'abattrait-elle sur la cité des arbres ? Peut-être. Pendant qu'il y séjournait ? L'optique de Hest changea brusquement ; il avait vu les suites de la colère d'un dragon, la pierre rongée par les projections de venin, les hommes réduits à l'état de cadavres liquéfiés dans leurs armures piquées par l'acide. À l'époque, Tintaglia s'en prenait à la flotte chalcédienne et aux envahisseurs, mais, si elle se retournait contre Trehaug, où s'enfuir ? Nul bâtiment ne résisterait à ses assauts.

« Rédine, quand Tintaglia a-t-elle été aperçue ? Et dans quelle direction volait-elle ? »

Et le duc de Chalcède risquait-il de trouver un moyen de faire venir plus près de lui les prélèvements de dragon qu'il demandait ?

« Allons ! s'exclama Rédine en secouant la tête, l'air faussement consterné. Comment veux-tu que je sache ça à partir d'une ou deux phrases que j'ai surprises ? J'ai essayé d'en apprendre un peu plus ; j'ai souhaité le bonjour aux deux hommes et j'ai dit : "Je n'ai pas pu m'empêcher d'entendre que votre cousin avait vu un dragon", mais, sans me laisser le temps d'en ajouter davantage, ils m'ont tourné le dos et sont rentrés dans leur cabine. Quelle grossièreté ! Mais je pense que nous n'avons guère à craindre ; songe au temps qu'il a fallu pour que la nouvelle parvienne à ces hommes : beaucoup plus qu'il n'en faut à un dragon pour couvrir la même distance. Par conséquent, si Tintaglia devait venir chez nous, elle serait déjà arrivée.

— Toutes les hypothèses que je connaissais jusqu'ici la disaient morte ; il y a si longtemps qu'on ne les a pas vus, elle et son compagnon, qu'on croyait qu'elle avait abandonné les petits.

— Les rumeurs de sa mort étaient donc infondées. » Rédine planta sa fourchette dans une des petites saucisses. « Du moins, si le cousin en question disait la vérité ; car, mon cher Hest, ce n'était qu'une conversation à bâtons rompus que j'ai surprise. Ne te laisse pas troubler alors qu'il y a d'autres questions plus urgentes à considérer. » Il sourit et fit courir sa langue le long de la saucisse d'un air suggestif.

« Encore combien de jours avant d'arriver à Kelsingra ? »

Reyn s'exprimait d'un ton pressant ; mais il avait employé le même ton la première fois qu'il avait posé la question, et toutes les fois suivantes, et Leftrin se lassait de s'efforcer d'y répondre. Il prit sur lui pour parler avec calme. « Je ne peux pas vous le dire précisément. On navigue contre le courant, et c'est du boulot, surtout après les pluies qu'on a eues ; le fleuve est gonflé, il y a des débris dans l'eau, et on a plus de difficulté à rester dans les hauts fonds, là où le courant est moins fort. »

Reyn ne se laissa pas démonter. « Mais Mataf… »

Leftrin l'interrompit. « C'est une vivenef, avec quelques capacités particulières, mais ce n'est pas pour autant que remonter le fleuve ne lui demande aucun effort, ni qu'on peut naviguer jour et nuit. Quand la pluie tombe sans arrêt et que le niveau de l'eau monte, c'est plus dur d'avancer contre le courant. Donc, je ne peux pas vous dire quand on arrivera.

— Et les bateaux qui nous suivent ? »

Leftrin haussa les épaules. « Je ne peux rien pour eux, mon ami. Le fleuve n'est pas à moi, et tous les bateliers ont le droit d'aller où ils veulent.

— Mais s'ils nous suivent jusqu'à Kelsingra ?

— Eh bien, tant pis. Qu'est-ce que vous voulez que je fasse, Reyn ? Que je les éperonne ?

— Non ! Mais nous pouvons naviguer de nuit, et eux non ; ne peut-on pas les distancer ainsi ?

— Mataf est solide, mais même lui doit se reposer de temps en temps. » Leftrin s'exprimait à présent franchement, plus qu'il n'en avait envie. « On a payé ces hommes pour qu'ils nous pourchassent ; ils nous attendaient plus haut sur le fleuve. À mon avis, quand on nous a vus revenir de Kelsingra, quelqu'un a envoyé un message par pigeon voyageur. Ces petits bateaux nous guettaient, et, même s'ils prennent des risques en se déplaçant de nuit, ça ne les empêche pas de continuer, surtout vu la somme qu'on a dû leur proposer. Tout ce qu'on peut espérer, c'est qu'ils se fatiguent avant qu'on arrive à Kelsingra ; mais, même s'ils nous perdent de vue, il restera des indices que certains pourront déchiffrer. Chaque fois qu'on s'amarre pour la nuit, on laisse des traces de notre présence, et les restes de nos bivouacs, lors de notre voyage en compagnie des dragons, sont encore bien visibles ; la crue en a effacé la plupart, mais pas tous. Si ces gars-là tiennent autant à nous retrouver que nous à conduire votre fils auprès des dragons, ils y arriveront – sauf si vous pensez qu'on a le temps de leur jouer des tours, de les égarer, ou je ne sais quoi.

— Non, répondit aussitôt Reyn, comme Leftrin s'y attendait. Il ne faut pas perdre de temps ; mais, après ce que nous a dit Malta, je redoute les intentions de ces hommes : quelqu'un était prêt à la tuer, ainsi que notre fils, pour les démembrer et faire passer leur chair pour de la viande de dragon. De quoi d'autre ces gens sont-ils capables, s'ils n'hésitent pas à recourir à de tels moyens ? » Il se tourna vers les esquifs. « Nous n'avons pas le temps ni l'envie de les attaquer, mais c'est peut-être ce qu'ils recherchent en nous suivant ainsi.

— Qui sait ? » Leftrin s'approcha du bastingage pour regarder vers l'arrière. Près de lui se tenait

Souarge, très occupé à ne pas écouter la conversation de son capitaine tout en guidant Mataf à lents mouvements de sa godille. Derrière lui, Leftrin distinguait trois petits bateaux, tous à bonne distance du *Mataf* et les uns des autres, qui passaient le dernier coude du fleuve ; leurs occupants pagayaient diligemment, et le capitaine éprouva pour eux un léger sentiment de compassion : ils n'avaient guère que des barques vulnérables aux éléments et qui n'offraient ni confort ni sécurité. Mais elles pouvaient se déplacer plus vite que sa lourde gabare, et, même quand Mataf naviguait de nuit, elles le rattrapaient le lendemain avant la mi-journée.

« Ils manœuvrent comme des marins expérimentés ; ils n'ont peut-être rien à voir avec les Chalcédiens qui veulent abattre des dragons pour leur chair et leur sang. Ils sont peut-être à la solde d'autres Marchands qui cherchent à mettre la main sur ce qu'ils peuvent avant que le Conseil n'envoie sa propre expédition. »

Reyn se tourna vers lui, l'air surpris ; puis son expression changea. « Oui, évidemment. Il y a plus de chances qu'ils soient en quête de trésors que de ma femme et de mon fils. Le Conseil va sentir un profit à faire et enverra un bateau dès qu'il le pourra ; quant à ceux qui nous suivent, il est très possible qu'ils soient employés par d'autres Marchands. La nouvelle de la découverte de Kelsingra s'est propagée dans la cité comme un incendie. »

Leftrin eut un petit sourire amusé. « Ils s'attendent sans doute à une ville qu'il faut dégager de la boue ; ils s'imaginent qu'ils vont devoir fouiller. Quand ils la verront, ils ne comprendront pas ce qu'ils ont sous les yeux, et ils ne pourront pas y accéder, sauf à risquer leur vie. Même s'ils parviennent à nous suivre jusqu'au bout, ils seront à court de vivres avant d'arriver. Et, s'ils ont le cran d'essayer de traverser le fleuve pour atteindre la cité, ils trouveront de quoi s'en mettre plein les yeux, mais pas plein l'estomac. Qu'ils s'épuisent à nous suivre ! Soit ils renonceront et feront demi-tour, soit ils tiendront le coup, et ils devront nous supplier de les aider une fois à destination. »

Pendant qu'il parlait ainsi, une pluie fine avait commencé à tomber. Il se tourna vers Reyn avec un sourire malicieux. « Je ne vois pas l'intérêt de les affronter avant d'y être obligé, surtout que le désert des Pluies risque de résoudre le problème à notre place. »

Reyn suivit son regard, mais, au lieu de sourire, il tendit l'index. « Qu'est-ce que c'est ? Je n'ai jamais vu ce genre de bateau. »

Leftrin scruta le fleuve à travers les gouttes qui tombaient de plus en plus dru ; elles piquetaient la surface de l'eau de petits cercles concentriques avec un bruissement continu, et formaient un rideau entre le capitaine et le navire qui venait de franchir le coude derrière eux. Il l'observa, incrédule. C'était un bâtiment plus grand que les esquifs qui les suivaient, étroit, avec un rouf bas ; la coque était noire, le rouf bleu vif avec un liseré d'or. Les rangées de rames s'élevaient et s'abaissaient à l'unisson ; le bateau inconnu paraissait avoir un faible tirant d'eau et aller plus vite que ses petits voisins. Il dépassa le dernier d'entre eux et se rapprocha du suivant. « C'est impossible ! s'exclama Leftrin.

— Qu'est-ce que c'est ? » Reyn se pencha par-dessus la lisse pour regarder vers l'arrière.

« C'est ce fichu bateau insensible à l'acide, répondit Souarge. Il était au quai quand on est arrivés à Cassaric.

— Les rumeurs de son existence circulent depuis des mois, fit Reyn d'un air sombre, et elles ne plaisent pas du tout aux familles qui possèdent une vivenef. Un Jamaillien a mis au point pour la coque des navires un nouveau revêtement qu'il prétend capable de supporter l'acidité du fleuve du désert des Pluies. Il a proposé de faire remonter le fleuve à plusieurs de ces nouveaux modèles pour prouver qu'ils résistent parfaitement et pour faire la démonstration de la vitesse à laquelle ils peuvent transporter du fret et des passagers. On raconte qu'un consortium de Marchands terrilvilliens s'intéresse à l'investissement, mais d'autres rumeurs affirment que le Jamaillien se moque de l'identité de l'acheteur du moment qu'il obtient le prix demandé. J'avais entendu dire qu'un de ces bateaux devait passer à Trehaug, mais je n'y avais guère prêté attention ; j'avais l'esprit ailleurs. » Il regarda Souarge comme s'il attendait une confirmation de sa part. « Il était à Cassaric en même temps que nous ? »

L'homme de barre haussa ses larges épaules. « Oui, à notre arrivée ; ensuite, il est parti pour Trehaug, et je pensais qu'il continuerait jusqu'à Terrilville. Mais on dirait que quelqu'un a envoyé un pigeon et l'a engagé pour nous suivre. »

Leftrin examina le nouveau venu d'un œil consterné. Pour une gabare, il avait des lignes fluides, et son équipage paraissait solide et discipliné. « Et il y en aurait d'autres ?

— Sans doute. Certains, même parmi les Marchands, prétendent que les vivenefs étranglent le commerce sur le fleuve, et les Conseils de Terrilville et du désert des Pluies ont autorisé les essais des bateaux résistant à l'acide. Les propriétaires sont agressifs, et ils doivent désirer ardemment tirer profit de leur invention. S'ils étaient à Trehaug quand nous sommes partis…

— On a dû se bousculer pour les embaucher afin de nous suivre.

— Et pas mal d'argent a dû changer de main aussi », ajouta Reyn d'un ton sombre.

Leftrin regarda de nouveau vers l'arrière en songeant aux bouleversements qu'allaient apporter ces navires, non seulement à Kelsingra mais au commerce du fleuve et aux colonies si le trafic augmentait et devenait plus accessible. Les Marchands qui soutenaient l'opération se rendaient-ils compte qu'ils allaient mettre fin à tout un mode de vie ?

Le bateau bleu se mit soudain à réduire la distance qui le séparait du *Mataf*. « Ils n'auront aucun mal à rester à notre hauteur, dit Leftrin. Si on veut les semer, la seule façon de s'y prendre sera de voyager de nuit. » Il secoua la tête et jeta un regard à son homme de barre ; Souarge acquiesça de la tête, l'air résolu.

« Et vous pensez vraiment pouvoir les semer ? demanda Reyn d'un ton inquiet.

— Je pense qu'on peut essayer ; on arrivera peut-être à les distancer un peu. En tout cas, on peut espérer arriver à Kelsingra avant eux plutôt qu'en même temps », répondit Leftrin, grave.

L'autre hocha la tête. L'averse se transforma tout à coup en déluge, et la pluie, en touchant le fleuve, se mit à siffler comme du métal brûlant trempé dans de l'eau. Elle cacha les poursuivants aux yeux des trois hommes. Reyn dit à mi-voix : « Ils arriveront à destination, capitaine, et en nombre suffisant pour s'emparer de ce qu'ils cherchent. Vous le savez.

— Je sais qu'ils viendront », répondit Leftrin. Il croisa le regard de Reyn, et un sourire carnassier se dessina sur ses lèvres. « Mais, s'ils croient n'avoir affaire qu'à une bande d'adolescents et à quelques dragons infirmes, ils risquent d'avoir une surprise en arrivant à Kelsingra. »

Cinq cadavres jonchaient le sol de la Salle de l'Allée de Pierre. Le duc de Chalcède les contempla d'un air agacé. La matinée avait été épuisante. Chacun des hommes avait exigé le droit de raconter son histoire en entier avant que le jugement ne tombât ; chacun avait tenté d'étirer un peu le fil de sa vie. Les imbéciles ! Ils avaient échoué, ils le savaient, et ils savaient aussi que la mort en était le prix. Ils n'étaient revenus faire leur compte rendu que dans l'espoir de voir leurs familles épargnées.

Espoir vain. À quoi bon garder vivants les descendants d'hommes qui avaient échoué, leur permettre d'hériter des terres et des biens de leurs pères ? Ils ne donneraient naissance qu'à d'autres larves qui ne pourraient que décevoir plus tard. Mieux valait épurer les rangs de la noblesse et de l'armée de toute faiblesse avant qu'elle ne se propageât et ne sapât la puissance ancestrale de Chalcède. Son chancelier le regardait en attendant ses ordres. Le duc parcourut encore une fois des yeux les corps démembrés. « Qu'on nettoie la salle, et qu'on nettoie aussi leurs maisons. »

Le chancelier s'inclina profondément, se détourna et transmit l'ordre. Au fond de la salle, six commandants se tournèrent vers leurs escouades d'hommes sélectionnés ; soixante lances frappèrent le sol à l'unisson, les lourdes portes de bois s'ouvrirent, et les troupes se mirent en route. Une fois que les soldats furent sortis, une troupe très différente fit son entrée ; rampant sur le ventre, traînant leurs sacs derrière eux, des gratte-mort pénétrèrent dans la salle et se dirigèrent vers les cadavres. Nul ne les regarda : ils étaient dégoûtants, nés pour se vautrer dans la crasse et la charogne, à jamais indignes de l'attention d'hommes véritables. Néanmoins, ils avaient leur place dans la société chalcédienne ; ils emporteraient les corps et nettoieraient le sol avec leurs guenilles avant de s'en aller. S'ils trouvaient des objets de valeur sur les dépouilles, ils leur appartiendraient, tout comme les vêtements et la chair des morts ; mais ils n'obtiendraient pas grand-chose d'intéressant : les victimes savaient qu'elles allaient mourir, et elles s'étaient certainement débarrassées de tout objet de valeur au préalable ; elles avaient vendu bagues et bracelets pour s'offrir une dernière visite chez les prostituées ou un dernier repas au marché.

L'odeur du sang était lourde et déplaisante, et le grouillement des hommes qui rampaient répugnant. Le duc regarda son chancelier. « Je souhaite me rendre dans le jardin Abrité ; que du vin glacé m'y attende.

— Certainement, mon seigneur. Vous l'y trouverez. Partons. » Le chancelier se tourna pour faire signe aux porteurs d'approcher le palanquin du trône. Le duc observa leur pas prudent : ils marchaient lentement pour laisser le temps à son ordre de les précéder afin que, lorsqu'il arriverait au jardin Abrité, du vin glacé ainsi qu'un divan recouvert d'une couverture et de coussins l'attendissent. Certains jours, la douleur et la difficulté à respirer le mettaient d'humeur si noire qu'il ordonnait exprès aux porteurs d'avancer plus vite, puis il les injuriait parce qu'ils le ballottaient en tous sens, et enfin, quand, parvenu au jardin, il constatait que tout n'était pas prêt, il pouvait s'en prendre à son chancelier et envoyer tous les domestiques se faire punir. Oui, parfois, son calvaire le poussait à la mesquinerie.

Mais pas aujourd'hui.

On le déplaça doucement de son trône à son palanquin, mais il dut quand même serrer les dents pour retenir un gémissement de souffrance. Il lui restait si peu de chair sur les os ! Ses articulations raclaient quand il bougeait ses membres, les escarres que lui valaient ses longues périodes d'immobilité s'approfondissaient au niveau de la tête de ses os. Dans sa chaise à porteurs, il était assis recroquevillé, moins homme que chenille. Quand les rideaux furent fermés, il put se laisser aller à grimacer de douleur et à s'efforcer d'éviter de s'appuyer sur ses escarres les plus à vif.

Il y avait des ennuis dans l'air, il le sentait ; il n'était pas idiot : il avait bien vu le regard fuyant des hommes, leurs conciliabules discrets avant d'obéir à ses ordres. Son autorité sur Chalcède commençait à lui échapper. Jadis, c'était un grand guerrier, un homme puissant de corps autant que de lignée ; jadis, il était comme un tigre, prêt à bondir de son trône pour réduire en pièces quiconque mettait son autorité en doute. Aujourd'hui, il n'était plus capable d'intimider quiconque par sa présence physique.

Mais il ne s'était jamais imaginé que sa seule force musculaire lui permettrait de garder le pouvoir ; il n'était pas stupide. L'eût-il été, il n'eût pas survécu de si longues années au milieu des dunes changeantes de la politique chalcédienne. Jeune homme, il avait mis une fougue dépourvue de pitié à s'emparer du trône et à le conserver ; le peu d'enfants mâles qu'il avait en portait témoignage. Il ne se faisait pas d'illusions sur les hommes qui l'entouraient ni sur les héritiers avides qui rêvaient de le supplanter ; d'autres se montreraient tout aussi impitoyables que lui pour s'emparer de leur part du butin lorsqu'il mourrait – et certains n'attendraient pas qu'il s'éteignît naturellement.

Dans le couloir du palais, le palanquin se balançait au rythme de la marche des porteurs. Le duc comptait ses amis et ses ennemis, en sachant que certains se retrouvaient sur les deux listes ; son cher chancelier, si loyal, en faisait partie, et sa fille si aimante, cette teigne, cette vipère, aussi. Par trois fois il avait marié Chassim dans l'espoir de s'en débarrasser, mais son premier mari l'avait laissée veuve à quatorze ans ; trois semaines à peine après de somptueuses noces, il avait glissé en sortant du bain et s'était rompu le cou – du moins l'avait-on supposé à l'époque. L'accident n'avait eu aucun témoin, et la jeune veuve, pâle et les yeux creux, avait eu l'air endeuillé qui convenait quand la famille du défunt l'avait rendue à son père.

Son époux suivant était beaucoup plus jeune : il avait à peine trente ans de plus qu'elle. Il avait tenu six mois avant de succomber à une maladie de l'estomac qui lui donnait des crampes débilitantes et des diarrhées sanglantes. Là encore, on lui avait ramené Chassim au palais, où il l'avait vue muette de rage devant l'injustice de son sort.

Son dernier mari était mort trois ans plus tôt. Le digne vieillard l'avait giflée en public pour s'être mal tenue, et il avait péri le jour même, la bave aux lèvres, quand une crise l'avait emporté à un banquet qu'il partageait avec ses guerriers. Encore une fois, Chassim avait été rendue à son père, et, cette fois, il lui avait demandé franchement : « Ma fille, pleures-tu ton époux ? »

À quoi elle avait répondu : « Je regrette cette mort qui l'a pris si vite et si soudainement. »

Le duc lui avait ménagé une place parmi ses propres épouses, et elle avait fait le choix de ne jamais quitter leurs appartements, ni leurs jardins et leurs bains privés. Il savait quelle vie elle menait grâce à ses concubines : elle s'occupait assidûment du jardin de simples, lisait avidement, surtout des ouvrages d'histoire et de médecine, écrivait de la poésie, et s'exerçait à l'arc une heure par jour. Elle avait exprimé l'ardent désir de ne plus jamais se marier.

Son souhait avait été exaucé, non par l'inclination de son père, mais par la réticence d'aucun noble à la demander en mariage. En tant qu'aînée de ses filles légitimes, elle valait un prix élevé en dépit de sa viduité et de son âge, mais son père ne croyait pas que ce fût la somme qui fît reculer les prétendants : une femme trois fois veuve pouvait être soupçonnée de sorcellerie, même si nul n'osait porter publiquement cette accusation.

Le duc avait sa propre idée sur la question. Il ne souffrait pas qu'elle l'approchât quand il se rendait dans les appartements des femmes, et elle n'en manifestait nulle envie ; il ne mangeait rien non plus qui fût passé entre les mains de sa fille ; à quoi bon courir des risques ? Mais, à présent, dans la chaise qui oscillait au pas des porteurs, il se forçait à considérer sa fille sous un angle nouveau.

Par la loi la plus ancienne de Chalcède, une fille favorisée pouvait hériter si un père le souhaitait. Ce n'était pas son cas. Mais, selon ces mêmes lois, s'il mourait sans héritier mâle, sa fille aînée et son mari pouvaient gouverner jusqu'à la majorité de leur premier fils ; si elle n'était pas mariée, elle pouvait régner jusqu'à ce qu'elle trouvât un conjoint digne d'elle. Le duc ne pensait pas que Chassim ferait de grands efforts dans ce sens si elle devait hériter. Quoi qu'il en fût, il fallait que son père fût mort pour qu'elle espérât monter sur le trône, ce qu'il était bien décidé à éviter.

Il n'accusait pas sa fille de son interminable maladie : il s'était montré beaucoup trop prudent pour qu'elle pût être en cause. Naturellement, la précaution la plus efficace serait de la faire tuer, mais un duché dépourvu d'héritier, mâle ou femelle, risquait plus l'agitation qu'un duché doté d'un héritier, fût-il inadéquat. Combien de ses nobles comptaient-ils sur son rétablissement uniquement pour écarter la possibilité qu'une duchesse Chassim vînt à régner sur eux ?

Et puis, tuer une sorcière, c'était s'attirer la pire des malchances, surtout s'il s'agissait de sa fille.

Balancé par le palanquin, il avait fermé les yeux. Il les rouvrit en sentant ses porteurs ralentir ; il garda les rideaux clos pendant que la chaise était posée sur ses étriers, et il écouta les pas de ses porteurs s'éloigner. Ce fut ce qu'il n'entendit pas qui l'inquiéta : nul bruit d'eau d'une multitude de fontaines, nul gazouillis d'oiseaux en cage ; il ne sentait nul parfum de fleurs. Le tonnerre de son propre cœur envahit ses oreilles. De ses doigts osseux, il fouilla dans un de ses coussins pour retrouver la dague qui s'y cachait dans son fourreau ; il la dégaina sans bruit. Aurait-il la force de la manier efficacement ? Il ne voulait pas mourir avec à la main une arme qui n'eût pas tiré le sang.

« Très gracieux duc... »

C'était la voix du chancelier Ellik. Évidemment : ce ne pouvait être que lui, le traître ; son conseiller le plus proche, à qui il faisait le plus confiance, occupait la meilleure position pour l'assassiner et s'emparer des rênes du pouvoir. Ce qui étonnait le duc, c'était qu'il n'eût pas agi des années plus tôt, au début de sa maladie. Il ne répondit pas ; que le chancelier crût donc que son seigneur s'était endormi, qu'il s'approchât assez pour ouvrir les rideaux et faire connaissance avec sa dague !

Comme s'il voyait à travers les rideaux jusque dans le cœur de son duc, l'homme reprit la parole : « Mon seigneur, ne craignez nulle traîtrise. Je ne fais que voler cet instant afin de vous parler en privé. Je vais venir jusqu'à vous ; je vous en supplie, ne me tuez pas !

— Flatterie ! » Le duc prononça le mot d'un ton sec et garda son arme pointée devant sa poitrine. Au moindre signe de forfaiture, il ferait tout pour la plonger dans le cœur de l'autre.

Mais c'est à genoux et les mains vides que le chancelier tira prudemment les rideaux. Le duc l'observa, la tête courbée et nue, devant la chaise ; s'il l'avait souhaité, il eût pu planter sa dague dans la nuque vulnérable. Mais il s'en abstint.

« Pourquoi en privé ? demanda-t-il avec hauteur. Tu as toujours pu t'entretenir avec moi. Pourquoi ici et maintenant ? » Il parcourut d'un œil méfiant les appartements luxueux du chancelier.

« C'est vrai, gracieux seigneur, vous m'écoutez toujours ; mais alors d'autres m'écoutent aussi. Or je veux vous avertir d'un complot, et je veux que vous soyez seul pour m'entendre.

— Un complot ? » Le mot était sec sur sa langue. Les battements trop forts de son cœur commençaient à devenir douloureux. Trop de menaces en trop peu de temps ; le courage seul ne pouvait soutenir un organisme affaibli. Il regarda l'homme agenouillé devant lui. « Relève-toi, Ellik ; j'ai besoin de boire. S'il te plaît. »

Le chancelier leva les yeux puis la tête. « Naturellement. » Sans cérémonie, il se redressa et s'en alla à l'autre bout de la pièce ; c'était un bureau d'homme, avec des armes suspendues aux murs et des tapisseries représentant des batailles célèbres. Sur la table éraflée au centre reposaient un grand livre de comptes, un encrier et plusieurs plumes. Le duc n'était plus entré dans le bureau de son chancelier depuis des années, mais il n'avait guère changé. Derrière la table se dressait une armoire, dans laquelle Ellik prit une bouteille de vin et des verres. « Ceci vous fera plus de bien que de l'eau », dit-il, et, avec efficacité, il ôta le bouchon et remplit les verres. Il revint auprès du duc avec la démarche d'un guerrier et lui tendit son verre sans formalité.

Le duc le prit entre ses mains parcheminées et le but d'un trait ; une agréable chaleur l'envahit. Sans le demander, Ellik remplit son verre, puis s'assit en tailleur près de la chaise à porteurs avec l'aisance d'un jeune homme s'installant près d'un feu de camp. « Salut », dit-il, comme s'ils étaient deux vieux amis qui se rencontraient par hasard – et c'était peut-être le cas. Ellik regarda calmement le duc en attendant qu'il se décidât à prendre la parole.

« Tu sais bien pourquoi c'est nécessaire, les courbettes, les cérémonies, l'ordre maintenu durement. Ce n'est pas pour te rabaisser, Ellik ; c'est pour entretenir la discipline et maintenir la distance.

— Afin qu'on ne voie en vous que le duc.

— Oui.

— Parce que, si on vous regardait comme un homme parmi les autres, ce n'est pas vous qu'on choisirait comme chef. »

Le duc hésita. « Oui, dit-il enfin. C'est une description un peu dure de la réalité, mais elle est exacte.

— Et ça marche, en tout cas pour la plupart des gens, pour ceux qui sont assez jeunes pour ne pas remettre l'ordre en question ; moins pour vos vieux camarades qui ont bataillé à vos côtés au temps où vous accédiez au pouvoir.

— Mais il n'en reste pas beaucoup.

— C'est vrai, mais nous sommes encore quelques-uns. »

Le duc acquiesça gravement de la tête.

« Et certains d'entre nous demeurent fidèles à l'homme que vous étiez comme au duc actuel de Chalcède. Je viens donc vous mettre en garde contre un complot, même si je dois pour cela risquer ma vie.

— Et je t'écoute, Ellik, d'homme à homme, de guerrier à guerrier, en sachant le danger que tu encours à me servir ainsi. Sois bref. Quelle perfidie me menace ? »

Ellik vida son verre, réfléchit un instant puis répondit : « Votre fille Chassim ; elle veut votre trône.

— Chassim ? » Le duc secoua la tête d'un air las, agacé qu'on l'eût dérangé pour si peu. « C'est une femme acariâtre, trois fois veuve et insatisfaite ; je le sais depuis des années. Elle a des ambitions, et je ne les crains pas.

— Vous devriez, répliqua Ellik d'un ton brusque. Avez-vous lu ses poèmes ?

— Ses poèmes ? » Il se sentit insulté. « Non ; les états d'âme d'une adolescente attardée qui aspire à un bel homme prosterné devant ses charmes, j'imagine, ses rêveries devant un colibri bourdonnant autour d'une fleur, ou ses réflexions sur l'amour et les pâquerettes, le tout écrit au pinceau et orné de bouquets et de lierre : je n'ai pas de temps à perdre avec ces fadaises.

— Non ; sa poésie s'apparente plutôt à un appel aux armes, à un appel au rassemblement et au soulèvement des femmes en Chalcède afin de l'aider à hériter de votre trône, pour qu'elle puisse rendre à d'autres femmes le statut qu'elles possédaient jadis. Ce sont des textes incendiaires, mon seigneur, qui correspondraient mieux à un fanatique qui harangue la foule au marché qu'à une femme qui mène une existence discrète et recluse. »

Le duc regarda un moment son chancelier sans rien dire ; mais l'autre garda une expression grave. Il ne plaisantait pas.

« Des femmes qui se révoltent… C'est absurde ! Comment sais-tu tout cela ? À quel moment aurais-tu eu une raison de lire les poèmes de ma fille ?

— Il y a deux jours, dans les appartements de ma femme. »

Le duc attendit qu'il continuât.

« Je suis entré chez elle sans prévenir, dans le courant de la matinée, à une heure qui ne m'est pas habituelle, et elle a tenté de dissimuler quelques manuscrits qu'elle était en train de lire ; naturellement, je lui en ai arraché un des mains pour savoir quel secret une femme cherchait à cacher à son mari. » Il fronça les sourcils. « Les parchemins avaient les bords déchirés et ils étaient usés à force de passer de main en main, avec de nombreuses notes en bas et au dos. Au premier coup d'œil, on aurait dit un poème d'adolescente, comme vous l'avez décrit, décoré de fleurs et de papillons ; mais, après les deux vers du début, le ton devenait dogmatique et martial, avec des citations de références historiques sur les époques où les femmes des maisons nobles de Chalcède régnaient aux côtés des hommes, gouvernaient leurs propres affaires et leurs propriétés, et choisissaient elles-mêmes leurs maris. Les petites fleurs et les bouquets ornaient rien de moins qu'un appel à la révolution. J'ai sévèrement réprimandé ma femme de lire des textes aussi subversifs, mais elle n'a manifesté aucun signe de repentance, et s'est montrée au contraire défiante, comme cela prend parfois aux vieilles femmes desséchées ; elle s'est moquée de moi et m'a demandé ce que je craignais. Oserais-je nier qu'un tel passé avait existé ? Que la fortune de ma propre famille avait été fondée par une femme et non par un homme ? Je l'ai giflée pour la punir de son insolence ; alors elle s'est levée et a invoqué une espèce de déesse nordique, une certaine Eda, en lui demandant de me retirer tous les bienfaits de la terre. Je l'ai à nouveau frappée pour avoir l'audace de me maudire. » Ellik s'interrompit, la sueur au front, et parut un instant se perdre dans ses souvenirs ; il se mordit nerveusement la lèvre puis secoua la tête. « Quel homme peut comprendre l'esprit d'une femme ? J'ai dû la battre, mon seigneur, comme ce n'était plus arrivé depuis des années, et pourtant elle a tenu plus longtemps que bien des jeunes soldats que j'ai punis. Mais j'ai fini par obtenir le reste de ses manuscrits, leur source et le nom de l'auteur : votre fille, mon seigneur, comme ses thèses l'attestent. »

Le duc demeura silencieux, espérant que ses réflexions ne se reflétaient pas sur son visage ; mais Ellik poursuivit impitoyablement : « Ce n'est pas seulement votre fille qui est en cause, mais toutes les femmes de votre maison. C'est Chassim qui écrit, mais ce sont vos femmes qui font des copies de ses textes, qui les décorent, les nouent avec de petits cordons de dentelle et des rubans, et les parfument. Ensuite, elles se rendent dans les marchés, les laveries, chez les tisserands, dans les étuves et dans les salons de jeu, et les propagent comme un poison. »

Le duc se taisait ; il était stupéfait tout en ne l'étant pas. Chassim était bien sa fille ; une épineuse fierté naquit en lui. Si seulement ç'avait été un garçon, il lui eût trouvé une grande utilité ! Mais en l'occurrence... « Je la ferai tuer. » Piètre solution, mais la seule possible. Combien de ses femmes devrait-il éliminer ? Il pinça les lèvres ; ma foi, il n'en avait plus guère l'usage, et, une fois guéri, il en voudrait de nouvelles. Elles pouvaient toutes disparaître. Il s'agita sur sa litière, mal à l'aise, prêt à continuer son chemin jusqu'au jardin Abrité.

Ellik eut l'audace de le contredire. « Non, ne tombez pas dans son piège. J'ai lu tous les manuscrits en la possession de ma femme, et chacun mentionne qu'elle s'attend à mourir de votre main ; selon elle, ce sera la démonstration de la peur et de la haine qu'elle et toutes les femmes vous inspirent. Elle prétend que vous la détestez au point de l'avoir donnée à un monstre qui devait l'éventrer alors qu'elle était à peine adulte.

— Moi, je la déteste ? » Le duc n'en croyait pas ses oreilles. « Quelle perte de temps ce serait ! Je la connais à peine. Le vieux Karax était un ours mal léché, tout le monde le sait, mais, à l'époque, c'était mon allié le plus influent. Son mariage se résumait à cela : le renforcement d'une alliance. » La détester ? Comme s'il pouvait éprouver quoi que ce fût pour une fille et lui accorder le moindre crédit en matière de manœuvres politiques ! Elle se prêtait beaucoup trop d'importance.

« Néanmoins, mon seigneur, si vous la tuez, vous déclencherez un soulèvement de la population féminine ; les disciples de votre fille promettent des empoisonnements, des infanticides, des incendies, des avortements, et même des actes de violence. Les parchemins que j'ai lus étaient passés entre de nombreuses mains et portaient en bas de page les promesses des différentes femmes qui les avaient étudiés. Des femmes de tous rangs les ont lus, et y ont ajouté leur serment de venger Chassim si elle meurt en leur nom. Je pense qu'elles s'enflamment mutuellement et qu'elles rivalisent entre elles pour savoir qui prononcera les vœux les plus extrêmes de fidélité et de cruauté si vous deviez assassiner votre fille.

— C'est intolérable ! » s'exclama le duc avant d'être pris d'une quinte de toux. Ellik lui versa du vin et porta le verre à ses lèvres ; le verre cliqueta contre ses dents, et du liquide coula sur sa poitrine. Intolérable, vraiment ! Il saisit le verre et fit signe à Ellik de s'écarter. Il parvint à boire une gorgée du breuvage, toussa, puis attendit que sa respiration se fût calmée pour prendre une longue inspiration. Quand il put enfin parler, il demanda : « Quel autre remède y a-t-il face à une sorcière perfide comme Chassim ?

— Me la donner, dit Ellik à mi-voix.

— Pour que tu te charges de la tuer ? »

L'autre sourit. « Pas tout de suite. Je l'épouserai d'abord.

— Mais tu es déjà marié !

— Ma femme est mourante. » Ellik ne changea pas d'expression. « Je serai bientôt veuf et libre de me remarier. Pour mes nombreuses années de loyaux services, vous me donnerez votre fille en récompense. C'est logique : un sort cruel nous a privés tous les deux de nos conjoints. » Il but une gorgée de vin.

« Elle est dangereuse ; je pense qu'elle a tué au moins un de ses précédents maris, déclara le duc à contrecœur tout en réfléchissant à la solution que lui proposait son chancelier.

— Elle a tué les trois, répondit Ellik. Je le sais, et aussi comment elle s'y est prise, grâce aux confessions de ma femme. Je sais comment priver la vipère de ses crocs, et elle ne présente donc guère de danger pour moi.

— Pourquoi veux-tu l'épouser ?

— Pour l'isoler et lui faire un enfant. Elle continuera d'écrire ses poèmes, et ils continueront de sortir clandestinement, mais ils parleront du bonheur d'être mariée, d'avoir un amant expérimenté, et de bientôt tenir un bébé dans ses bras. Ses crocs seront arrachés, son venin dilué en tisane ; et la venue prochaine d'un héritier calmera vos nobles. »

Le duc ne s'y laissa pas prendre. « Et tu régneras après moi. »

Ellik acquiesça de la tête. « Je régnerai de toute manière. » Il regarda le duc dans les yeux et ajouta : « Ce que je propose montrera simplement à tous et avec clarté que tel est votre souhait, et que nous nous opposerons tous les deux à tout autre plan. »

Le duc ferma les paupières et explora soigneusement toutes les possibilités ; tout se ramenait finalement à une seule conclusion. Il rouvrit les yeux. « Plus vite je mourrai, plus vite tu accéderas au pouvoir. »

Ellik n'eut pas un tressaillement. « C'est également vrai. Mais accéder vite au pouvoir n'est pas toujours la meilleure façon de s'y prendre, et ce n'est pas non plus ce que je souhaite, mon vieux camarade. » Il pencha la tête et sourit. « Quelles assurances me demandez-vous ? Songez à ce que j'ai fait : je vous ai averti d'une menace, et je vous ai protégé en vous mettant en garde contre la solution la plus évidente. Je vous sers depuis des années alors que votre santé décline ; si je ne vous étais pas fidèle, je l'aurais démontré il y a longtemps. Quant à vous prouver ma loyauté, c'est plus difficile. »

Une toux sifflante prit le duc, et il se laissa aller contre ses coussins. « Parce que la loyauté, elle peut changer, dit-il quand il parvint à reprendre son souffle. Il faut en faire la preuve chaque jour. » Il réfléchit un instant. « Avec ma fille, c'est un atout majeur que je te donnerais.

— Oui, mais sinon, vous gardez chez vous une vipère prête à frapper. »

Le duc capitula soudain. « Je ferai annoncer que je te l'ai promise ; et je vais la mettre à l'isolement pour qu'elle puisse méditer sur la perspective de devenir ta femme. »

Ellik garda le silence un instant, puis il demanda : « Et ? »

Son seigneur eut un sourire froid. « Et, quand tu m'auras rapporté du sang de dragon comme prix pour l'acheter, elle sera à toi ; et tu auras ma bénédiction.

— Et vous me déclarerez votre héritier. »

Ellik poussait son avantage ; cela ne plaisait pas au duc, mais il examina soigneusement la chose. Son chancelier n'était qu'un adolescent quand son seigneur l'avait pris sous sa tutelle, et il était devenu autant, voire plus, qu'un fils issu de sa propre semence. Et puis, une fois mort, qu'aurait-il à faire de celui qui régnerait après lui ?

« Et je te désignerai comme héritier, avec la préférence à tout enfant que tu auras avec ma fille.

— Marché conclu, et très bientôt. » Ellik sourit. « Vous devriez ordonner à vos domestiques de préparer le banquet de mariage. »

Le duc plissa les yeux. « Que sais-tu donc que j'ignore ? »

Le sourire de l'autre s'élargit. « J'ai acheté un prisonnier, mon seigneur. On nous l'amène par bateau en ce moment même. Ce n'est pas un dragon, mais dans ses veines coule le sang d'un dragon. Ce sang, vous l'aurez. »

Le duc le regarda d'un air sceptique ; le sourire d'Ellik s'agrandit encore. « C'est la preuve de ma loyauté, fit-il à mi-voix, que je vous donne sans rien demander en retour. » Il se leva avec la grâce d'une jeune fille et retourna à l'armoire à vin ; cette fois, il en revint avec un petit paquet fermé par un cordon. Il s'accroupit devant son hôte et dénoua la cordelette ;

lorsqu'il ouvrit le papier d'emballage, une odeur familière monta aux narines du duc.

« De la charque ? demanda-t-il, à la fois incrédule et vexé. Tu m'offres de la viande séchée ? La nourriture des fantassins ?

— Il a fallu la saler et la fumer pour la conserver pendant le trajet. » Ellik tendit le paquet ouvert au creux de sa main comme une fleur épanouie ; au milieu se trouvait un petit carré de chair bleue couverte d'écailles et rouge sombre d'avoir été fumée. « La chair d'un Ancien. Non d'un dragon ; je n'ai pas pu vous l'obtenir… du moins pas encore. Mais je vous offre ce qui, m'a-t-on dit, est la viande fumée d'une créature à moitié dragon, dans l'espoir qu'elle vous rendra la santé. »

Le duc regarda le présent sans répondre.

À mi-voix, Ellik reprit : « Ordonnez-moi de la manger et j'obéirai. Elle n'est pas empoisonnée. »

Cette pensée avait traversé l'esprit de son seigneur. Il envisagea de commander à son chancelier de couper la viande en deux et d'en goûter son morceau en premier ; mais la pièce était réduite, et ses infirmités nombreuses. S'il mangeait et s'empoisonnait, il mourrait ; mais s'il ordonnait à Ellik de consommer la moitié de la chair et constatait ensuite qu'elle avait le pouvoir dont il rêvait, il n'en resterait peut-être pas assez pour qu'elle eût un effet sur lui. Il tendit la main, ses doigts décharnés tremblant comme les antennes d'une fourmi, prit la viande et la porta à ses narines. Ellik l'observait d'un air impassible.

Il fourra la chair dans sa bouche. Le goût de fumé et de sel, la texture sèche le ramenèrent à l'époque de sa jeunesse ; il ferma les yeux. Il n'était pas duc alors ; il était Rolenbled le guerrier, quatrième fils du duc de Chalcède, et il avait fait ses preuves à l'épée face aux ennemis du pays et aux yeux de son père. Et, quand ses frères aînés s'étaient soulevés contre ce dernier avec l'intention de le tuer et de se partager le pouvoir sur le duché, il les avait dénoncés à son père et s'était tenu à ses côtés pendant que le duc les passait au fil de l'épée. Il s'était élevé dans le sang après avoir prouvé sa loyauté.

Il rouvrit les yeux. La pièce paraissait plus lumineuse ; il regarda le papier qu'il serrait entre ses doigts : ce n'était que du papier, non la garde d'une épée. Réussir à froisser un emballage d'une seule main, quel exploit ! Mais il n'en était même plus capable depuis quelque temps. Il prit une inspiration plus profonde et redressa le dos. Ellik avait un sourire aux lèvres.

« Amène-moi ton homme-dragon, et tu auras ma fille. »

L'autre resta un instant sans bouger puis s'inclina soudain, le front contre le plancher.

Le duc hocha la tête à part lui. Ellik était comme un fils ; et, comme un fils, s'il se révélait déloyal, il pouvait le tuer. Son sourire s'élargit.

ÉPILOGUE

Retour

Glasfeu aimait chasser dans les hauteurs escarpées qui bordaient le désert ; il savait parfaitement suivre les contours du sol, planer à ras de terre, parfois jusqu'à frôler les buissons gris-vert à l'odeur piquante qui recouvraient les collines rocheuses. Quand il battait des ailes, c'était à coups trompeusement lents qui dissimulaient sa puissance. Il ne faisait pas plus de bruit que l'ombre qui courait sur le terrain accidenté en dessous de lui.

Il avait mis au point une excellente technique de chasse. Les deux dragons s'étaient installés dans la région au printemps, et le gros gibier, qui ne craignait naguère nulle menace venue d'en haut, avait depuis appris à surveiller le ciel. La tactique de Glasfeu le portait en silence par-dessus les collines basses, et il fondait sur les créatures qui se chauffaient au soleil de midi, à l'abri des ravines, sans leur laisser le temps de s'apercevoir de sa présence.

Cette stratégie ne fonctionnait pas aussi bien pour Tintaglia, qui, plus petite, en était encore à peaufiner les techniques que son compagnon maîtrisait depuis des centaines d'années. Avant de se trouver prisonnier de la glace pour une hibernation prolongée, c'était déjà un vieux dragon ; aujourd'hui d'un âge extraordinaire, il était seul au monde à se souvenir de l'époque des Anciens et de la civilisation que deux espèces avaient bâtie ensemble. Il se rappelait aussi les éruptions cataclysmiques qui avaient mis fin à cette ère. Humains et Anciens avaient péri ou fui, et il avait vu les derniers vestiges de la population draconienne s'éteindre et disparaître.

À la grande frustration de Tintaglia, le dragon noir parlait rarement de ce temps ; elle-même n'avait que de vagues souvenirs de l'époque où, serpent, elle se créait une gangue avant de se métamorphoser en dragon ; mais elle se rappelait vivement son éveil à la conscience à l'intérieur de son cocon, prisonnière d'une cité engloutie, privée de la lumière du soleil dont elle avait besoin pour éclore. C'étaient sans doute des Anciens qui l'avaient placée là ; ils avaient installé sa gangue et d'autres de sa génération dans un solarium pour les protéger des cendres qui tombaient du ciel, et cette tentative de sauvetage avait signé son arrêt de mort quand les cendres avaient submergé la cité. Elle ignorait combien de temps elle avait passé seule, dans l'obscurité de son cocon. Quand les humains avaient découvert la salle où elle et ses semblables étaient enfermés, ils n'avaient songé qu'à récupérer ce qu'ils prenaient pour des billes de « boissorcier » pour construire des bateaux insensibles aux flots acides du fleuve du désert des Pluies. Il avait fallu attendre la venue de Reyn d'abord, puis de Selden pour qu'elle accédât enfin à la lumière et à la vie.

Selden… Il lui manquait, son petit chanteur. Comme il la flattait et la complimentait de sa voix claire, aussi plaisante que les mots caressants dont il la glorifiait ! Mais elle l'avait renvoyé en lui disant qu'il devait voyager pour se renseigner sur d'autres populations de dragons. À l'époque, elle espérait que la couvée des vieux serpents donnerait des dragons viables, et elle refusait de croire que ses congénères eussent partout disparu. Elle avait donc ordonné à Selden de se mettre en route, et il était parti de bon cœur, non seulement pour obéir à ses désirs mais aussi pour chercher des alliés dans la guerre éternelle qui opposait Terrilville à Chalcède.

Depuis, le temps qu'elle avait passé en compagnie de Glasfeu l'avait guérie de toute forme d'optimisme : ils étaient les deux seuls vrais dragons qui restaient dans le monde, et c'était donc avec lui qu'elle devait s'accoupler, même s'il ne lui convenait pas. Elle se demanda encore une fois ce qu'était devenu Selden ; était-il mort ou simplement hors de portée de son esprit ? Mais cela n'avait finalement guère d'importance : les humains, même transformés en Anciens par les dragons, ne vivaient pas longtemps, et se prendre d'amitié pour eux ne présentait pas beaucoup d'intérêt.

Elle capta l'odeur des antilopes alors que Glasfeu fondait sur elles ; ce n'était qu'un petit groupe de cinq ou six bêtes qui somnolaient sur des roches chauffées par le soleil d'hiver. À l'arrivée du dragon, elles s'égaillèrent, mais il en écrasa deux sous ses serres déployées, laissant Tintaglia poursuivre les autres.

Ce fut plus difficile que prévu. À cause de la flèche plantée sous son aile gauche, chaque battement était un supplice, et les étroites ravines du versant rocheux offraient au gibier des abris dans des espaces trop étroits pour qu'un dragon pût y pénétrer ; mais une des bêtes s'écarta stupidement des autres, escalada le flanc de la colline et se mit à galoper le long de la crête. Tintaglia la poursuivit, et, d'un plongeon violent, la jeta à terre avant qu'elle eût le temps de parvenir à la ravine suivante. L'animal se débattit brièvement et l'arrosa de son sang chaud avant de s'effondrer, inerte, entre ses serres. Sans attendre, la dragonne se mit à dévorer la chair tiède ; c'était la première proie qu'elle abattait de la journée, et elle mourait de faim.

L'antilope n'était pas un gros animal, et elle était encore maigre de l'hiver ; il n'en resta bientôt plus rien, ni crâne ni sabot, sinon une grande flaque de sang sur la terre caillouteuse. Tintaglia n'était pas rassasiée, mais elle se sentit somnolente dès qu'elle eut fini de manger.

Elle s'étendit par terre et ferma les yeux ; puis elle s'agita et essaya une autre position. Ce n'était pas mieux. Elle n'était pas gênée par les pierres, mais par la hampe brisée, la pointe de la flèche, et l'infection qui l'entourait. Elle leva l'aile et tendit le cou pour la renifler, puis elle plissa le mufle. Ça sentait mauvais, ça sentait la viande pourrie. Les griffes de ses pattes antérieures étaient trop grosses pour la débarrasser de la flèche, et ne réussissaient qu'à lui faire mal. En outre, l'extrémité de la hampe brisée n'était même plus visible ; Tintaglia craignait qu'au lieu d'être repoussée à l'extérieur par l'infection, la flèche ne fût en train de s'enfoncer davantage.

Glasfeu se posa non loin d'elle, ses ailes soulevant un nuage de poussière. Il faut chasser davantage.

J'ai envie de dormir.

Il leva la tête et huma l'air. Ta plaie suppure ; tu devrais arracher la flèche.

J'ai essayé, mais je n'y arrive pas.

Il s'approcha pour renifler la blessure, et elle le laissa faire, mais à contrecœur. Autrefois, les humains se servaient parfois d'armes empoisonnées contre nous ; ils plongeaient le fer de leurs lances dans des excréments avant de tenter de nous frapper. Ils savaient qu'ils n'avaient guère de chances de nous tuer sur place, mais qu'une infection non traitée pouvait nous abattre.

Tintaglia s'écarta de lui et tendit aussitôt le cou pour examiner la plaie. Tu crois que cette flèche était empoisonnée ?

Impossible à dire. Il paraissait très calme. Tu veux encore chasser ?

Que faisaient les dragons touchés par des armes empoisonnées ?

Ils mouraient. Enfin, certains. Parfois, ils allaient demander de l'aide aux guérisseurs Anciens ; les humains et leurs petites mains peuvent être très utiles pour nettoyer une plaie, et l'eau d'argent pouvait soigner de nombreux maux. Je vais chasser ; tu m'accompagnes ?

Tu crois que je devrais retourner dans le désert des Pluies pour tâcher de retrouver mes Anciens, Malta et Reyn ?

Le dragon noir la regarda un moment sans rien dire ; il gardait ses pensées pour lui. Quand il parla enfin, ce fut seulement pour déclarer : Je ne crois pas que je pourrai jamais faire à nouveau confiance à un humain, même à un Ancien.

Moi, je pourrais peut-être me fier à eux si j'y étais forcée. Malta et Reyn m'ont servie par le passé, et je pense qu'ils accepteraient de recommencer.

Glasfeu garda le silence encore une fois, puis répondit : Le puits d'argent de Kelsingra ; c'était un phénomène rare et merveilleux, et les dragons qui y buvaient acquéraient une grande vigueur ; il servait parfois pour des guérisons. Tu pourrais y aller.

Je m'y suis déjà rendue ; le puits n'existe plus. La cité est déserte et morte, et le vent souffle la poussière dans les rues. Quand je suis arrivée au puits, j'ai vu que le treuil était en morceaux ; même s'il y avait eu des Anciens, ils n'auraient pas pu me tirer de l'eau d'argent. Elle tut la colère qu'elle en avait alors éprouvée, et qui l'avait poussée à piétiner et à briser les vestiges du treuil avant de les laisser tomber dans le puits inutile.

Kelsingra… Glasfeu prononça le nom d'un ton de regret. C'était une cité des merveilles jadis. Si elle est comme tu l'affirmes abandonnée et déserte, c'est une grande perte. Je me rappelle les poètes qui chantaient mes louanges pendant que des Anciens frictionnaient la base de mes écailles avec de l'huile parfumée. Il y avait des bains et des sites pour se chauffer au soleil, et des troupeaux de créatures de toutes sortes, taurillons, moutons et porcs. On nous dédiait quantité de monuments, de statues et de mosaïques.

Ses pensées s'interrompirent, et l'esprit de Tintaglia prit la suite ; elle possédait les souvenirs de ses ancêtres sur Kelsingra, mais ils étaient passés et dépourvus d'odeur ; sa propre perception de la cité les recouvrait et les effaçait encore plus.

Je vais chasser ! annonça tout à coup Glasfeu. J'ai encore faim.

Je vais me reposer. Elle prit alors conscience d'une décision qui se cristallisait en elle depuis quelques jours. Et ensuite je retournerai au désert des Pluies.

Nous y retournerons peut-être plus tard. Elle sentit qu'il n'accordait guère d'intérêt à son idée. Une autre fois, peut-être, j'irai voir Kelsingra par moi-même, quand je jugerai le moment venu. Il s'écarta d'elle et bondit en l'air ; le vent de ses ailes la fouetta, éveillant une douleur sourde dans sa blessure.

Lasse, elle s'installa pour dormir, mais elle eut du mal à trouver une position qui ne la fît pas souffrir. L'infection s'aggravait, elle le sentait à son odeur, et l'empoisonnement consécutif provoquait un battement au plus profond de ses muscles. Elle ne guérissait pas et ne pouvait rien pour améliorer sa situation ; plus le temps passerait, plus elle s'affaiblirait. Mais Glasfeu n'en avait cure.

Et elle sut soudain qu'à son réveil elle n'attendrait pas son retour ni sa décision. Elle avait besoin des services de ses Anciens, de Reyn et de ses mains puissantes, et de Malta et de son esprit vif. L'heure était venue de rentrer.

De rentrer au désert des Pluies.

Table

Achevé d'imprimer
à Noyelles sous Lens
pour le compte de France Loisirs,
123, bd de Grenelle
75015 PARIS

Imprimé en France
Dépôt légal : août 2013
N° d'édition : 79019